RUMER GODDEN
UNSER SOMMER IM MIRABELLENGARTEN

ROMAN

Aus dem Englischen von
Elisabeth Pohr

K
A
M
P
A

Die englische Originalausgabe erschien 1958 unter dem Titel
The Greengage Summer im Verlag Macmillan & Co., London.
Die deutsche Erstausgabe erschien 1959 unter dem Titel
Gefährliche Freundschaft im Paul Zsolnay Verlag, Wien.

Für den Blick hinter die Verlagskulissen:
www.kampaverlag.ch/newsletter

KAMPA POCKET
DIE ERSTE KLIMANEUTRALE TASCHENBUCHREIHE
Gedruckt auf säurefreiem und chlorfrei gebleichtem
Papier aus verantwortungsvollen Quellen, zertifiziert
durch das Forest Stewardship Council. Der Umschlag
enthält kein Plastik. Kampa Pockets werden klima-
neutral gedruckt, kampaverlag.ch/nachhaltig informiert
über das unterstützte CO_2-Kompensationsprojekt.

Der Kampa Verlag wird in der Schweiz vom Bundesamt für Kultur
mit einem Strukturbeitrag für die Jahre 2021–2024 unterstützt.

Veröffentlicht im Mai 2022 als Kampa Pocket
Copyright © 1958 by The Rumer Godden Literary Trust
Für die Übersetzung
Copyright © 1959 by Paul Zsolnay Verlag, Wien
Für die deutschen Rechte
Copyright © 2022 by Kampa Verlag AG, Zürich
Covergestaltung: Lara Flues, Kampa Verlag
Covermotiv: © Ira Khroniuk
Satz: Tristan Walkhoefer, Leipzig
Gesetzt aus der Stempel Garamond LT / 220140
Druck und Bindung: GGP Media GmbH, Pößneck
Auch als E-Book erhältlich
ISBN 978 3 311 15038 1

www.kampaverlag.ch

I

Immer wieder, während des ganzen heißen Augusts in Frankreich, überaßen wir uns an den Mirabellen. Joss und ich fühlten uns schuldig. Wir waren noch in dem Alter, in dem wir Gier für ein kindliches Laster hielten, und diese Annahme gab unserem Schuldgefühl einen Beigeschmack von Hoffnungslosigkeit, denn bis dahin hatten wir geglaubt, dass wir unsere Laster mit den Jahren verlieren würden. Aber keines von ihnen verschwand. Hester schämte sich natürlich gar nicht, Will – der damals noch Willymaus genannt wurde – und Vicky waren noch zu klein, um auch nur die untersten Zweige zu erreichen, aber sie fanden die heruntergefallenen Früchte im Gras. Uns allen war es streng verboten, auf die Bäume zu klettern.

Der Garten von Les Œillets war dreigeteilt: Zuerst kam die Terrasse und der von Kieswegen durchzogene Garten, der das Haus umgab; dahinter und durch eine niedrige Buchsbaumhecke von ihm abgetrennt lag die Wildnis mit ihren Statuen und zugewachsenen Pfaden, und zwischen der Wildnis und dem Fluss der von hohen Mauern umgebene Obstgarten. Ein blau gestrichenes Tor am Ende der Mauer führte zum Ufer des Flusses.

Uns erschien der Obstgarten riesengroß, und er mag es auch wirklich gewesen sein, denn die Mirabellenbäume allein bildeten sieben Alleen. In dem hohen Gras unter ihnen lag selbst in diesem brennend heißen Sommer den ganzen Tag lang der Tau. Die Bäume waren alt, krumm, mit Flechten und Moos bedeckt, aber ihre Früchte werde ich nie vergessen. Im Speisesaal des Hotels baute sie Mauricette auf den mit Weinblättern ausgelegten Desserttellern zu wundervollen Pyramiden auf. »Reines-claudes«, sagte sie deutlich, sooft sie den für uns bestimmten Teller auf den Tisch stellte, damit wir uns den Namen der Früchte einprägten, aber wir hatten uns an ihnen schon vorher so satt gegessen, dass wir nicht zugriffen. Im Obstgarten brauchten wir die Früchte nicht zu pflücken – sie fielen von den Bäumen in unsere Hände.

Im Schatten sah man, dass die Mirabellen mit einem blassblauen Reif bedeckt waren, aber in der Sonne leuchtete das Fruchtfleisch bernsteinfarben durch die hellgrüne Haut. Wenn diese geplatzt war, schmeckte der Saft besonders warm und süß. Kein Wunder, dass wir, die aus den Straßen und kleinen Vorgärten von Southstone kamen und noch nie einen Obstgarten gesehen hatten, viel zu viele aßen.

»Die übliche Sommerkrankheit«, sagte Mademoiselle Zizi.

»Magenverstimmung«, sagte Madame Corbet.

Ich weiß nicht, ob es das eine oder das andere Leiden

war, aber von da an hieß es in unserer Familie nur der »Mirabellensommer«.

»Wenn jemand die Geschichte dieses Sommers aufschreiben sollte, dann du«, sagte ich zu Joss, »denn sie ist hauptsächlich dir passiert.« Aber Joss sagte: »Ausgeschlossen«, wie sie immer alles ablehnt oder mit sich allein ausmacht, sodass niemand weiß, was sie wirklich denkt.

»Du bist es doch, die so gern in Worten schwelgt«, fuhr sie fort. »Und außerdem ...«, sie machte eine kleine Pause, »... ist sie dir genauso passiert wie mir.«

Darauf wusste ich keine Antwort. Ich bin jetzt erwachsen – oder doch beinahe erwachsen –, »und wir können es noch immer nicht vergessen!«, sagte Joss.

»Die meisten Menschen erleben ... das ... nicht einmal in dreißig oder vierzig Jahren«, sagte ich zu unserer Verteidigung.

»Die meisten Menschen erleben es überhaupt nicht«, sagte Joss.

Wenn ich das, womit ich gerade beschäftigt bin, für einen Augenblick unterbreche, wann immer ich still sitze oder nachts wach liege, was seit damals immer wieder vorkommt, und meine Gedanken kreisen lasse, bin ich zurück in Les Œillets. Ich rieche noch immer den heißen Staub und den kühlen Putz der Mauern, den Duft von Jasmin und sonnenbeschienenen Buchsbaumblättern und von Tau im hohen Gras, das Aroma von Monsieur Armands Kochkünsten, das Haus und Garten erfüllte, und die Gerüche von dem Haus selbst, nach feuchter Wäsche und Möbelpolitur, in die sich immer auch ein bisschen der Gestank der Kanalisation mischte. Ich höre noch immer die Geräusche, die anscheinend nur in Les Œillets zu hören waren: das Rauschen der Pappeln entlang der Hofmauern, das Plätschern einer Wasserleitung in der Küche, vermischt mit dem Klang schriller französischer Stimmen, das dumpfe Getrommel, das Rex mit seinem Schweif auf dem Fußboden vollführte, und andere Klopflaute, wenn jemand unten am Fluss Wäsche wusch; das Tuten der flussaufwärts fahrenden Schleppkähne und Mauricettes tonlosen Singsang – sie sang immer durch die Nase –, das rasche, schnatternde Französisch, in dem sich Toinette und Nicole von Fenster zu Fenster im ersten Stock miteinander unterhielten, die fernen, gedämpften Geräusche des Städtchens und – ganz nah – den Plumps eines springenden Fisches oder einer zu Boden fallenden Mirabelle.

»Aber ihr seid doch sehr froh gewesen, wieder zurückzukommen«, sagte Onkel William.

»Wir sind nie zurückgekommen«, sagte Joss.

Das Sonderbare an der Sache ist, dass Joss und ich, als alles in Les Œillets vorüber war, noch immer sechzehn und dreizehn Jahre alt waren – genauso alt wie an jenem erstickend heißen Abend Anfang August, an dem wir ankamen. Wir – das waren Mutter, Joss, Hester, die beiden Kleinen, Willymaus und Vicky, und ich: Cecil. Es muss neun Uhr abends gewesen sein.

»Warum kommt ihr so spät?«, fragte Mademoiselle Zizi. »Tagsüber verkehren genug Züge.«

»Wir wollten in der Gare de l'Est warten, bis sich Mutters Zustand gebessert hat.«

»Aber er hat sich nicht gebessert«, sagte Willymaus.

»Und wir hatten den ganzen Tag nichts zu essen«, sagte Vicky. »Nichts als Brot und ein bisschen scheußliche Wurst.«

»Und die Orangen, die wir auf die Reise mitgenommen hatten«, sagte Hester, die in allen Dingen sehr genau ist. »Zwölf Orangen. Wir haben sie im Zug gegessen.«

Mademoiselle Zizi schauderte, und mich ließ der Gedanke, in die Kategorie jener Familien eingeordnet zu werden, die im Zug Orangen essen, vor Scham erröten.

Vor dem Bahnhof standen keine Taxis, aber nach einer verzweifelten Viertelstunde, an die ich nicht gern denke – der ganze Tag war wie ein böser Traum gewesen –, fand sich ein Träger, der bereit war, unser Gepäck auf einem Handkarren ins Hotel zu bringen.

Als unsere kleine Prozession den Bahnhof verließ, begann es zu dämmern. Männer kamen vom Angeln zurück, Frauen standen plaudernd in den Haustüren oder in ihren sonderbar ordentlich angelegten Gärten, wo Gladiolen und Zinnien, die im Zwielicht seltsame Färbungen annahmen, hinter Eisengittern zu schweben schienen. »Franzosen haben keine Gärten«, sagte Onkel William später einmal, »sie züchten Blumen.« Kinder spielten auf den Straßen. Willymaus und Vicky starrten sie verwundert an. Ich glaube, sie bildeten sich ein, die einzigen Kinder auf der ganzen Welt zu sein, die zu so später Stunde noch nicht im Bett waren.

Rings um uns war der Trubel der fremden Stadt, der fremden Häuser und fremden Straßen. Auch wir wurden angestarrt, aber wir fühlten die Blicke der Leute nicht. Wir fühlten gar nichts. Unsere Körper schienen nicht zu uns zu gehören, sondern getrennt von uns weiterzulaufen, während wir wie die Blumen im Dämmerlicht schwebten. Vielleicht waren wir zu müde, um irgendetwas fühlen zu können.

Der Handkarren holperte über das Straßenpflaster, das wir als unverkennbar französisch erkannten, obwohl wir nie zuvor auf solchem Pflaster gegangen waren. Sooft der Träger in eine neue Straße einbog, stöhnte Mutter leise auf. Der Weg erschien uns endlos, und als wir schließlich die Pforten des Hotels erreichten, brannte bereits Licht in den Häusern, und die meisten Türen waren geschlossen. In Les Œillets wurden die Hunde jeden Abend um neun Uhr ins Freie gelassen, die äußeren Tore geschlossen, und nur eine kleine Pforte blieb offen, durch die der Handkarren nicht einfahren konnte. Wir mussten, noch immer von unseren Körpern losgelöst, warten, während der Träger läutete.

Wir hörten das Klingeln und gleich darauf tiefes Hundegebell. Damals kannten wir Rita und Rex natürlich noch nicht, aber wir wussten sofort, dass es das Bellen großer Hunde war. Zwei Stimmen geboten ihnen Ruhe, eine schrille weibliche und die tiefere Stimme eines Mannes – oder eines Jungen, der mit der Stimme eines Mannes sprach. Diese Vermutung erwies sich als richtig, denn es war ein großer Bursche, der schließlich erschien. Seine weiße Schürze, die wir schimmernd auf uns zukommen sahen, schlappte um seine Beine, seine Schuhe schlappten auch, und eine Strähne seines Haars fiel ihm über die Augen, als er sich vorbeugte, um den Riegel zurückzuschieben. Er hielt die Gartentür für uns auf, und als wir an ihm vorbeigingen, schlug uns ein Geruch entgegen von Schweiß, Zigaretten und ... »Sind das Zwiebeln?«, flüsterte ich.

»Nein, Knoblauch«, flüsterte Hester zurück. »Erinnerst du dich nicht an die Wurst in der Gare de l'Est?« Der Bursche war schmutzig, ungepflegt und lächelte nicht.

Dann gingen wir in das Hotel und – »Guter Gott! Ein ganzes Waisenhaus!«, sagte Eliot.

Bei einer späteren Gelegenheit entschuldigte er sich für diese Äußerung. »Ihr hattet doch alle graue Flanellkleider an«, sagte er und fragte: »Warum hattet ihr alle graue Flanellkleider an?«

Hester schaute zu ihm auf. »Vielleicht waren Sie sehr lange nicht in England«, sagte sie leise. »Es waren unsere Schuluniformen.«

In England waren wir – Joss ausgenommen – stolz auf sie gewesen. Es gibt zwei Kategorien von Familien: Für die einen bedeutet die Schuluniform eine Verschlechterung, sie gibt ihnen das Gefühl, genauso zu sein wie jedermann sonst; die anderen empfinden sie als eine Verbesserung, als eine bessere, vollständigere Ausstattung, als sie je zuvor besessen haben. Wir gehörten zu der zweiten Kategorie. Die graue Jacke und die kurze Hose für Willy, unsere von St. Helena vorgeschriebenen grauen Mäntel, Röcke und Hüte waren unsere besten Kleider, die einzigen, die sich für eine Reise eigneten.

»Andere Mädchen haben noch andere Kleider«, sagte Joss oft.

»Nicht wenn ein Onkel William sie bezahlt«, sagte Mutter.

Im Augenblick schossen Joss' Augen hasserfüllte Blitze auf Eliot, obwohl man von ihm nicht erwarten konnte zu wissen, wen er vor sich hatte. Unsere Schulhüte hatten die Form von Suppentellern. Vicky sah mit ihrem aus wie ein Pilz mit zwei Beinen, wogegen Joss' Hut auf ihren vielen dunklen Haaren zu klein wirkte und, da er ihre Stirn frei ließ, sie fast hässlich erscheinen ließ; auch war der Faltenrock zu kurz.

Natürlich ereigneten sich noch sehr viele Dinge, ehe Eliot dazu kam, sich wegen seiner Bemerkung über das Waisenhaus zu entschuldigen. Er trat überhaupt erst viel später in Erscheinung, aber es ist immer Eliot, an den wir uns erinnern, wenn wir an unsere Ankunft in Les Œillets denken. Er war der Lichtpunkt des Abends.

»Als er kam, war nichts mehr schrecklich«, sagte Hester, aber ich musste hinzufügen: »Außer dem ganz Schrecklichen!«

II

»Was? Nur zwei Pässe?«, rief Mademoiselle Zizi, als ich am nächsten Morgen unsere Reisedokumente ins Büro brachte. »Meine Schwester Joss hat ihren eigenen Pass, wir anderen sind in dem meiner Mutter eingetragen.« Es war mir entsetzlich unangenehm, dies sagen zu müssen. Der Hotelbursche, der uns eingelassen hatte, hörte jedes Wort – er hieß Paul, wie wir jetzt wussten. Während er das Messinggitter polierte, konnte er auf unsere Pässe hinunterschielen, und seine verächtliche Miene verriet deutlich, dass er sich nie damit abfinden würde, mit dem Pass seiner Mutter zu reisen.

Ich hatte für meinen eigenen Pass gekämpft. »Warum kann Joss einen haben und ich nicht?«

»Sie ist sechzehn«, hatte Mutter gesagt. »Du vergisst, wie jung du bist.«

Je drei Jahre trennten uns Kinder voneinander – Vaters Forschungsreisen dauerten gewöhnlich drei Jahre –, aber Joss und ich waren stets »die Großen«, so wie Willymaus und Vicky »die Kleinen« waren, während Hester sich in einer Art Niemandsland zwischen uns allen befand. Joss-und-Cecil – das war immer ein einziges Wort gewesen, das allerdings mit sich gebracht hatte, dass ich manchmal älter sein musste, als ich sein konnte. Jetzt war ich selbst in eine Art Niemandsland verwiesen. Ich sah ein, dass dieser Umstand unvermeidlich war – mit dreizehn Jahren ist man gar nichts, nicht Kind, nicht Frau, nichts ... offiziell Deklariertes, dachte ich, wie Joss es jetzt war –, aber ich fühlte mich zurückgesetzt, und das tat weh. Der eigene Pass war eine offizielle Bestätigung der Position, die Joss jetzt einnahm. Sie war so selbstverständlich in sie hineingerutscht und hatte mich zurückgelassen, wie sie aus unserem gemeinsamen Schlafzimmer in ihr eigenes übergesiedelt war. »Es gibt gewisse Dinge ...«, hatte Mutter mit Absicht vage angedeutet – obwohl sie wusste, dass ich natürlich ganz genau wusste, um was für Dinge es sich handelte – und hatte Willymaus und Joss die Schlafzimmer tauschen lassen, sodass er nun mein Zimmergenosse war.

Selbstverständlich wäre Hester viel passender für mich gewesen, aber sie konnte nicht von Vicky getrennt werden. »Ich muss nämlich mit meinem Fuß in ihrem Bett schlafen«, sagte Hester.

»Mit dem ausgestreckten Fuß in ihrem Bett?«, fragte ich.

»Ja, sonst schläft sie nicht ein.«

»Ist dir denn nicht kalt?«

»Nur manchmal«, sagte Hester und beschwor mich, Mutter kein Wort davon zu sagen. Obwohl die im Haus herrschende, meistens friedliche Atmosphäre in der Hauptsache Hester zu verdanken war, konnte ich mich eines Schrecks nicht erwehren. Ich versuchte, Vicky ins

Gewissen zu reden. »Wie kann ich denn sonst wissen, dass sie da ist?«, fragte Vicky, als ob das eine Rechtfertigung wäre.

»Es ist aber sehr ungezogen!«

»Es macht mir nichts aus, ungezogen zu sein«, sagte Vicky.

Durch unsere Familie hätte man eine Linie ziehen können, auf deren einer Seite Hester, Vicky und ich, auf deren anderer Joss und Willymaus standen. Unser Nachname war Grey. Ich hätte es ja vorgezogen, Shelmerdine zu heißen oder de Courcy oder ffrench mit kleinem »ff«, oder einen Doppelnamen mit Bindestrich wie Stuyvesant-Knox zu führen, aber wir hießen einfach Grey. »Immer noch besser als Bullock«, sagte Joss. Ganz waren wir aber nicht davongekommen, denn Onkel William ist ein Bullock, William John Bullock, und Vicky, Hester und ich sind genauso unverkennbare Bullocks wie er: klein, plump, mit rosigen Gesichtern und Augen, die so blau sind wie Rittersporn.

Das war für Hester und Vicky nicht schlimm, denn alle Bullocks waren als Kinder hübsch. Vicky mit ihrem hellblonden Haar und dem festen, perlfarbenen kleinen Körper war bezaubernd, und Hester hatte sich mit dem Lockenkopf und der Rosigkeit den Reiz ihrer frühesten Kindheit bewahrt. Aber bei mir hatte sich die kindliche Rundlichkeit in Onkel Williams derbe Untersetztheit ausgewachsen, mein blondes Haar war dunkler und fahler geworden, die Rosigkeit einer frischen Röte gewichen. Man konnte unmöglich gewöhnlicher aussehen als Onkel William, und ich hätte so gern aufsehenerregend ausgesehen. Warum war es mir nicht von Geburt an vergönnt, so auszusehen wie Joss, so zu sein wie Joss? Joss und Willymaus waren schlank, dunkelhaarig, und ihre Haut hatte die Farbe von Elfenbein, wodurch ihre Wimpern und Haare noch dunkler erschienen. »Wie Schneewittchen«, konstatierte Hester mit der einzigen Spur Neid, die ich je an ihr bemerkt habe. Außerdem wirkten beide ungewöhnlich apart: Willymaus hatte das spitze Gesicht eines Elfen und Joss die mandelförmigen Augen, denen sie ihren Kosenamen verdankte. »Weil die Chinesen Schlitzaugen haben«, sagte Joss.

»Angeblich!«, belehrte sie Vater, als er einmal zu Hause war. »Die meisten Chinesen haben genauso gerade Augen wie andere Menschen.«

»Auf chinesischen Bildern haben sie immer Schlitzaugen«, sagte Joss, die alles zu wissen glaubte, was Bilder betraf. Sie und Willymaus waren gleichermaßen begabt und eingebildet. Joss beschäftigte sich ernsthaft mit Malerei, und Willymaus hatte ein Hobby, das wir »Dressur« nannten. Es dauerte Jahre, bevor wir herausfanden, dass dieser Ausdruck eher mit Pferden als mit Kleidern zu tun hat. Willys Skizzenbücher, sein Handwerkskasten und die Puppen, über die sich Onkel William so entsetzte – »Puppen! Großmächtiger Gordon!« –, gehörten zu diesem Hobby. Die Bücher enthielten eine Sammlung von Modebildern, Entwürfen für Kleider und Stoffmuster; den Arbeitskasten mit seinen Scheren und Stecknadeln brauchte Willymaus, um seine Entwürfe auf den Puppen zu drapieren – »Ich nähe nicht selbst«, sagte er, »das wird in meinem Atelier erledigt werden!« –, und die Puppen Miss Dawn und Dolores. Seine Modelle waren keine gewöhnlichen Puppen, sondern hölzerne Figuren mit beweglichen Gelenken, wie sie von Malern und Bildhauern benutzt werden. Onkel William hatte sie Joss für ihre Malstudien geschenkt, aber zu Mutters Bestürzung wollte sie sie nicht einmal berühren, während Willymaus sie sofort in Beschlag nahm. Mit uns kleinen Bullocks konnte Mutter leicht fertigwerden, obwohl wir oft ungezogen und widerspenstig waren – »Das ist nichts Ungewöhnliches«, sagte Mutter –, aber mit Joss und Willymaus erging es ihr, als ob sie in unserem stillen Bauernhof zwei junge Schwäne ausgebrütet hätte. »Was immer ich tue, ist falsch!«, sagte unsere arme Mutter.

Und so schien es wirklich zu sein. Als Joss zum Beispiel geklagt hatte, die Zeichenlehrerin in St. Helena tauge nichts, hatte Mutter sie an einem Fernkurs eines Lehrgangs in London teilnehmen lassen, aber das hatte zu Schwierigeiten geführt. »Lieber Mr A …«, hatte Joss nach der zweiten Lektion an ihren fernen Meister geschrieben, »ich sende Ihnen, wie Sie wünschten, die Zeichnung einer Blume, für die ich eine Kreuzkrautblüte als Vorlage benutzt habe, und die Skizze einer Frau – meiner Mutter –, aber einen nackten Mann habe ich leider nirgends auftreiben können.«

Bei Joss und Willymaus bekam sogar der Name Grey eine gewisse Eleganz. Joanna und William Grey machten sich als Namen ganz gut, aber Cecil oder Victoria Grey? Beides klang gleichermaßen nichtssagend, während Hester Grey immerhin ganz gut zu Hester passte.

War es von Anfang an unfair gewesen, mich so weit hinter Joss zurückzulassen, fand ich es jetzt, wo Joss »erblüht« war – wie die Leute sagen, wenn sie von jungen Mädchen sprechen –, besonders unfair, da ich einsah, dass es das richtige Wort war. Sie war wie ein Baum oder ein Zweig, an dem plötzlich alle Knospen aufgebrochen waren.

Sie wollte sich nicht mehr vor mir ausziehen, und ich war ganz froh darüber, denn mein rosiger Kinderkörper war von oben bis unten noch immer ganz eben, während sie eine Taille hatte, die so schlank und geschmeidig war, dass ich nicht anders konnte, als sie anzustarren und ihre Kurven zu bewundern, die sich in ihren schlanken Beinen verjüngten. Sie hatte schwellende Brüste, und ich wusste genau, wie weich und zart sie waren, denn einmal hatte ich sie aus Neugierde berührt, aber Joss war aufgesprungen und hatte mich angeschrien. Je mehr sie heranwuchs, desto reizbarer wurde sie. Sie neigte zu Wutausbrüchen, die manchmal geradezu absurd waren, und ihre Rastlosigkeit erweckte den Eindruck einer ständigen Erregung, was umso sonderbarer wirkte, als ihre Miene immer gleichmäßig heiter und zurückhaltend war. Fast geheimnisvoll erschien mir ihr Ausdruck, denn nur das leiseste Erröten ihrer Wangen verriet die Erregung in ihrem Innern. »Ist Joss schön?«, fragte ich mit einem Stich im Herzen.

»Nur jetzt«, sagte Mutter, »nur gerade jetzt.«

Ich versuchte verzweifelt, meine Position neben Joss zu behaupten. Cecil de Courcy, de Haviland, Cecil du Guesclin, Winnington-Withers ... Winter. Das war ein schöner Name, und ich nahm mir vor, mich seiner zu bedienen, wenn ich Schriftstellerin oder Nonne geworden sein würde: Cecil Winter, Schwester Cäcilia Winter. Aber ich war weder eine Schriftstellerin noch eine Nonne und wusste auch noch gar nicht, ob ich jemals das eine oder das andere werden würde. Derzeit glich ich mehr einem Chamäleon, das seine Farbe von der Umwelt empfängt, und als ich sah, dass Mademoiselle Zizis Lippen zuckten, als sie unsere Namen in Mutters Reisepass las, wurde ich schamrot – genauso wie am Vorabend, als Hester verriet, dass wir im Zug Orangen gegessen hatten. Der Pass hatte kaum genug Seiten für uns alle.

»Was hast du dir nur dabei gedacht, die ganze Kinderschar quer durch Frankreich zu jagen?«, fragte Onkel William später.

»Von Jagen kann gar keine Rede sein«, sagte Mutter. »Wir sind langsam mit dem Zug gefahren.« Manchmal schien Mutter nicht älter zu sein als Hester, und dieser Reisepass mit dem einzigen Stempel wirkte trotz der vielen Namen geradezu kindisch.

»*Et votre père?*«, fragte Madame Corbet.

»Ja! Wo ist euer Vater?«, fragte Mademoiselle Zizi.

»In Tibet«, sagte Hester.

»In Ti-bet?«

Ohne Hester, die nie gelernt hat, mit Bedacht zu agieren, hätte ich die Situation besser gelöst. Es war sonderbar, dass ich immer wünschte, man würde uns nicht für gewöhnliche Leute halten, aber sehr zu meinem Verdruss über und über rot wurde, sooft sich herausstellte, dass wir kein bisschen ungewöhnlich waren.

»*Juste ciel!* Was macht er denn in Tibet?«, fragte Mademoiselle Zizi.

»Blumen pflücken«, sagte Hester.

»Blumen pflücken!«, wiederholte Mademoiselle Zizi auf Französisch, und Paul lachte höhnisch auf, was mich dazu veranlasste, ihn streng anzufahren: »*Il est botaniste!*«, was beinahe wie ein wirklicher französischer Satz klang. »Er ist auf einer Forschungsreise«, fügte ich auf Englisch hinzu. »Das ist er fast immer«, sagte Hester.

Mademoiselle Zizi und Madame Corbet sahen einander an. »*Mon Dieu! Mon Dieu! Et quoi?*«, sagte Madame Corbet. »*Il n'y a personne pour s'occuper de tout ce monde-là?*«

Ohne auf unsere Anwesenheit die geringste Rücksicht zu nehmen, fingen sie an, sich in ihrer Muttersprache über uns zu unterhalten. »Sie sind noch nie zuvor in Frankreich gewesen«, sagte Mademoiselle Zizi, nachdem sie einen Blick in die Pässe geworfen hatte.

»Sie sind überhaupt noch nirgends gewesen«, bemerkte Madame Corbet.

»Das ist nicht richtig!«, entgegnete ich hitzig. »Meine Schwester Joss ist in Indien zur Welt gekommen, nur ist Mutters Reisepass abgelaufen – das ist alles.« Aber sie hörten mir nicht zu.

»Und Französisch sprechen sie auch nicht!«

Das verletzte mich, denn bis dahin hatte ich mir eingebildet, dass Joss und ich – besonders aber ich – sehr gut Französisch sprachen. »Kein Wunder! Du hast genug gelernt«, pflegte Joss zu sagen, was gar nicht nett von ihr war, denn in St. Helena war das Auswendiglernen französischer Gedichte die häufigste Strafaufgabe.

»Mach dir nichts draus«, flüsterte Hester. »Du siehst doch, wie es dir hilft, dass du in der Schule nicht gut gewesen bist.« Tatsächlich war Französisch die einzige Sache, in der ich jemals besser als Joss gewesen war, und die Stunden, die ich damit verbracht hatte, »Le temps a laissé son manteau«, »De vent, de froideur et de pluie«, »Mignonne, allons voir si la rose« und die Gedichte von Verlaine, die ich mit der Zeit so sehr liebte, auswendig zu lernen, kamen mir jetzt sehr zugute. Während des ganzen schrecklichen Tages war ich imstande zu verstehen, was die Leute sagten, und tatsächlich war es viel eher ich gewesen als Joss, die uns alle sicher nach Les Œillets gelotst hatte. Ich konnte Französisch sprechen, aber Paul – der zu wissen schien, was mir durch den Kopf ging – schniefte, fuhr sich mit dem Finger über die Nase und wischte ihn an seinem Hosenboden ab, was einen sehr ungezogenen Eindruck machte.

»Niemand kann von uns erwarten, dass wir uns um sie kümmern«, sagte Madame Corbet.

»Wir können uns um uns selbst kümmern«, sagte ich würdevoll. »Wir sind keine kleinen Kinder.«

Mademoiselle griff nach Joss' Reisepass, warf einen Blick hinein und schleuderte ihn auf den Schreibtisch. »Sechzehn! Ein Kind!«, sagte sie und fragte mich dann auf Englisch: »Habt ihr denn gar keine Verwandten? Gar niemanden, der herkommen könnte?«

Bevor ich es verhindern konnte, hatte Hester geantwortet: »Onkel William.«

Onkel William ist Mutters Bruder und zehn Jahre älter als sie ... »Es könnten ebenso gut hundert sein«, sagte Joss. Die meisten Erwachsenen sind wie Eisberge: drei Zehntel sichtbar, sieben Zehntel unter Wasser – darum ist ein Zusammenstoß mit ihnen auch so unerwartet schmerzhaft –, aber Mutter war wie ein Kind, leicht zu durchschauen, ehrlich und zugänglich ... »für jeden Taugenichts«, pflegte Onkel William zu sagen.

Manchmal fragte ich mich, ob er auch Vater in diese Kategorie der Taugenichtse einreihte, aber er äußerte sich nicht dazu, obwohl Onkel William mit seiner Meinung selten hinter dem Berg hielt. »Wenn ihr auf mich gehört hättet!«, war sein Lieblingssatz. Ich glaube nicht, dass Mutter auf ihn gehört hat, als sie Vater heiratete, aber als sie Joss aus Indien heimbrachte – weil man Babys nicht auf Forschungsreisen mitnehmen kann –, ist er ihr doch entgegengefahren und hat sie nach Southstone gebracht ... »Und in die Belmont Road«, sagte Joss bitter.

»Woher wussten wir, dass es hassenswert ist«, fragte sie später, »wenn sich doch alle unsere Erinnerungen auf Southstone beschränken?« Wir konnten das hässliche kleine Haus mit Rauputz, den falschen Tudor-Giebeln und den Bleiglasfenstern nicht ausstehen und schämten uns dafür. »Blödsinnig, Glas in so viele kleine Stücke zu zerschneiden«, sagte Willymaus, aber es war eines von Onkel Williams Häusern – er besaß mehrere in Southstone –, und er war gütig genug, uns darin wohnen zu lassen. »Er ist so gütig!«, sagte Mutter und seufzte.

Onkel William verwandte viel Geld, Zeit und Mühe

auf uns Kinder – »Und Wörter«, sagte Hester. »Haufenweise Wörter!« –, während Vater nur in großen Zeitabständen nach Hause kam und auch dann kaum je von seinen Farn- und Orchideensammlungen aufblickte, um seine Frau und Kinder anzusehen. Ich bin nicht ganz überzeugt, dass er die beiden Kleinen voneinander unterscheiden konnte, und dennoch liebten wir ihn und erwarteten sehnsüchtig seine Heimkehr. Wir liefen uns die Füße platt, um Botengänge für ihn zu verrichten, und waren stolz darauf, zu ihm zu gehören. »Na schön«, sagte Hester. »Wenn Onkel William alt sein wird, werde ich eben für *ihn* sorgen.«

Brauchten wir Onkel William? Ich war mir nie ganz klar darüber, ebenso wenig wie ich je herausfand, ob Mutter sehr dumm oder sehr klug war. Sie war völlig außerstande, mit Willymaus fertigzuwerden. »Er sagt, er will sie nicht tragen«, sagte sie und ging in die Schule, um seine neue Kappe zurückzugeben.

»Dann darf er nicht mehr in die Schule kommen«, sagte der Direktor.

Mutter besprach die Angelegenheit mit Willymaus, und ... »Er zieht es vor, nicht mehr in die Schule zu gehen«, sagte Mutter, und Willymaus blieb der Schule fern, bis Onkel William davon hörte.

»Warum kann ich nicht in eine Mädchenschule gehen?«, fragte Willymaus. »Sie haben keine Kappen, und ich könnte vielleicht meinen Muff tragen.«

»Großmächtiger Gordon!«, sagte Onkel William.

Der Muff war aus weißem Pelz und mit Satin gefüttert. Willymaus hatte ihn mit dem Geld gekauft, das

23

Onkel William ihm zu seinem fünften Geburtstag geschenkt hatte.

»Was hast du dir gekauft, mein Junge? Einen Kricketschläger? Eine Eisenbahn?«

»Einen Muff«, sagte Willymaus.

»Großmächtiger Gordon!«, sagte Onkel William. Wir haben nie herausgefunden, wer dieser Gordon war, aber Willymaus veranlasste Onkel William sehr oft, ihn anzurufen oder zu sagen: »Ein einziger Junge in dem ganzen Wurf, und der ist kein Junge!«

Willymaus war damals noch klein, aber ich glaube, wir selbst hätten uns manchmal gewünscht, einen richtigen Jungen zum Bruder zu haben. »Er ist eben Willymaus«, sagte Mutter. So verstand sie ihn, wie sie jeden von uns – sogar Joss – auf ihre Art verstand. Vielleicht wären wir weniger unzufrieden und ungezogen gewesen, wenn unsere Erziehung ihr allein überlassen geblieben wäre.

Wenn ich zurückdenke, vermute ich, dass wir unzufrieden waren, weil wir uns in Southstone niemals wohlfühlten, und dass unsere Ungezogenheit dieser Unzufriedenheit zuzuschreiben war. Es war, als hätte man uns in eine Modellierform hineingepresst, in die wir nicht passten. Vor allem waren wir viel ärmer als die Leute, die wir kannten – arm schon deshalb, weil wir Onkel Williams Schwester, Nichten und Neffe waren. Andererseits hatten wir diesen seltsamerweise immer abwesenden Vater, während die Väter anderer Kinder in Büros gingen, Züge erreichen mussten und Mitglieder des Sussex Club waren. Auch Mutter war nicht wie andere Mütter, sie war überhaupt nicht wie eine Erwachsene. Sie war offensichtlich lieber mit Vicky, Willymaus oder einer von uns anderen zusammen, statt Bridge zu spielen, Wohltätigkeitsbasare zu organisieren oder mit den Damen der guten Gesellschaft von Southstone zum Vormittagskaffee, Mittagessen oder Tee zusammenzukommen. Wenn wir in einem der großen roten Ziegelhäuser mit den weiten Rasenflächen, Lorbeersträuchern und sorgfältig kiesbestreuten Auffahrten zum Tee geladen waren, fühlten wir uns wie Eindringlinge – mit Ausnahme von Hester, die überall zu Hause war. Wir waren anders, gehörten dazu und doch wieder nicht, und Außenseiter zu sein ist ein unbehaglicher Zustand. Wir wollten gar nicht dazugehören, fühlten uns aber gedemütigt, weil wir nicht dazugehörten. Jetzt weiß ich, dass es für uns nicht gut war, in Southstone zu leben. In einer anderen, größeren Stadt, in London etwa, wären wir vielleicht keine Außenseiter gewesen.

»In London«, sagte Joss träumerisch, »kann man irgendwer sein. Man weiß nie, neben wem man sitzt. Es kann ebenso gut ein Bettler sein wie ein Herzog.«

»Oder ein Dieb«, sagte Onkel William, der sehr bestimmte Ansichten über London hatte.

»Southstone …«, fing ich an.

»Ist der Ort, in dem du lebst«, sagte Onkel William.

»In Southstone«, sagte ich verzweifelt, »ist alles mittel, mittel, mittel!« So war es auch. Es gab weder Bettler noch Herzöge. »Nur Mittelmäßigkeiten!«

»Mein liebes Kind, so ist die Welt.«

»Die ganze Welt besteht doch nicht aus Mittelmäßigkeiten«, sagte Joss.

»Aber der größte Teil! Warum solltet ihr anders sein?«

Wir konnten keinen Grund dafür angeben, wussten aber und fühlten mit jedem Herzschlag, dass wir anders waren. »Wie werden wir jemals aus Southstone wegkommen?«, fragte ich Joss in meiner Verzweiflung.

Dann waren wir sehr frech zu Mutter, was zur Folge hatte, dass sie mit uns nach Vieux-Moutiers und Les Œillets fuhr.

Ich weiß nicht genau, wie sie darauf kam. Wahrscheinlich waren Joss und ich ungewöhnlich widerspenstig und schwierig gewesen, denn ich folgte neuerdings Joss' Beispiel, tyrannisierte Mutter, ging abscheulich mit Hester um, fuhr die Kleinen an und kritisierte alles. Nicht nur aus Gewohnheit, sondern auch ganz grundsätzlich war ich auf Joss' Seite.

»Oh, Mutter! Du bist so langsam!«

»Müssen wir ausgerechnet so einen widerlichen alten Teekannenwärmer haben?«

»Musst du diesen Hut tragen?«

Ich glaube, zu dieser Zeit war sie nur glücklich, wenn sie mit Willymaus und Vicky allein war. Sie und Hester ähnelten einander zu sehr, um zu wissen, ob sie sich glücklich oder unglücklich fühlten, wenn sie zusammen waren – es war so, als wollte man herausfinden, ob man sich in seiner eigenen Haut glücklich fühlt oder nicht.

»Wozu musst du diese Einkaufstasche mit dir herumtragen?«, fragte Joss.

»Um meine Einkäufe hineinzutun«, sagte Mutter erstaunt.

»Warum muss Hester Schuhe mit Gummisohlen auf der Straße anhaben?«

»Weil sie an den Strand geht.«

Dieses Zwiegespräch spielte sich auf dem Weg zum Strand ab.

Wir verreisten nie in den Sommerferien – »Als ob wir in anderen Ferien verreisten«, murrte Joss –, sondern verbrachten lange Tage mit unseren Picknickkörben am Strand. »Muss das sein?«, fragte Joss.

»Ich dachte, es gefällt dir«, sagte Mutter, aber Joss schauderte.

Unsere Picknicke waren eine Angelegenheit, die bei uns noch hausbackener war als bei anderen Familien. Wir schleppten Körbe und Taschen, die mit Hand-tüchern und Thermosflaschen zum Bersten vollgestopft waren, und eine scheußliche Proviantdose aus Alumi-nium, die Vater einmal aus Indien mitgebracht hatte und die auf der Straße immer aufging. Wir waren mit Eimern und Spaten, Krabbennetzen, Wolljacken und Papiertüten beladen. »Wie an einem Feiertag!«, sagte Joss. »Und muss Hester unbedingt mit allen Leuten re-den? Sie ist ein schrecklich lautes Kind!«

Wenn wir an den Strand gingen, mussten wir un-sere alten verschlissenen Baumwollkleider tragen, die wir »Vogelscheuchen« nannten. »Ich kann euch nicht helfen!«, sagte Mutter. »Ich kann nicht zulassen, dass ihr eure guten Kleider mit Salzwasser und Öl be-schmutzt.«

»Wir haben gar keine guten Kleider«, sagte Joss.

Mutter war sanftmütig, aber an diesem Tag gingen

wir zu weit. Ich weiß nicht mehr, was wir taten, aber schließlich verlor sie die Geduld.

»Ihr seid unerträglich selbstsüchtig!«, sagte sie.

Wenn Mutter zornig war, wurde sie nicht blass wie Joss, sondern puterrot. »Ihr denkt immer nur an euch!«

Wir starrten sie an. An wen sollten wir denn sonst denken?

»Alle Leute sagen mir, dass ihr schlecht erzogen seid, und sie haben leider recht.«

»Du hast uns doch selbst erzogen!«, sagte Joss.

»Leider haben sie recht!«, wiederholte Mutter.

»Und was gedenkst du dagegen zu tun?«, fragte ich, unverschämt, wie ich war, und Hester ließ ihr Händchen verstohlen in Mutters Hand gleiten.

»Ihr werdet schon sehen, dass ich etwas dagegen tun werde!«

»Was?«

Mutter holte tief Atem. »Ich werde mit euch nach Frankreich fahren und euch auf die Schlachtfelder führen.«

»Auf die französischen Schlachtfelder?«

Der Ton, in dem wir das sagten, war noch immer unverschämt, klang aber doch ein wenig gedämpfter – wie vereinzeltes Gewehrfeuer vor der Kapitulation. »Warum?«

»Damit ihr seht, wie andere Menschen sich aufgeopfert haben«, sagte Mutter, »sich um euretwillen aufgeopfert haben – und was andere Menschen zu geben bereit sind. Vielleicht wird euch das lehren, über euch nachzudenken und euch zu schämen ... die Schlachtfelder und die heilige Johanna!«, sagte Mutter. »Die heilige Johanna auf dem Scheiterhaufen! Wir werden dort halten, wo sie verbrannt wurde – wo immer es war –, und uns den Platz ansehen.«

»Oh Mutter, nicht mitten in den Sommerferien.«

»Sommerferien oder nicht – wir fahren hin!«, sagte Mutter und presste ihre Lippen aufeinander.

»Ph! Du hast doch gar nicht genug Geld«, sagte Joss, aber es klang ein wenig erschrocken.

»Ich werde mich an dem Erbe bedienen.«

»Das Erbe ist für das College.«

»Diese Reise wird eine Art College für euch sein«, sagte Mutter. »Sie wird euch erziehen. Ihr müsst lernen ... was ich euch nicht lehren kann«, sagte Mutter mit zitternder Stimme.

Sie unterließ es, Onkel William um Rat zu fragen, und ging stattdessen zu Mr Stillbotham.

Mr Stillbotham war ein älterer Herr, Theosoph und unseres Wissens der einzige Mensch, der in der Belmont Road wohnte und Reisen unternahm. Von Vater konnte man natürlich nicht behaupten, dass er in der Belmont Road wohnte. Mr Stillbotham verbrachte jeden Winter an der französischen Riviera. Wir bewunderten ihn schon aus diesem Grund, fanden aber auch, dass er mit seinem silberweißen Haar, seinem Kneifer, seinen blau-weiß gestreiften Hemden und seiner Fliege sehr distinguiert aussah. Wir schätzten auch sein Verhalten uns gegenüber, denn er war immer höflich und voller Bewunderung – besonders für Joss.

»Zögernd mit erschreckten Füßen,
Wo Bach und Fluss zusammenfließen«,

pflegte Mr Stillbotham zu sagen, wenn er sie sah. Da er
in unseren Augen genau die Person war, die uns richtig
beraten konnte, stimmten wir Mutter zu.

»Sie wollen Ihre Toten besuchen?«, fragte er, als Mutter ihm erklärte, die Schlachtfelder besuchen zu wollen.
»Sie sind nicht tot, sie leb...«, aber für die Zwecke, die
Mutter mit unserem Besuch verband, mussten sie tot
sein, und darum fiel sie ihm ins Wort. »Können Sie mir
ein nicht zu teures Hotel in der Nähe der Soldatenfriedhöfe empfehlen?«, fragte sie.

»Les Œillets in Vieux-Moutiers.« Es war das erste Mal,
dass wir den Namen hörten. »Vor dem Bahnhof stehen
immer genügend Autos.«

Die heilige Johanna war offenbar in Rouen verbrannt
worden. »Wenn Sie die günstigere Route über Newhaven und Dieppe wählen, können Sie unterwegs in
Rouen halten«, sagte Mr Stillbotham, »oder den Nachmittag in Paris verbringen, falls Sie dies vorziehen.«

Einen Nachmittag in Paris verbringen! Neben dieser Möglichkeit hatte die heilige Johanna nicht die geringste Chance. »Ich werde in den Louvre gehen«, sagte
Joss, »und die Mona Lisa sehen und die Nike von Samothrake!«

»Ich werde die Geschäfte sehen!«, sagte Willymaus
und wurde totenblass wie immer, wenn er aufgeregt war.

»Erinnert ihr euch an die Erdbeertörtchen, die kleinen Erdbeertörtchen in Sirup, die uns Vater einmal

30

mitgebracht hat?«, fragte Vicky. »Sie waren aus Paris!«, sagte sie ehrfürchtig.

Hester und ich verfolgten wie immer viel weniger hochfliegende Ziele. Sie war mit der Aussicht, Postkarten zu kaufen und mit ihrem Brownie Fotos zu machen, völlig zufrieden, während ich, das Chamäleon, die Absicht hatte, mich jedem von ihnen der Reihe nach anzuschließen. »Gut!«, sagte Mutter. »Auf diese Art werdet ihr mehr davon haben.« Wir alle waren gleichermaßen aufgeregt.

»Wenn ihr auf *mich* hören würdet …«, sagte Onkel William, doch niemand hörte ihm zu.

»Na schön! Aber kommt nicht zu mir, wenn ihr in Schwierigkeiten geraten seid und Hilfe braucht!«

»Wir werden keine Hilfe brauchen«, sagte Mutter würdevoll, aber am Tag vor unserer Abreise wurde sie von einer Bremse ins Bein gestochen. »So eine kleine Fliege«, sagte Hester, »und was sie alles angerichtet hat!«

Als Mutter im Zug von Dieppe nach Paris den Strumpf auszog, war ihr Bein geschwollen und purpurrot, grün und blau. »Es sieht aus wie ein Bluterguss«, sagte Hester. »Hast du dir das ganze Bein zerquetscht? Von oben bis unten?«, fragte sie ungläubig.

Mutter schüttelte den Kopf. Als ob sie die Kontrolle über ihre Hände verloren hätte, drehte sie ihre Handtasche zwischen den Fingern hin und her, und obwohl sie sich sehr heiß anfühlte, zitterte sie.

»Du bist krank!«, sagte Joss vorwurfsvoll, und Mutter konnte das nicht leugnen.

Der Tag sollte nicht nur enttäuschend, sondern auch schockierend werden. Vom Zug aus betrachtet, sah Frankreich nicht viel anders aus als England; die Landschaft wies die Farben der Gemälde John Constables auf, mit denen wir aufgewachsen waren, und in Paris sahen wir weder den Louvre oder die schönen Geschäfte noch kamen wir dazu, Erdbeertörtchen zu essen. Wir kauften keine einzige Postkarte und machten keine Fotos. Wir warteten im Wartesaal darauf, dass es Mutter besser ging. Eine Zugbegleiterin in dunkelblauem Overall mit einem schwarzen gehäkelten Tuch um die Schultern war auf uns aufmerksam geworden und musterte uns, aber wir waren viel zu eingeschüchtert, um mit ihr zu sprechen. »Warum seid ihr nicht zu Cook gegangen? Oder zu Lunn? Oder zu American Express? Überall hätte man euch geholfen.« Onkel William hat uns diese Fragen später oft gestellt, aber Joss und ich hatten keinen anderen Gedanken im Kopf, als Mutter, Hester, die Kleinen, uns selbst und unser Gepäck nach Vieux-Moutiers und Les Œillets zu schaffen.

Um sieben Uhr abends sollte ein Zug nach Vieux-Moutiers fahren. Ich erinnere mich, bei einem kleinen Wagen Brötchen und Wurst gekauft zu haben. Ich wusste nicht, was ich sonst hätte kaufen können, und Joss hatte sich geweigert mitzukommen. »Aber du bist doch die Älteste!«, sagte ich.

»Aber du bist die Beste in Französisch!«, sagte Joss mit grausamem Hohn.

Wir drängten uns wie eine Herde verängstigter Schafe zusammen und schnupperten. Der Knoblauchgeruch der Wurst stieg uns in die Nase. Da wir aber Knoblauch noch nie vorher gerochen hatten, schenkten wir die Wurst der Zugbegleiterin und aßen die Brötchen.

Ich erinnere mich, dass Mutter aufschrie und sich auf die Lippen biss, als Vicky ihr Bein berührte. »Sorgt euch nicht!«, sagte sie einen Moment später. »Gott schickt einem nicht mehr, als man ertragen kann.« Aber sie musste sich gleich wieder auf die Lippen beißen. Ich erinnere mich auch, dass Willymaus plötzlich verschwunden war. »*Il est parti voir les locos*«, sagte die Zugbegleiterin, aber Willymaus war zum Zeitungskiosk gegangen, wo eine neue Ausgabe der *Vogue* auslag, die er sich ansehen wollte.

An die Fahrt im Zug kann ich mich nicht mehr erinnern, wohl aber daran, dass Mr Stillbotham sich geirrt hatte und keine Taxis vor dem Bahnhof standen. »*Mais c'est bien loin*«, sagte der Träger, was uns veranlasste, den Handkarren zu nehmen.

»Mutter kann doch nicht gehen!«, sagte Hester.

»Sie muss.« Eine erschreckende Härte war über uns gekommen. Wir packten sie unter den Armen und zogen sie weiter. Sie stöhnte und stolperte, und Hester weinte. Schließlich kamen wir vor den Toren von Les Œillets an.

Während wir warteten, nachdem der Träger geläutet hatte, ließ ich die anderen stehen und ging ein paar Schritte weiter, da mich plötzlich das Gefühl überfallen hatte, dass hier ein riesiger Garten sein müsse. Ich sage »plötzlich«, weil es mich tatsächlich wie mit einem Messerschnitt von den anderen loslöste. Durch das Tor blickte ich in einen Hof, der rings um einen viereckigen Rasenplatz mit Kies bestreut war. Beiderseits des Hauses führten Wege in ein tiefes Dickicht. Das Tageslicht war jetzt fast erloschen, und die Silhouetten der Bäume entlang der Hofmauern zeichneten sich graugrün vom Himmel ab, während der Garten schwarz in der Tiefe seiner Schatten lag. Ununterbrochen war ein leise plapperndes Geräusch zu hören – das typische Flüstern französischer Pappeln, das ich damals noch nicht kannte. Ein Vogel stieß einen schlaftrunkenen Ruf aus, eine Eule antwortete mit jenem seltsamen nächtlichen Schrei, den ich als solchen erkannte, obwohl ich ihn noch nie gehört hatte.

Von Weitem schlug mir der sommerliche Duft von frisch gemähtem Heu entgegen, und aus nächster Nähe kam der schwere, süße Duft einer Blüte. Es muss eine weiße Blüte sein, dachte ich, Jasmin oder weißer Flieder. Von dem Zwischenhalt in Paris und der Bahnfahrt war meine Haut trocken wie ausgeglühte Asche, und die kühle Nachtluft tat meinen Wangen wohl. Tiefer Friede erfüllte mich, alle Schrecknisse und Bedenken des Tages schienen von mir abzufallen. Das war wirklich das Hôtel Les Œillets, nicht die Fata Morgana, der wir entgegengereist waren. Wir waren am Ziel.

»*L'hôtel n'accepte pas les malades*«, sagte Madame Corbet.

»Heißt das, dass sie Kranke nicht aufnehmen?«, fragte ich Joss.

»Es scheint so.«

Das Büro von Les Œillets war ein winziger Raum neben der Treppe und zu klein, um als Zimmer bezeichnet zu werden. Aus der Halle führten ein paar Stufen zu einem Zwischengeschoss mit einem Treppenabsatz und ein paar Türen. Das Büro war ein Nebenraum dieses Treppenabsatzes und von ihm nur durch eine Theke und ein Messinggitter getrennt. Hinter der Theke war gerade genügend Raum für eine Kasse, ein Schlüsselbrett mit Postfächern und Madame Corbets Schreibtisch mit ihren Rechnungsbüchern und dem Telefon. Nun standen wir – Joss, Hester, Willymaus, Vicky und ich – vor dem Messinggitter. Willys Augen waren genau auf Höhe der Theke, während die Spitze von Vickys Hut gerade über sie hinausragte.

Das Treppenhaus war blassgrün getäfelt und die Täfelung wie ein Sieb von sonderbaren Löchern durchbohrt, die allerdings die Eleganz keineswegs beeinträchtigten. Auch die Halle war elegant. Es war sonderbar, dass wir, die Eleganz nie vorher gesehen hatten – obzwar es unser Lieblingswort war –, sofort von ihr beeindruckt waren, Hester ausgenommen. »Es ist nicht ein bisschen wie das Metropole oder das Cavendish«, sagte sie enttäuscht. Das Metropole und das Cavendish waren die großen Hotels an der Esplanade von Southstone, aber mir gefiel Les Œillets besser. Die Treppe führte mit einem graziösen Schwung in den ersten Stock, der Handlauf des Geländers war aus dunklem, poliertem Holz, die Baluster, die ihn stützten, waren schlank und weiß. Auf halbem Weg nach oben befand sich ein kreisrundes Fenster, durch das man einen Blick auf dunkle Baumwipfel erhaschte, und an den Wänden hingen kristallene Wandleuchter, die zu dem Kristalllüster in der Mitte der Halle passten. Wir blickten staunend zu ihm auf, denn wir hatten noch nie einen Kristalllüster gesehen. Der Fußboden der Halle bestand aus viereckigen Marmortafeln, die Stühle waren vergoldet, die Polsterung aus verblasstem Brokat, und an den Wänden standen vier kleine Tische. »Aber es sind nur halbe Tische!«, sagte Willymaus verblüfft. Auch Konsolentische hatten wir noch nie gesehen.

Inmitten dieser prächtigen Halle nahmen sich unsere Koffer recht armselig aus. Wir hatten noch anderes, noch schäbigeres Gepäck: einen Korb, die Tüte mit den Orangen, ein braunes Packpapierpaket, das die Gummistiefel der Kleinen enthielt, und einen unordentlichen Haufen von Regenmänteln mit herunterhängenden Gürteln. Außerdem trug jeder von uns seine persönlichen Schätze mit sich. Joss' Zeichenbrett mit dem darangeschnallten Malkasten sah natürlich sehr nett aus, Hester hatte ihre Kamera umgehängt, Willymaus schleppte sich mit Miss Dawn und Dolores, seinen Skizzenbüchern und seinem Arbeitskasten ab, und Vicky hielt das Körbchen mit Nebukadnezar im Arm. Nebukadnezar war ein Schwein, das sie in der Schule aus Kartoffeln mit Augen und Beinen aus Zündhölzern gebastelt hatte und von dem sie sich niemals trennte, obwohl es schon ein wenig zu schrumpeln begann. »Wenn er ganz zusammengeschrumpft ist, werde ich ihn aufessen«, sagte Vicky. Mutter saß auf einem Stuhl, den Hut schief auf dem Kopf, die Jacke ihres Kostüms falsch zugeknöpft. Sie hatte den Kopf an die Rückenlehne des Stuhls gestützt, die Augen geschlossen, und ihr Gesicht schien jetzt genauso fleckig zu sein wie ihr Bein. Wir Kinder sahen schlampig und schmutzig aus, auf Hesters und Vickys Wangen hatten die Tränen Schlieren durch den Schmutzfilm gezogen, ihre Socken waren hinuntergerutscht, und unsere Schuhe waren staubig. Ich sah vollkommen ein, dass wir nicht zu den Familien gehörten, die einem Hotel zur Zierde gereichen.

»Ich nehme an, dass es einen Arzt gibt, der unsere Mutter in ein Krankenhaus bringt«, sagte Joss auf Englisch.

»*L'hôtel n'accepte pas les enfants seuls.*«

»Das Hotel nimmt Kinder ohne Begleitung nicht auf.«

»Aber wenn wir doch keine Begleitung haben?«, sagte Hester.

Madame Corbet saß hinter dem Messinggitter und hatte ihre Hotelbücher vor sich ausgebreitet. An diesem heißen Sommerabend trug sie eine schwarze hochgeschlossene Bluse und hatte ein schwarzes gehäkeltes Tuch mit Pompons, vorne gekreuzt, um ihre Schultern gelegt. An ihrem rechten Zeigefinger steckte eine schmutzige Schutzkappe aus Zelluloid, und gelbliche Hautverfärbungen auf ihrem Gesicht ließen auch dieses fleckig erscheinen. Ihr schwarzes Haar war in zwei Schnecken über dem Scheitel aufgetürmt, und ihre Oberlippe zierte ein schwarzes Schnurrbärtchen, das Willymaus – der auf den Zehenspitzen stand, um über die Theke sehen zu können – sofort ins Auge stach. Tatsächlich musterte er es während der ganzen langen Unterredung.

Joss war verzweifelt, was ich an der Blässe ihrer Wangen und an ihren weit aufgerissenen Augen erkannte. Sie hatte Mutters große alte Handtasche an sich genommen, die an ihr noch unförmiger aussah. »*S'il vous plaît, aidez-nous!*«, sagte sie. Ich wusste, wie schwer es ihr fiel, sich so zu erniedrigen, aber Madame Corbet zuckte nur mit den Schultern, sodass ihr Haarknoten wackelte und die Pompons an ihrem Umhängetuch tanzten.

»*Et qu'est-ce que je peux y faire, moi? Je ne suis pas la patronne. Je suis Madame Corbet, c'est tout.*« Sie sagte das in einem Ton, als ob es das Letzte vom Letzten wäre, Madame Corbet zu sein.

»Wenn es nicht Ihr Hotel ist, wo ist denn ...« Joss zog eine Liste zurate, die Mr Stillbotham uns gegeben hatte. »Wo ist Mademoiselle de Presle?«

»*Mademoiselle Zizi? Elle va diner au Château de Méry.*«

Joss und ich blickten einander an. Hat sie gesagt, dass Mademoiselle Zizi zum Abendessen ausgeht? In Southstone aßen wir um sieben Uhr zu Abend, und jetzt war es fast zehn.

»*Au Château de Méry*«, wiederholte Madame Corbet mit Nachdruck.

Das Zimmermädchen, das uns geholfen hatte, unser Gepäck hereinzuschaffen, und jetzt abwartend bei der Treppe stand, schlug die Augen zum Himmel auf und bekreuzigte sich. Es war eine unverschämte Geste, die Madame Corbet veranlasste, den Ton ihrer Stimme zu verschärfen.

»*Y sont des amis ...*«

»*Amis* heißt Freunde«, erklärte ich Hester. »Mademoiselle de Presle geht in ein großes Haus, in ein *château*, was Schloss bedeutet, um Freunde zu besuchen.«

»*Des amis à Monsieur Eliot …*«, sagte das Mädchen. Warum betonte sie so nachdrücklich, dass es sich um ›Freunde von Mr Eliot‹ handelte?

Madame Corbet nahm keine Notiz von dem Mädchen, sondern wandte sich an uns: »Möglicherweise wird auch der Präsident der Handelskammer zugegen sein«, und ich dachte: So, sie spricht also Englisch!

»Dann können wir wohl nicht mit Mademoiselle de Presle sprechen?«, fragte Joss.

»Natürlich nicht!«

»Aber was sollen wir denn tun?«

Madame Corbet zuckte mit den Schultern. »*Vous feriez bien d'aller au commissariat. Oui, allez au commissariat!*«

»*Commissariat?*« Was war das? Wieder sahen wir einander verblüfft und ratlos an. »Polizei«, sagte der Hotelbursche von seinem Platz auf der Treppe aus. »Polizei gehen!«

Joss wurde so flammend rot im Gesicht, als ob Madame Corbet sie geohrfeigt hätte. »Komm!«, sagte sie zu uns.

Wir machten kehrt und folgten Joss durch die Halle, wobei wir um zwei große Wolfshunde herumgehen mussten, die ihre dunklen Köpfe hoben. Einer wedelte mit dem Schweif – es war das erste Zeichen von Freundlichkeit, das Les Œillets uns zukommen ließ. Vielleicht war es dieses kleine Zeichen, das Madame Corbets Schamgefühl erweckte.

»*Vous pouvez laisser les bagages*«, rief sie uns nach.

»Danke, nein«, wehrte Joss ab.

Das war ihr Stolz, aber nicht sehr zweckmäßig. Der Träger war bereits gegangen, und ich weiß nicht, wie wir es fertiggebracht hätten, mit Mutter, den Kleinen und dem Gepäck zur Polizeistation zu gehen. Aber in diesem Augenblick erhoben sich die Hunde, wedelten noch heftiger mit den Schweifen als vorher und sahen erwartungsvoll zu einer der Türen im Zwischengeschoss. Sie öffnete sich, und Mademoiselle Zizi und Eliot traten heraus.

Es war das erste Mal, dass wir jemanden im Frack sahen. Onkel William besaß natürlich einen Smoking, aber weiter reichte unsere Vorstellungskraft nicht. Ich spreche ausdrücklich zuerst vom Frack, denn es war Eliot, der unsere Blicke auf sich zog. Jetzt erscheint es mir sonderbar, dass wir in dem Augenblick, da wir zum ersten Mal in unserem Leben einen Herrn und eine Dame in Abendkleidung sahen, zuerst den Herrn anschauten, aber etwas anderes kam gar nicht infrage. Hester schnappte nach Luft.

»Waren Sie jemals bei der Marine?«, fragte Joss Eliot später einmal. Ich wusste, wie sie auf diese Idee kam: Er war groß, schlank und braun gebrannt und sah aus, wie Marineoffiziere in Zeitschriften auszusehen pflegen. Selbst die scharfen Falten in seinen Augenwinkeln erweckten den Eindruck, als hätte er oft die Augen zusammengekniffen, um in die Sonne zu schauen. »Waren Sie jemals bei der Marine?«

»Wahrscheinlich!«, sagte Eliot.

»Wissen Sie es nicht sicher?«, fragte Hester ungläubig.

»Ich weiß, dass ich Soldat gewesen bin«, sagte Eliot.

»Zigeuner, Schneider, Soldat, Seefahrer, ein reicher Mann, ein armer Mann ...« Hester unterbrach ihn.

»Sie können doch unmöglich alles gewesen sein?«, sagte sie.

»So ziemlich alles«, sagte Eliot.

Wir nahmen als selbstverständlich an, dass seine Augen blau waren. Er hatte braunes, leicht angegrautes Haar und ungewöhnlich hohe Wangenknochen. »Von meiner chinesischen Großmutter«, sagte er ernst, und wir glaubten ihm. Noch heute scheint mir, dass seine Hände und Füße so klein waren wie die eines Orientalen. »Ich stamme von Dschingis Khan ab«, sagte er später einmal, und Hester fragte: »Wer war Dschingis Khan?«

»Ein grausamer Tatar«, sagte Eliot und strich ihr über das Haar.

Seine Kleider waren so makellos – ein Wort, das ich Willymaus beigebracht hatte, weil es mir außerordentlich gefiel –, dass sie aussahen, als hätte er sie eben erst gekauft.

»Er hat sie auch wirklich immer erst gekauft!«, sagte Hester später. »Armer Eliot! Er konnte seine Kleider niemals lange behalten.«

»Was soll das heißen?«

»Er hat es selbst gesagt. ›Ein Jammer, dass ich diesen Mantel so gern trage!‹, hat er gesagt. ›Es fällt mir schwer, mich von ihm zu trennen.‹ Er hat den karierten gemeint und natürlich nur laut gedacht. Er hat

41

nicht gewusst, dass ich in der Nähe war. Toinette hat oft gesagt, dass seine Hemden und Pyjamas immer neu waren.«

An jenem ersten Abend hatte er an seinen Frack eine Menge Medaillen angesteckt. »Seine eigenen?«, fragte Onkel William sehr misstrauisch, aber … »Natürlich waren es seine eigenen«, sagten wir entrüstet.

Er trug eine dunkelrote Nelke im Knopfloch, die uns ein Symbol für Eliot zu sein schien. Warum machen Blumen, die ein Mann gekauft hat, so viel mehr Eindruck als Blumen, die von Frauen gekauft werden? Ich könnte nicht sagen, warum, aber es ist so. Vater brachte ja auch Blumen nach Hause, aber sie waren getrocknet, gepresst, braun – das Leben war aus ihnen gewichen. Die Nelke in Eliots Knopfloch lebte.

Hinter Eliot kam Mademoiselle Zizi. Als wir sie erblickten, waren wir sprachlos vor Verlegenheit, denn Mademoiselle Zizi war … »Nackt!«, flüsterte Hester. Ihr Nacken, ihre Arme und Schultern waren nackt. »Vorne und hinten!«, sagte Hester bestürzt. Bevor wir Mademoiselle Zizi gesehen hatten, wussten wir gar nicht, was für kleine Puritaner wir waren.

Insgeheim fand ich sie sehr schön. Sie hatte üppiges dunkelrotes Haar, und ihre Augen waren fast übernatürlich groß – wie die Augen von Sonnenblumen, dachte ich. »Ihre Lider sind blau angestrichen«, sagte Hester verblüfft. Ihr Mund war sehr, sehr rot, und das wenige, was von ihrem Kleid vorhanden war, bestand aus schwarzer Gaze.

Ich bemerkte, dass Willymaus das Kleid zuerst kritisch, dann befriedigt musterte. »Das ist ein wirkliches Kleid!«, wisperte Willymaus. »Und dieser Duft!«

»Ist der Duft die Dame?«, fragte Vicky. Er hatte sich in der ganzen Halle ausgebreitet, als Mademoiselle Zizi mit Eliot die Treppe heruntergekommen war.

Bei unserem Anblick blieben sie überrascht stehen, und in diesem Augenblick war es, dass Eliot ausrief: »Guter Gott! Ein ganzes Waisenhaus!«

Joss war zu wütend, um zu bemerken, dass er englisch gesprochen hatte.

»Machen Sie sich keine Sorgen!«, sagte sie spitz. »Wir bleiben nicht hier.« Dann wandte sie sich mit einem scharfen Befehl an uns: »Kommt! Erst werden wir das Gepäck wegschaffen und dann zurückkommen, um Mutter abzuholen.«

Mit ihren Malsachen unterm Arm schritt sie an Eliot vorbei zur Tür. Sie trug zwei Koffer, an einem von ihnen hing Vicky, die Nebukadnezars Körbchen trug. Wir anderen wankten mit unserem Gepäck getreulich hinter ihr her. Paul ging zur Tür, um sie zu öffnen, aber Eliot trat vor und versperrte uns den Weg.

»Wohin wollt ihr so spät in der Nacht gehen?«

»Zur Polizei!« Joss war so zornig, dass ihre Nasenflügel bebten.

»Zur Polizei? Warum?«

»Wegen euch Franzosen«, sagte Joss wütend.

»Ich bin kein Franzose, ich bin Engländer«, sagte Eliot.

Mutter musste diese Worte gehört haben, denn sie stöhnte leise auf und sagte: »Bitte!« Eliot schaute an uns vorbei zu ihr hinüber und machte ein langes Gesicht. »Zizi«, sagte er, »sie ist krank!«

Er ging rasch zu Mutter und beugte sich über sie; dann ergriff er ihre Hand, fühlte ihren Puls und stellte allerhand Fragen, die sie allerdings nach jenem leisen »Bitte!« nicht mehr beantworten konnte. Hilflos rollte ihr Kopf an der Rückenlehne des Stuhls hin und her.

»Sie ist sehr krank, Zizi«, sagte er. »Wir müssen helfen.«

»Aber ... unser *diner*.« Ihr gebrochenes Englisch klang recht angenehm.

»Gleichwohl.«

»Wir werden zu spät kommen!«

»Gleichwohl.« Es klang wie ein Befehl. »Irène«, rief er Madame Corbet zu, »rufen Sie Doktor Giraux an!« Und Mauricette befahl er: »Schließen Sie die Zimmer auf!«

Ich hörte das Klicken, als Madame Corbet den Hörer abhob. Das Zimmermädchen zuckte mit den Schultern und ging zu dem Schlüsselbrett. Paul nahm Joss die Koffer ab, aber Mademoiselle Zizi blieb regungslos am Fuß der Treppe stehen, ihr schönes Kleid hochgerafft.

III

Das Erwachen an einem fremden Ort kann sich wie eine zweite Geburt anfühlen. Ich glaube, auf mich wirkte es noch überraschender als auf andere, denn soweit ich zurückdenken konnte, war ich Tag für Tag in demselben Schlafzimmer in der Belmont Road aufgewacht, dem typisch englischen Schlafzimmer mit der verblassten graublauen Tapete, den ewig gleichen weißen Vorhängen, dem blauen Linoleum und dem braunen Bettvorleger – der stellenweise so abgetreten war, dass das weiße Innere durch das Braun durchschien –, den weißen emaillierten Eisenbetten mit den türkisch gemusterten Daunendecken und den Bildern an der Wand, die nichts anderes waren als eingerahmte Drucke aus alten Beilagen der *Illustrated London News*. Sie stammten noch aus Onkel Williams und Mutters Kinderzimmer, aber Joss hatte sie von der Wand genommen und an ihrer Stelle ein chinesisches Bild aufgehängt. Als sie in Willys Zimmer umzog, nahm sie es mit, und ich hängte die Drucke wieder auf. »Cecil ist so sentimental!«, sagte Joss.

Wenn ich frühmorgens zwischen Wachen und Schlafen in meinem Bett lag, konnte ich alle die gewohnten Morgengeräusche hören und erkennen: den Milchmann und sein Pony, die eiligen Schritte des Zeitungsjungen, das Plumpsen der Zeitung, wenn er sie durch den Schlitz des Briefkastens warf, den Briefträger – obwohl er nur sehr selten etwas für uns abzugeben hatte –, das Tratschen der Spatzen, das Glockenspiel der Rathausuhr, Mutters leichte Schritte, wenn sie behände die Treppe hinunterlief, um die Flamme hochzudrehen, damit wir heißes Badewasser hätten.

An diesem Morgen erreichte eine hohe, klare Tonfolge, zerlegt in kleine spitze Töne, meine Ohren. Es dauerte eine ganze Weile, ehe ich erkannte, dass es der Morgengesang der Vögel war. Das Zimmer war in ein frühes Dämmerlicht getaucht, die Decke hoch über mir und die Wände weit entfernt, da es ein sehr großes Zimmer war. Ich entdeckte das oberste Ende eines grünen Fensterladens und sah dann, dass die Läden von der Decke bis zu dem kahlen Fußboden reichten, der aus einfachen polierten Planken bestand. Es war ein ungeheuer großes Bett, und neben mir lag Willymaus.

Wir hatten ohne Kopfkissen geschlafen. Zu unserer Überraschung waren in den Betten keine vorhanden gewesen, und wir waren zu schüchtern gewesen, um danach zu fragen. Außerdem war das Wort *oreiller* so schwer auszusprechen. Ich erinnere mich, wie verdutzt wir waren, als wir sie schließlich im Kleiderschrank entdeckten. Warum Toinette sie dort aufbewahrte, habe ich nie erfahren.

Die Bettlaken fühlten sich so heiß und trocken an, als

ob die Baumwolle, aus der sie gewebt waren, brüchig geworden wäre. Ich schwang die Beine über den Bettrand, glitt hinunter und fühlte, als ich zum Fenster ging, an meinen Sohlen, wie kühl die Planken waren. Nach wenigen Augenblicken fand ich heraus, wie sich die Läden öffnen ließen, und riss sie auf.

Ich blickte in grüne Baumkronen. Zuerst dachte ich, dass das Haus von Bäumen umringt sei, dann aber sah ich, dass es eine einzelne Pappel vor meinem Fenster war, die das Zimmer mit ihrem Rauschen erfüllte, und dahinter ein anderer großer Baum, der mir eine Weide zu sein schien, obwohl ich nie gewusst hatte, dass Weiden so groß werden können. Zwischen ihren hängenden Zweigen erspähte ich, weiter weg, dicht gedrängte Reihen von Obstbäumen, von denen einige schwer mit Früchten beladen waren. Vielleicht war es dieser erste Anblick, der in mir für immer den Eindruck hinterließ, dass der Garten von Les Œillets so grün, so grün und golden war wie die ganze Landschaft an der Marne, die sich jenseits der Stadt und entlang des Flusses meilenweit über die Champagner-Weinberge erstreckte. Aber nicht nur Weinberge, sondern auch Kirschplantagen, denn die Umgebung von Vieux-Moutiers war auch eine Kirschengegend, und ihre eingelegten Kirschen sind weltbekannt. Mutter hatte nur die Schlachtfelder im Sinn gehabt und nicht daran gedacht, sich auch sonst über die Gegend zu erkundigen. Ich bin sicher, dass es nicht ihre Absicht gewesen war, uns in eine luxuriöse Ecke Frankreichs zu bringen, wo die Bäume und Weinberge im Herbst fast in Gold getaucht sind.

Wir sollten diese Pracht ja nie zu Gesicht bekommen, wussten auch damals kaum etwas über sie. Aber als ich da am offenen Fenster stand, bekam ich einen Vorgeschmack auf jene grüne und bernsteinfarbene Zeit und das Verständnis für die herrliche Landschaft, die sich im Morgendunst rings um Vieux-Moutiers in der Ferne verlor. Das Städtchen selbst lag verborgen hinter den Bäumen, aber ich erhaschte einen Blick auf Häuser, die am Hang eines Hügels emporkletterten, der von einem großen Bauwerk – einer Burgruine oder einem Schloss mit Wällen und Türmen – gekrönt war. Die Häuser waren gelblich weiß und drängten sich unterhalb der Wälle zusammen. Ich hatte den Eindruck, dass sie nach unten strebten, wahrscheinlich einem Fluss entgegen, denn ich hörte das Plätschern eines Ruderbootes. Da es aus nächster Nähe kam, schloss ich, dass der Fluss gleich hinter dem Obstgarten vorbeifließen müsse.

Unsere Zimmer lagen im zweiten Stock, und wenn ich hinunterschaute, konnte ich eiserne Stufen mit einem verschnörkelten Eisengeländer sehen, die von einer am Haus entlanglaufenden Terrasse in einen Garten führten, der nur aus Kies und kleinen Blumenbeeten zu bestehen schien. Ich erfuhr erst später, dass Robert, der schweigsame, unfreundliche Gärtner, seine ganze Zeit damit verbrachte, den Kies zu rechen und die Blumenbeete in Ordnung zu halten. In der Mitte des Gartens war ein rundes Beet mit einer eisernen Urne, in der Geranien wuchsen, und kleinere Rabatten an den Seiten waren mit Blumen bepflanzt, deren Farben selbst im Licht des frühen Morgens grell leuchteten. Das Ganze

wirkte genau wie die Gärten, die in unseren Franzö-
sischbüchern abgebildet waren, hässlich und steif. Aber
im Hintergrund, jenseits einer niederen Buchsbaumhecke, konnte ich einen Dschungel von Gras und Sträuchern, Bäumen und Bambusstauden erahnen, Kaskaden von Rosen und Schlingpflanzen, unter denen eine
riesige Araukarie fast zu ersticken drohte. Durch diese
Wildnis wanden sich vermooste Wege, die von schim-
mernden weißen Statuen flankiert waren. Einige von ihnen waren zerbrochen, ihre Arme und Beine abgehauen,
und eine war zu Boden gestürzt. Jenseits dieser Wildnis
glaubte ich einen Obstgarten zu erkennen und in seiner
hohen Mauer eine blaue Tür. Während ich noch zu der
Tür hinüberschaute, ertönte vom Fluss her das Tuten
eines Schleppkahns.

Im Garten war es hell, aber es war ein junges Licht,
in dem noch keine Sonne war, klar, mit einem Stich ins
Grünliche, der von den Bäumen und Sträuchern kam.
Der tiefe Frieden, der an den Toren von Les Œillets
über mich gekommen war, erfüllte mich wieder. Ich
hätte vor Freude und Wohlbehagen in den Gesang der
Vögel einstimmen können. Während ich noch in meinem Pyjama am Fenster stand und in den Garten hinunterschaute, trat ein Mann aus dem Haus und ging
die eiserne Treppe hinunter. Es war ein alter Mann mit
weißem Haar und einem kleinen weißen Spitzbart; von
oben sah er fast viereckig aus. Er hatte eine blaue Baumwollhose und einen weißen Mantel an und ein Béret
auf dem Kopf, was ich noch immer komisch fand. Er
schleppte eine Unmenge von Dingen mit sich: etwas,

das wie eine Staffelei mit langen Beinen aussah, einen Klappstuhl, eine Kassette und einen bauchigen weißen Sonnenschirm von der Art, wie ihn die Leute vor ihren Strandhäuschen in Southstone aufstellten. Er schien in Eile zu sein. Ich sah ihm nach, als er über den Kiesweg hastete, in der Wildnis verschwand, zwischen den Obstbäumen kurz auftauchte und schließlich an der blauen Tür anlangte, vor der er seine Siebensachen abstellen musste, um das Tor öffnen zu können.

»Das war Monsieur Joubert«, sagte Eliot, als ich ihn später fragte. »Monsieur Joubert, der sich das erste Licht zunutze machen wollte.«

»Wer ist Monsieur Joubert?«

»Ein Maler.«

Ein Maler! Joss würde sich freuen, das zu hören!

»Ein sehr berühmter Maler«, sagte Mademoiselle Zizi. »Selbst eine unwissende kleine Engländerin sollte wissen, wer Marc Joubert ist.«

»Er sah gar nicht berühmt aus«, sagte ich zu meiner Verteidigung. »Er war so komisch angezogen, und er sah …«, ich versuchte, das richtige Wort für seine Eile zu finden, »… ängstlich aus.«

»Was er vermutlich auch war«, sagte Eliot. »Das Morgenlicht ist nur von ganz kurzer Dauer. Ich glaube steif und fest …«, seine Stimme klang herausfordernd, als wäre es absurd, an etwas zu glauben, »dass, sobald ein menschliches Wesen aus dem Haus tritt, der Morgen entweiht ist … ausgenommen ein Mensch wie Monsieur Joubert oder …«, und seine Blicke ruhten nachdenklich auf uns, »… oder vielleicht Kinder.«

50

»Hast du Kinder so gern?«, fragte Mademoiselle Zizi.

»Ich kenne keine«, sagte Eliot.

Vorläufig aber beobachtete ich Monsieur Joubert, ohne seinen Namen zu kennen. Die blaue Tür fiel mit einem gedämpften Krach ins Schloss, und dann hörte ich ein anderes Geräusch, das aus dem Zimmer nebenan kam und von dem ich nun wusste, dass es mich geweckt hatte. Es war Joss in dem kleinen Raum neben unserem Schlafzimmer – sie hatte ihn gewählt, obwohl er eigentlich für Willymaus bestimmt gewesen war –, und das Geräusch verriet, dass sie einen ihrer Anfälle hatte.

»Die Nerven«, pflegte Mutter zu sagen, aber Onkel William war eher geneigt, sie als Gallenprobleme zu bezeichnen. Vermutlich hatten beide recht. Jedenfalls traten diese Anfälle immer zu den ungelegensten Zeiten auf, und als ich jetzt hörte, was vorging, begann sich ein düsterer Schleier über den Tag zu legen. Ich wusste, dass es ein schwerer, schrecklicher, vermutlich ein demütigender Tag werden würde, und nun war Joss zu nichts zu gebrauchen. Ich ging zu ihr und fand sie so, wie ich erwartet hatte: Sie würgte und erbrach, ihre Haut war sonderbar grüngelb verfärbt, ihre Augen sahen aus, als ob sie vor Schmerzen aus den Höhlen quellen wollten. Nun wird sie tagelang im verdunkelten Zimmer liegen müssen, und ich werde die Verantwortung für alles allein zu tragen haben.

»Vielleicht hast du die Suppe nicht vertragen«, sagte ich, während ich ihr den Kopf hielt.

»Ich – habe – die Suppe – gar nicht gegessen.« Obwohl sie sich zwischendurch übergab, merkte ich doch, dass sie beleidigt war. In diesem Augenblick fiel mir ein, dass auch ich beleidigt war. Das Mädchen Mauricette hatte uns ein Tablett mit der Suppe in Tassen gebracht, nachdem man uns zu Bett geschickt hatte: Joss und mich in einem Atemzug mit Hester, Vicky und Willymaus ...

»Und zwischen Hester, Vicky, Willymaus und uns wird doch wohl noch ein Unterschied sein«, sagte Joss.

»Es tut mir leid. Das war mein Fehler«, sagte Eliot, als ich ihn zur Rede stellte – Joss weigerte sich, darüber zu sprechen. »Ihr dürft nicht vergessen, dass wir alle ein bisschen verwirrt waren.« Eliot, der sehr charmant sein konnte, lächelte Joss an und legte seine Hand auf ihre. »Wollen Sie mir nicht verzeihen?«

»Nein«, sagte Joss und entzog ihm ihre Hand.

Aber das ereignete sich viel später. Jetzt fragte ich Joss: »Soll ich Mutter holen?«

»Sei nicht so dumm. Eine Nonne ist bei ihr.«

»Eine *Nonne*?« Abergläubische Schauer liefen mir über den Rücken. »Dann ... stirbt sie also?«

»Sei doch nicht so dumm«, sagte Joss wieder, aber ihre Stimme klang schwächer. »Viele Krankenschwestern sind Nonnen – besonders in Frankreich.«

»Woher weißt du das?«

»Madame hat es mir gesagt. Ich war gestern Abend noch einmal bei ihr im Büro ...« Sie war die wenigen Schritte vom Waschtisch zu ihrem Bett getaumelt und konnte nicht weitersprechen. Kaum hatte sie sich hingelegt, musste sie wieder aufstehen. Ich half ihr auf die Beine, und als der Anfall vorüber war, fiel sie mit geschlossenen Augen und in kalten Schweiß gebadet rücklings in ihr Bett zurück. Der Waschtisch bestand nur aus einem schweren Porzellanwaschbecken und einem Krug. Ein Toiletteneimer war nicht vorhanden, wohl aber ein seltsamer Gegenstand, der aussah wie eine emaillierte Fußbadewanne oder eine Puppenwanne auf Beinen – ein Bidet war uns bisher noch nicht untergekommen –, für unsere Zwecke aber zu flach war. »Wenn du irgendwo eine Schüssel oder einen Eimer bekommen könntest, müsste ich nicht immer aufstehen«, flüsterte Joss.

»Wo sollte ich so etwas bekommen?«, fragte ich bestürzt.

»Unten. Irgendwo muss irgendetwas zu finden sein. Geh und schau nach.«

»In einem fremden Haus?«

»Das ist doch kein Haus. Es ist ein Hotel.«

»Aber wenn ich jemandem begegne?«

»Dann fragst du, wo du einen Eimer finden kannst.«

Ich schreckte vor der Schwierigkeit des Auftrags zurück, musste aber gehen. »Was heißt ›Eimer‹ auf Französisch?«, fragte ich.

Obwohl ich sehr leise hinunterschlich, knarrte die Treppe unter meinen Füßen. Ich erinnere mich noch genau, wie überrascht ich war, bei Tageslicht zu sehen, dass die Löcher in der blassgrünen Täfelung von Einschüssen herrührten. »Natürlich«, erklärte Mademoiselle Zizi immer wieder. »Sie haben mit Maschinengewehren in das Treppenhaus geschossen.«

»Und die Einschusslöcher sind geblieben?«, staunten die Gäste.

»Wie Sie sehen«, sagte Mademoiselle Zizi mit einem stolzen Lächeln.

»Wenn es *mein* Haus wäre, hätte ich sie längst auffüllen lassen«, sagte Joss.

Aus Angst vor den Hunden ging ich sehr vorsichtig hinunter, schämte mich aber meiner Feigheit, als ich sie in der Halle liegen sah, angekettet an den Fuß eines niedrigen Bettes. Sie mussten wissen, dass ich am Abend vorher schließlich doch Asyl bekommen hatte, denn sie wedelten mit den Schweifen.

Außer der Angst vor den Hunden hatte mich auch der Gedanke eingeschüchtert, dass Madame Corbet in ihrem Büro sein könnte. Aber das Messinggitter war heruntergelassen, die Theke abgeräumt und die Halle menschenleer. Rechter Hand schloss sich an die Halle ein türenloser Saal mit einer eingebauten Bar und an ihrem anderen Ende, dem Garten zu, ein zweiter Raum an, der ein Gewächshaus gewesen sein musste, von dem aus man durch Glastüren auf die Terrasse gelangte. In dem Saal standen kleine Eisentische, umringt von grün gestrichenen Stühlen, Garderobenständern und hölzernen, mit Messingreifen beschlagenen Kübeln, die mit Sand gefüllt und für Zigarettenstummel bestimmt waren. Die Bar war mit weißen Tüchern zugedeckt. Links von der Halle waren Türen, eine von ihnen mit der Aufschrift *Restaurant*, und in der Rückwand eine grün bespannte Schwenktür, die meiner Meinung nach in die Küche führen musste.

Als ich sie aufstieß, sah ich, dass ich nicht mehr weiterzugehen brauchte. Am Ende eines kurzen Flurs war ein mit Blumenvasen und Schalen beladener Tisch. Ich packte die erstbeste Schale und stand, fast bevor die Tür aufgehört hatte zu schwingen, wieder in der Halle, bedachte jeden der Hunde mit einem freundlichen Klaps und war eben im Begriff, die Treppe hinaufzueilen, als sich eine der weißen Türen im Zwischengeschoss öffnete und ein Mann auf den Treppenabsatz trat. Er hatte Lederpantoffeln an den Füßen und einen seidenen, gemusterten Morgenmantel an – wie ein Schauspieler, dachte ich – und rauchte eine Zigarette. Es war Eliot.

Wir blieben beide wie angewurzelt stehen. Ich wusste genau, wie lächerlich ich wirken musste, eingewickelt in meinen Regenmantel, aus dem die blau-weiß gestreiften Pyjamabeine hervorsahen, mit den nackten Füßen und dem, wie bei einem Baby, mit einem blauen Band straff nach hinten gespannten Haar. Aber mit einem Schlag vergaß ich plötzlich, mich meines Aussehens zu schämen, und starrte ihn an. Dies war ein anderer Eliot, nicht der freundliche Engländer von gestern Abend, ein anderer, kalter und … rücksichtsloser Mensch, dachte ich. Sonderbar, dass mir dieses Wort in den Sinn kam, da mir doch die volle Bedeutung des Begriffs »Rücksicht« eigentlich unbekannt war. »Eliots Augen sind gar nicht blau«, sagte Hester später einmal, »sie sind graugrün wie Kieselsteine.« Als ich ihm jetzt auf der Treppe so dicht gegenüberstand, sah ich, dass sie grau waren und ein kalter Zorn aus ihnen blitzte. »Was hast du hier unten zu suchen?«

Ich hielt ihm die Schüssel entgegen. »Joss, meine Schwester, ist krank.«

»Mein Gott, diese Kinder!«, rief er aus, zog die Tür hinter sich zu und lehnte sich dagegen. Dann schlug er einen etwas freundlicheren Ton an. »Zu viel gegessen?«, fragte er, aber ich erinnerte mich, dass ich beleidigt war, und zeigte ihm die kalte Schulter.

»So etwas tut meine Schwester nicht«, sagte ich und ging die Treppe hoch.

Als wir einen oder zwei Tage später Eliot aus irgendeinem Grund brauchten, sagte ich: »Ich werde ihn holen!«, und ging durch die Halle zu dem Treppenabsatz und der weißen Tür.

»Wohin gehst du?«, fragte Hester.

»In sein Zimmer.«

»Das ist nicht Eliots Zimmer«, sagte Hester. »Das ist das von Mademoiselle Zizi.«

IV

»Wer hat den Mann in mein Zimmer gelassen?«, fragte Joss.

Es war nach der Teestunde jenes ersten denkwürdigen Tages – »Nur dass es keinen Tee gegeben hat«, sagte Vicky; den *goûter* der französischen Kinder hatten wir noch nicht kennengelernt –, es war also nach der Stunde, in der es Tee hätte geben sollen, dass Eliot zu uns kam, als wir verloren rund um einen Tisch in der Bar saßen, und fragte: »Fehlt nicht eine von euch?« Dann forderte er mich auf, ihn zu Joss hinaufzuführen.

Sie lag steif und flach ausgestreckt auf ihrem Bett und rührte sich nicht, solange er im Zimmer war. Ihr loses Haar ringelte sich auf den Kissen, und im Halbdunkel der geschlossenen Fensterläden sah ihr bleiches Gesicht so klein aus wie das eines jener Hutzelmännchen, die wir aus Rüben schnitzelten. Sie hätte ebenso gut viel älter oder viel jünger sein können, als sie wirklich war, und Eliot schlug ihr gegenüber einen Ton an, wie er einem Kind in Vickys Alter angemessen gewesen wäre.

»Geht es unserem kleinen Mädchen schon besser?«

Sie antwortete ihm einsilbig. »Ja.«

»Kopf hoch. Bald wird es dir wieder besser gehen.«

»Ja.«

»Keine Wünsche? Du kannst haben, was du willst!«

»Nein.«

Ich glaube, Eliot wusste nicht, wie er sich verhalten sollte. »Du sorgst dich doch nicht allzu sehr um deine Mutter? Sie ist bei uns gut aufgehoben.« Keine Antwort. Eine Weile zögerte er noch, dann verließ er das Zimmer, und sofort fuhr Joss aus ihren Kissen auf.

»Wer hat ihn hereingelassen?«

»Ich …«

»Wie konntest du es wagen?«

»Aber … er kümmert sich doch um uns.«

Sie sah mich verwundert an. »Wer hat das gesagt?«

»Mutter. Sie hat ihn darum gebeten.«

»Sie war schon immer idiotisch!«, sagte Joss.

Die Übelkeit kehrte zurück, und ich sah zu, wie sie sich qualvoll in die Schüssel neben ihrem Bett erbrach. Als sie endlich erschöpft in die Kissen zurücksank, brachte ich – wie ich es jetzt schon zum Überdruss gewohnt war – ihr einen Waschlappen, wusch ihr den Schweiß von Gesicht und Händen und trocknete sie mit einem Handtuch ab. An ihrem Zusammenzucken merkte ich, dass jede Berührung ihr wehtat, aber sowie sie wieder imstande war zu sprechen, krächzte sie: »Du musst … es Mutter sagen!«

Ich stand mit dem Handtuch in der Hand neben ihrem Bett und versuchte, den Frosch hinunterzuwürgen, der mir in der Kehle zu stecken schien. »Ich kann es

Mutter nicht sagen«, stammelte ich. »Joss, sie ... sie haben sie ins Krankenhaus gebracht!«

Joss war zu krank gewesen, um verständigt zu werden, aber für mich war es ein zweigeteilter Tag geworden: zweigeteilt zwischen Les Œillets und der Belmont Road.

Sobald ich mich angezogen hatte, war ich zu Mutters Zimmer gegangen und hatte leise an die Tür geklopft. Als mir geöffnet wurde, sah ich, dass Joss recht gehabt hatte – da war wirklich eine Nonne. Sie trug ein weißes Gewand mit einer Kordel, an der ein Kruzifix hing, und um den Kopf hatte sie einen langen schwarzen Schleier. Ich hatte vorher nie eine Nonne aus der Nähe gesehen und starrte sie verblüfft an. Sie legte den Zeigefinger an die Lippen und schüttelte den Kopf. Der Angstschweiß drang mir aus allen Poren, und auf Zehenspitzen schlich ich davon.

Das Nächste war, dass Hester und Vicky frühstücken wollten. »Hier gibt es kein Frühstück«, sagte ich verzagt. Da sie aber darauf beharrten, dass es »unten« genug zu essen gebe, blieb mir schließlich nichts übrig, als mit ihnen in den Speisesaal zu gehen, wohin Willymaus schon auf eigene Faust vorausgegangen war. In dem weitläufigen Raum versuchte ich, mich so weit gereist und souverän zu benehmen, wie selbst Joss es nur hätte wünschen können, aber Hesters helle, unbefangene Stimme konnte ich nicht dämpfen und Vickys hartnäckig geäußerte Frühstückswünsche nicht zum Schweigen bringen. Vicky war so halsstarrig britisch wie John Bull selbst. »Ich will mein Frühstück haben«, rief sie. Ich gab ihr Kaffee und ein Croissant. »Das ist kein Frühstück«, sagte Vicky. »Ich will ein Ei.«

»In Frankreich isst man keine Eier zum Frühstück.«

»Aber natürlich könnt ihr Eier bekommen«, sagte Eliot. »Viele Leute fragen danach.« Er fügte noch als Mahnung hinzu, ich solle kein Reise-Snob sein, aber ich war ein Reise-Snob und außerdem auch ein Snob, was mein Alter betraf. Vicky war ich jedoch nicht gewachsen. Wie immer setzte sie ihren Willen durch, und ich musste schließlich nicht nur ein Ei, sondern – wie für ein Baby – auch Milch und Marmelade für sie bestellen.

Es war Paul, der uns das Frühstück brachte, und ich begriff bald, dass Mauricette sich nur selten herabließ, uns zu bedienen. Paul stellte die Milch und die Marmelade absichtlich vor mich. »*Essuie-toi l'bec avec ta bavette!*«, sagte er. Dass er damit hatte sagen wollen ›Wisch dir den Schnabel mit deinem Lätzchen ab!‹ verstand ich erst, nachdem ich hinaufgegangen war und das Wort *bavette* in unserem Taschen-*Larousse* nachgeschlagen hatte, aber ich zweifelte keinen Augenblick daran, dass er eine herabwürdigende Bemerkung beabsichtigt hatte, und warf ihm einen vernichtenden Blick zu.

Er war ein hoch aufgeschossener, magerer, schmutziger und schmieriger Bursche, der zu seiner blauen Baumwollhose und einem zerfetzten Hemd die weiße Schürze und grau-weiße Leinenschuhe trug, die uns schon am Abend vorher aufgefallen waren – wir hatten noch nicht gelernt, diese Schuhe *espadrilles* zu nennen. Seine Hemdsärmel waren immer aufgerollt, seine Ellbogen so spitz wie Messerschneiden, und als er sich umdrehte, sah ich, dass seine Schulterblätter hervortraten. Eine Strähne seines dünnen blonden Haars fiel ihm in die Stirn, und seine Wangen waren eingefallen. In jenen ersten Tagen wusste ich noch nichts über Paul, aber trotz meiner Sorglosigkeit und Unwissenheit beunruhigte mich dieses Gesicht von Anfang an. Wir waren gekommen, um die Schlachtfelder zu besichtigen, und dieses Gesicht gehörte zu ihnen, obwohl wir es nicht ahnten.

Wer war Paul? Niemand wusste es. Selbst sein Name hätte nahezu jeder Nationalität angehören können. Es war einer der wenigen, deren Aussprache von einem Land zum anderen kaum wechselt. Dem Namen nach hätte man Paul ebenso gut für einen Franzosen wie für einen Engländer, Deutschen, Österreicher oder Russen halten können. Seine Mutter, sagte Madame Corbet verächtlich, sei »mit den Soldaten gegangen«.

»Wohin?«, fragte Hester, aber niemand gab ihr eine Antwort. »Unser Vater ist Botaniker«, sagte Hester zu Paul. »Und deiner?«

»*Un troufion*«, sagte Paul, und als wir ihn verständnislos ansahen, tat er, als würde er marschieren, und salutierte.

»Ach so, ein Soldat!«, sagte ich.

»Wie hat er geheißen?«, fragte Hester, aber anscheinend hatte sein Vater keinen Namen gehabt.

»*J'avais une p'tite sœur*«, sagte Paul eines Tages.

»Eine kleine Schwester?« Hester begann, ein wenig Französisch zu verstehen.

»*Une mulâtre*«, sagte Paul geringschätzig.

61

»Aber du bist doch nicht *mulât...* wie hast du sie genannt?«, fragten wir verblüfft und fuhren fort: »Wo ist denn deine kleine Schwester?«

Paul zuckte mit den Schultern.

»Weißt du es nicht?«

Er schüttelte den Kopf. *»Elle a disparu.«*

Hester sah mich fragend an.

»Sie ist verschwunden«, sagte ich.

»Meint er, dass sie tot ist?«, fragte Hester.

Ich versuchte, diese Fährte zu verfolgen. *»Morte?«*, fragte ich mitleidig.

»Perdue«, sagte Paul. »Pssst!«, und machte eine Bewegung, als würde er etwas wegwerfen.

»Aber Schwestern können einem doch nicht abhandenkommen.«

Pauls Schweigen schien anzudeuten, dass das durchaus möglich sei. Uns wurde schwindlig.

Beim Abbruch des amerikanischen Lagers war Paul dort gefunden worden, und zwar von den Soldaten selbst, die sich seiner liebevoll annahmen. Als sie nach Amerika zurückkehrten, hatte man ihn ins Armenhaus, ins Hôtel-Dieu, gebracht. »In Gottes Hotel?«, fragte Hester. »Das muss gut gewesen sein.« Aber Madame Corbet sagte, das sei ein Haus, wo alte Leute darauf warten zu sterben und Wahnsinnige sowie misshandelte Kinder aus den Gerichtssälen landen. »Das klingt gar nicht so gut«, sagte Hester argwöhnisch.

Madame Corbet schien darüber nicht weiter beunruhigt. »Was hätte man in einer so kleinen Stadt mit ihm machen sollen?«, fragte sie und fügte hinzu, dass Paul sich schlecht benommen habe, abgehauen und von der Polizei wieder zurückgebracht worden sei – und dass Mademoiselle Zizi ihn aus purer Herzensgüte hier arbeiten lasse.

Wir hatten nicht den Eindruck, dass er sehr gütig behandelt wurde. Wie wir bald herausfanden, begann Paul seine Arbeit um sechs Uhr morgens – oder noch früher, wenn eine Gesellschaft zum Frühstück erwartet wurde – und beendete sie um Mitternacht, oder noch später, wenn es ein *diner* gab. Zwar hatte er mehr als genug zu essen – jeder, der für Monsieur Armand, den Küchenchef, arbeitete, hatte eine Menge zu essen –, aber seine Schlafstätte war ein Verschlag unter der Treppe, der nicht einmal ein Fenster hatte, und sein Bett bestand aus Planken und einer Matratze, einem schmutzigen Kissen und einer Decke von der Art, wie man sie Hunden gibt.

»Aber das alles war kein Grund, auf mich loszugehen«, sagte ich später, aber anscheinend war es das doch. Ich glaube jetzt, dass unsere Ankunft – das plötzliche Auftauchen einer so ahnungslosen, so rosigen und wohlbehüteten Kinderschar – in Paul einen Schmerz auslöste, wie er ihn noch nie zuvor empfunden hatte, und dass ihm, besonders wenn Joss in seiner Nähe war, jeder seiner Fettflecke, jeder seiner abgebrochenen schwarzen Nägel ein Dorn im Auge war und ihm der üble Geruch, mit dem er bis dahin unbewusst gelebt hatte, in die Nase stieg.

Am ersten Morgen wussten wir nichts von alledem. Ich musterte ihn sehr von oben herab und wandte dann kühl meinen Blick ab. Dies gelang mir nicht so gut, wie Joss es zustande gebracht hätte, aber es war die beste Imitation, die ich aufbringen konnte. Ich bestrich Vickys Croissant mit Marmelade und goss die Milch in ihre Tasse, dann tauchte ich – dem Beispiel eines dicken Franzosen in der Ecke folgend – mein eigenes Croissant in den schwarzen bitteren Kaffee und aß es auf diese ungewohnte Weise. Es schmeckte abscheulich, war aber französisch.

Nach dem Frühstück schickte ich Hester, Willymaus und Vicky los, die Gegend zu erkunden. Ich sah, wie sie durch die Alleen des Obstgartens jagten, und meine Beine juckten, es ihnen gleichzutun. Obwohl ich ein Teenager war, hatte ich noch immer das Bedürfnis, zu laufen, zu tollen, mich wie ein Fohlen auf dem Boden zu wälzen. Aber ich fühlte Pauls Augen auf mich gerichtet, und da Mutter und Joss krank waren, war ich überdies so schwer mit Sorgen beladen, wie Onkel William es immer war. Ich trat auf die Terrasse hinaus, blieb auf der obersten Stufe der Eisentreppe stehen und stützte mich auf das Geländer, das die Sonne bereits erwärmt hatte.

Die Onkel-William-Stimmung hielt nicht lange an. Die Geräusche meines ersten richtigen Morgens in Frankreich schlugen über mir zusammen. Aus einem oberen Stockwerk hörte ich die Stimmen zweier Frauen, die ich von Joss' Fenster aus – das im Gegensatz zu den unseren auf die Straße ging – durch das Tor hatte kommen sehen und jetzt als die beiden Zimmermädchen erkannte. Sie schwangen Matratzen auf die Fensterbretter, schüttelten den Staub aus Tüchern und Besen. Eine rief von ihrem Fenster aus der anderen zu: »*Toinette, la clé du quatorze*«, und die andere schrie zurück: »*En bas,*

Nicole, sur le tableau.« Was ich an alledem so bezaubernd fand, weiß ich nicht, aber ich war einfach hingerissen. Irgendwo plätscherte Wasser – ich vermutete, dass es aus der Küche kam, da es sich mit dem Klirren von Tellern und einer tiefen männlichen Stimme mischte, die Anweisungen gab. Im Speisesaal trällerte Mauricette näselnd ein kleines Lied:

> *»Je l'ai tellement dans la peau,*
> *C'est mon homme.*
> *Que j'en suis marteau,*
> *C'est ... mon ... homme.«*

Im Büro klapperte eine Schreibmaschine. Über den Garten hinweg sah ich in das taufrische Grün der Wildnis und des Obstgartens und in den sonnigen Dunst der Ferne, und plötzlich hielt mich nichts mehr im Haus. Langsam ging ich die Stufen hinunter, über den Kies, vorbei an den Blumenbeeten und schlüpfte durch eine Lücke in der Buchsbaumhecke. Die Füße vom Tau benetzt und den Kopf in der Sonne, schlenderte ich in den Obstgarten, und bevor ich wusste, was ich tat, hatte ich den Arm nach einer Mirabelle ausgestreckt. Sie fiel warm und weich in meine Hand. Ich sah mich rasch nach allen Seiten um – da aber niemand kam und keine Stimme mich schalt, biss ich nach kurzem Zögern in das reife goldene Fleisch. Dann aß ich noch eine und wieder eine, bis ich schließlich, übersättigt von den süßen Früchten und erfüllt von Entzücken, auf meinen Posten zurückkehrte.

Von Mademoiselle Zizi war keine Spur zu sehen, aber nach einer Weile trat Eliot aus dem Haus. Er war in einer seiner abweisenden Launen, distanziert und unzugänglich. Wieso ich damals schon begriff, dass er solche Zeiten hatte, weiß ich nicht, aber plötzlich – als wäre meine erste Mirabelle ein Apfel der Erkenntnis gewesen – war ich älter und weiser geworden und versuchte gar nicht erst, mit ihm zu sprechen. Er hatte eine weiße Leinenhose an und ein dunkelblaues Hemd und ging an mir vorbei, hinaus in die Sonne, als wäre ich nicht da. Mauricette brachte ihm einen Liegestuhl, aber er schnauzte sie an. Wie herrlich, auf Französisch ebenso fluchen zu können wie auf Englisch! Mein Entzücken verflog allerdings so rasch, wie es gekommen war, und ich war plötzlich wieder niedergeschlagen, als mir bewusst wurde, dass wir eine ganz normale Familie waren, die nirgends in der Welt herumgekommen war und gar nichts wusste.

Paul kam heraus und gab mir mit einem Ruck des Daumens über seine Schulter zu verstehen, dass ich ins Büro kommen solle. Madame Corbet wollte, dass ich unsere Pässe holte, und plötzlich war auch Hester da und erzählte von Onkel William.

Monsieur William John Bullock, schrieb Mademoiselle Zizi auf einen Zettel, schob dann das Gitter in die Höhe, hob die Klappe der Theke auf, kam heraus und lief die Treppe hinauf. Das Getrappel ihrer Stöckelschuhe klang sehr energisch, als sie quer über den Treppenabsatz zu Mutters Tür ging. Mir rutschte das Herz in die Hose. Wütend schob ich Hester beiseite und folgte Mademoiselle Zizi.

Mutter war an ihr Bett gefesselt. Sie lag auf dem Rücken, ein Käfig war über ihr krankes Bein gestülpt, ihre Augen wanderten unstet hierhin und dorthin, vorbei an Mademoiselle Zizi, vorbei an der Nonne. Dann erblickte sie mich im Türrahmen und winkte mich zu sich. Ich schlüpfte am Fußende des Bettes vorbei und kniete nieder. Mutter klammerte sich an mich und flüsterte etwas, aber ihre Stimme war so undeutlich, und ihre Worte waren so wirr, dass ich sie kaum verstehen konnte. »Hol den Engländer«, flüsterte Mutter, »den Mann, der ein Engländer ist!«

Mademoiselle Zizi hatte gute Ohren. »Nein! Das tust du nicht!«, schrie sie, aber ich war schon zur Tür hinausgehuscht.

Als Eliot kam, begriff ich, wie gut er war. »Nicht gut«, sagte Hester, die immer sehr genau war. »Ein guter Mensch hätte das nicht getan. Nicht gut – gütig!« Ein Wort, das unseren Herzen viel näher war.

Er trat ein und sah in diesem Zimmer, in dem sich nur Frauen befanden, sehr groß aus.

»Mais, Eliot, je t'en prie ...«

»Einen Augenblick, Zizi.« Er beugte sich nieder, und Mutter ergriff seine Hand. Ich wusste, wie heiß die ihre war. Sie sah ihn mit schmerzerfüllten Augen an. »Kann ich etwas für Sie tun?«, fragte Eliot.

»Lassen Sie es nicht zu.« Es war dasselbe undeutliche Geflüster wie vorhin. »Lassen Sie es nicht zu.«

»Eliot, das geht dich nichts an.«

»Bitte, Zizi.« Er beugte sich tiefer über Mutter. »Was soll ich nicht zulassen?«

Mutter hatte manchmal eine merkwürdige Ähnlichkeit mit Hester. »Lassen Sie nicht zu, dass sie William kommen lässt!«

Ich sah, wie seine Lippen zuckten. »Aber …«

»Er wird sagen: ›Habe ich es dir nicht gesagt?‹«, flüsterte Mutter.

»Ach, so«, sagte Eliot. »Ich verstehe.«

»Aber auf jeden Fall muss sie ins Krankenhaus gebracht werden«, schrie Mademoiselle Zizi. *»Bon Dieu! Et si elle allait mourir?«* Sie plapperte so rasch weiter, dass ich sie nicht verstehen konnte, aber die ganze Zeit über, während der französische Redestrom weiterfloss, hielt Eliot Mutters Hand.

»Warum hat er sich einverstanden erklärt? Ein Kerl wie er?«, fragte Onkel William hinterher. »Das passt gar nicht zu ihm.«

»Vielleicht«, sagte Joss leise zu mir, »hat Eliot auch einmal einen Onkel William gehabt.«

»Aber was soll ich Irène sagen?«, fragte Mademoiselle Zizi.

Ich glaube, sie und Eliot sprachen manchmal englisch miteinander, um von den Angestellten nicht verstanden zu werden, aber im Allgemeinen vermischten sie die beiden Sprachen. Mitunter stellte einer von ihnen eine Frage auf Englisch, und der andere antwortete auf Französisch – oder umgekehrt. »Was soll ich Irène sagen?«

»Sag ihr, dass du zwei von ihnen in ein Einzelzimmer stecken und es als Doppelzimmer berechnen wirst.«

»Eliot, du machst dich über mich lustig.«

»Ich mache mich nicht lustig, ich sage nur voraus, was geschehen wird.«

»Aber die Frage ist, ob sie zahlen können«, sagte Mademoiselle Zizi. »Es sieht nicht so aus, als ob sie Geld hätten.«

»Wenn nicht, dann werde ich für sie zahlen.«

»Hast du so viel Geld, Eliot?«

Er antwortete ausweichend. »Es kommt und geht«, sagte er, und ich hörte ein Geräusch wie von einem Kuss. Aber Eliot sagte noch etwas ... etwas Schreckliches ... etwas, das mir nicht gefiel. »Diese Kinder können ganz nützlich sein.«

»Inwiefern?«

»Sie könnten die Leute zum Schweigen bringen.«

»Lass die Leute reden«, sagte Mademoiselle Zizi.

»Sei nicht kindisch, Zizi. Vieux-Moutiers ist ein kleines Nest, und du musst hier leben. Die Kinder geben mir einen Grund, hier zu sein. Besonders jetzt, wo sie mir anvertraut wurden. Sie sind unsere Tarnung.«

Die Idee, als Tarnung dienen zu sollen, gefiel mir ganz und gar nicht, und was die Zimmer anbelangt, behielt er mit seiner Prophezeiung recht. Hester und Vicky schliefen in einem Bett, und Joss wurde in unserem Ankleidezimmer untergebracht, das gar kein Schlafzimmer war. Das Badezimmer durften wir überhaupt nicht und von den Toiletten nur eine einzige benutzen, die wir das »Loch« nannten, weil es ein von der Treppe aus zugänglicher Verschlag war, der weder ein Gestell noch ein Sitzbrett, sondern nur eine Senke im Fußboden und zwei Stellen für die Füße hatte – *à la turque* nannte es

Paul, aber es war schwierig für ein kleines Kind wie Vicky und geradezu schmachvoll für größere Mädchen. »Und es verpestet die Treppe«, sagte Hester. Madame Corbet stellte uns jedes Handtuch und jedes Stück Seife in Rechnung. Als ich nach jenem ersten Morgen zu ihrem Pult ging und um eine Limonade für Joss bat, hatte sie bereits zwei Seiten ihres Hauptbuchs mit 15, 16 und 16a bezeichnet und in ihrer spinnenfeinen Handschrift mehrere Posten eingetragen, unter denen sich sicher auch schon die Limonade befand.

Madame Corbet beauftragte Paul, der nachmittags an der Bar arbeitete, die Limonade zu holen. »*Alors vous restez?*«, fragte er und sah mich herausfordernd an.

»Jawohl, wir bleiben«, sagte ich kühl und fügte sarkastisch hinzu – auf Französisch, denn ich war entschlossen, mit Paul nur französisch zu sprechen –, dass ich hoffe, er würde nichts dagegen haben.

Er zuckte mit den Schultern, und man konnte sich nichts Frecheres vorstellen als Pauls Schulterzucken. »*Les enfants trouvés, y faut b'en s'en occuper, hein?*«, sagte er und ging zur Theke, um den Rechnungszettel für die Limonade abzugeben, bevor er mir das Glas reichte.

Ich hatte die Worte »*enfants trouvés*« aufgeschnappt und mir zusammengereimt, dass er uns als »verlassene Kinder«, als ... Vagabunden bezeichnete. Im Weggehen zog er mir noch an den Haaren.

Außer uns beiden war niemand in der Halle, niemand, der mich hätte ermahnen können, dass ich ein großes Mädchen, beinahe erwachsen war. Plötzlich hatte ich genug von Paul. Ich lief ihm nach und schlug ihn, so heftig ich konnte, mit der Faust ins Gesicht.

Er war so überrascht, dass er beinahe gestürzt wäre. Das Glas mit der Limonade wirbelte durch die Halle, seine langen Beine glitten aus, und seine Schürze rutschte hinunter, als er sich an dem Endpfosten des Treppengeländers festhalten wollte. Noch immer den Pfosten umklammernd, beugte er sich vor und sah mich an, die Haarsträhne war ihm noch tiefer in die Stirn gefallen, und durch sie hindurch glänzten seine Augen wie die eines Tieres. »So?«, sagte Paul. »So?«

»Ja, so«, sagte ich.

Er kam auf mich zu, aber ich war auf seinen Angriff gefasst. Paul war groß, aber schlaksig, während ich eine Bullock war, und alle Bullocks sind stämmig und stark. Ich landete noch einen Hieb auf seine Brust, aber dann sausten seine Arme wie Dreschflegel auf mich nieder, und ich stürzte. Im nächsten Augenblick wälzten wir uns kratzend auf dem Fußboden. Ich erinnere mich noch, dass mein Kopf auf dem Marmor aufschlug, als Madame Corbet um Hilfe schrie und Leute von allen Seiten angelaufen kamen. Ich sah Mauricettes Beine, ihren schwarzen Rock und ihre rüschenbesetzte Schürze, ehe mich mein eigenes Blut blendete und ich meine Daumen in Pauls Kehle krallte, bis uns schließlich jemand wie junge Katzen im Nacken packte und auseinanderzog.

Es war der Küchenchef. Der Fettgeruch seiner weißen Kleidung war unverkennbar, und der Ausblick auf seine feisten Wangen, seinen gewichsten schwarzen Schnurrbart und seine hohe weiße Mütze war trotz der Tränen, die mir in die Augen schossen, überwältigend.

Dann hörte ich Eliots Stimme. »Lassen Sie sie laufen«, sagte er. Der Chef ließ uns, wieder wie junge Katzen, zu Boden fallen, und nun standen wir schwer atmend inmitten der ganzen Gesellschaft und starrten einander an. Mauricette hielt mir eine Serviette unter die Nase. Da es aber nicht ihre war, riss Madame Corbet sie ihr aus der Hand. Eliot sah uns belustigt an und reichte mir sein Taschentuch. Ich schämte mich sehr.

Ich dachte, er würde mich ermahnen, mir Vorhaltungen machen, dass ich ein junges Mädchen, vielleicht sogar eine junge Dame sei, aber nichts dergleichen geschah. Wahrscheinlich waren wir für ihn nichts anderes als zwei junge Tiere. »Nächstes Mal«, sagte er, »prügelt euch im Garten. Dies ist das Haus einer Dame.« Dann wandte er sich an Paul: *»Vous êtes ici chez une dame comme il faut.«* Paul machte ein unflätiges Geräusch. *»Chez une dame comme il faut«*, wiederholte Eliot, und seine Stimme klang so entschieden, dass Paul stramm stehen blieb, *»et vous vous tiendrez comme il faut.«*

Später am Abend desselben Tages traf ich Paul noch einmal. In der Dämmerung nahm das Laub im Garten ein leuchtenderes Grün an, als ob die Sonnenstrahlen innerhalb der Mauern gefangen wären, Gras und Blätter glitzerten, und die zerbrochenen Statuen, die morgens kühl und weiß waren, bekamen einen fast goldenen Glanz. Robert hatte seinen Rechen niedergelegt und war nach Hause gegangen. Die Hunde lagen auf dem warmen Kies, aus dem Haus klangen gedämpfte Stimmen,

Frieden war über allem. Ich hatte die Gewohnheiten der Belmont Road noch nicht abgelegt und war trotz meiner schmerzenden Glieder und meiner geschwollenen Nase auf der Suche nach Vicky – ich vermutete sie bei Monsieur Armand, den sie sofort in Beschlag genommen hatte –, um sie ins Bett zu bringen.

Paul saß auf den Steinstufen vor der Küche. Ich war unschlüssig, ob ich an ihm vorbeigehen oder umkehren und den Umweg durch das Haus machen sollte. Da dies aber wie ein Rückzug ausgesehen hätte, beschloss ich, wenn auch zitternd, an ihm vorbeizugehen. Als ich näher kam, stand er auf.

Na schön! Wenn er raufen will, dachte ich, aber … »Bitte«, sagte er, zog ein zerdrücktes Päckchen der abscheulich riechenden Zigaretten, die er für gewöhnlich rauchte, aus der Tasche und hielt es mir hin.

Ich muss wohl errötet sein – noch nie hatte mir jemand eine Zigarette angeboten –, dann aber sah ich, dass es nicht als eine herablassende Geste, sondern als ein Höflichkeitsakt unter Gleichgestellten gedacht war, und nahm sein Angebot an. Ich hatte keine Ahnung, wie man raucht, aber ich fühlte mich ungeheuer geschmeichelt. Paul zündete ein Streichholz für mich an, ich machte meinen ersten Zug und wäre beinahe erstickt. Er klopfte mir auf den Rücken, und dann saßen wir nebeneinander auf den Stufen.

Vicky kam viele Stunden zu spät ins Bett. »Macht auch nichts«, dachte ich. »Da sie jetzt in Frankreich ist, muss sie leben, wie alle französischen Kinder leben.« Die Belmont Road verschwand rasch aus meinem Bewusstsein.

Als ich zu Joss hinaufkam, zog sie sich vor mir in den entferntesten Winkel ihres Bettes zurück und sagte: »Pfui!«

»Es war eine Gauloise, eine französische Zigarette.« Ich versuchte, mich möglichst unbefangen zu geben, aber Joss maß mich mit einem kühlen Blick und sagte eisig: »Du scheinst dich hier ja sehr schnell eingewöhnt zu haben!«

V

Wir gewöhnten uns tatsächlich sehr schnell ein. Nach jenem ersten turbulenten Tag war uns bald, als hätten wir unser ganzes Leben in Vieux-Moutiers verbracht. Warum liebten wir es so sehr? »Weil es nicht Southstone war«, sagte Onkel William gereizt. Und darin steckte mehr als ein Körnchen Wahrheit. Nach Southstone schien uns das alte französische Städtchen, das diesen ganzen Sommer lang in Sonne getaucht war, besonders schön zu sein. Southstone war nicht langsam gewachsen, sondern in wenigen Jahren als Badeort gebaut worden. Seine roten Ziegelhäuser mit den Schieferdächern standen in wohlgeordneten Reihen in asphaltierten Straßen, die regelmäßig von Goldregen und Rotdornbäumen – jeder mit einem Schutzgitter aus Draht umgeben – eingesäumt waren. Es gab einen Wintergarten, in dem Konzerte abgehalten wurden, eine Eisbahn, überdachte Tennisplätze, Schwimmbäder, Teestuben und große Läden. Die Klippen hatte man zu Terrassen für die städtischen Gärten ausgebaut, oberhalb des Sandstrands eine Esplanade samt Musikpavillon und Pier, einen Aussichtsturm, einen Golfplatz und ein

Aquarium angelegt. Vieux-Moutiers hatte nichts zu bieten als seinen breiten, friedlich dahinfließenden Fluss und eine Vergangenheit, die allerdings jahrhundertealt war. Seine Ober- und seine Unterstadt waren langsam gewachsen oder, wo sie unbewohnt waren, im Lauf der Jahre verfallen. Das Städtchen war so klein, dass man in ihm nicht verloren gehen konnte, obwohl es rings um den Marktplatz, wo zweimal wöchentlich Markt abgehalten wurde, ein Gewirr schmaler, holpriger Gässchen gab.

Das Hôtel de Ville – wie wir gelernt hatten, das Rathaus zu nennen – stammte aus dem sechzehnten Jahrhundert. Die Oberstadt war von dem alten Kloster gekrönt, dessen Mauern ich von meinem Fenster aus sehen konnte. Es war nicht nur ein Kloster, sondern auch ein Gefängnis, und enthielt noch immer den alten Donjon St. Pierre. Da war auch ein Tor, durch das die heilige Johanna mit Karl V. geritten sein soll. Eines Tages hörte ich, wie ein Amerikaner aus einem Reiseführer vorlas: »Vermutlich hat sie in der Kapelle die Messe gehört und von dem Aufsteigeblock, der noch immer im Klosterhof zu sehen ist, ihr Pferd bestiegen.«

»War denn die heilige Johanna eine Person?«, fragte ich. »Ich dachte, sie war eine Heilige?«

»Eine Heilige ist eine Person, du kleiner Dummkopf!«, sagte Eliot. »Das ist doch der springende Punkt.«

Niemand hatte uns etwas über Vieux-Moutiers erzählt. Wir konnten etwas von seiner Geschichte erahnen, wenn wir Gespräche anderer Gäste belauschten oder allein in den Straßen umherwanderten. Da war zum Beispiel das Krankenhaus. Über seiner Treppe hing eine Tafel, die wir lasen, wenn wir Mutter die Sträuße von Wiesenblumen brachten, die wir für sie gepflückt hatten. *Essuyez vos pieds, svp*, stand auf der Tafel, und wir reinigten gewissenhaft unsere Schuhe, während wir mühselig den übrigen Text entzifferten: *Érigée en 1304 par la grâce de Jeanne de Navarre, épouse de Philippe le Bel.* Unsere Mutter, *unsere* Mutter lag in einem Krankenhaus, das eine Königin erbaut hatte. Ich wünschte, ich wäre mit Philipp dem Schönen verheiratet gewesen.

In der Oberstadt gab es ein cremefarben gestrichenes Haus mit goldgelben Flecken an der Fassade. Über der Haustür war eine Metallplatte angebracht. Hier hatte ein Dichter gelebt, dessen Name alle Erinnerungen an St. Helena, an die Klassenräume, an meine Strafen, an die Schulfeiern, bei denen Hester Gedichte aufgesagt hatte, wieder aufleben ließ. »*Dieser* Dichter hat *hier* gelebt.« Ich schwankte, ob es nicht noch besser wäre, mit einem Dichter als mit Philipp dem Schönen verheiratet zu sein, und kratzte ein Stückchen von dem cremefarbenen Putz der Mauer ab, um es für immer zu behalten.

Vieux-Moutiers war überhaupt eine poetische Stadt, und dass wir dies erkannten, verdankten wir Monsieur Joubert. Er arbeitete an zwei Bildern: an einem in den Morgenstunden und an dem anderen nach vier Uhr nachmittags, in der Zeit, da das Licht einen noch goldeneren Schimmer annahm. Wenn wir diese Bilder betrachteten, wenn wir verfolgten, wie sie langsam lebendig wurden, wurden wir uns erst der verschiedenen Farben der Häuser bewusst, die am Flussufer entlang und am Hang des Hügels standen, der zarten Schattierungen des schadhaften Putzes, des Rosa und Graugrün des Blasen werfenden Anstrichs der Türen und Fensterladen. Ich glaube nicht, dass in der ganzen Stadt ein einziges Haus frisch gestrichen war. Erst jetzt sahen wir die Schatten auf dem Fluss, die schwarzen, weißen und scharlachroten Reflexe eines Schleppkahns, die auf dem Wasser tanzten, die Spiegelbilder von Häusern, Bäumen, Anglern und Kindern. Oberhalb der Stadt nahm das alte Gemäuer des verfallenden Klosters einen honiggelben Ton an, und über der Stadt selbst hing immer die raucherfüllte Luft wie ein vor den Himmel gespannter Dunstschleier. Wir entdeckten noch andere Farben: graue und weiße Tupfen, die Tauben und Katzen waren, den überraschend roten Klecks einer Schürze, den blauen Overall eines Anglers, die Tönung eines Krugs, eines Fasses, eines Kinderspielzeugs. Aber auch die Geräusche nahmen wir wahr: das Läuten der Kirchenglocken, das Gehämmer auf der Bootswerft, das Tuten eines Schleppkahns, das Heulen der Sirene von der Blasinstrumentenfabrik vor der Stadt und aus nächster Nähe das Geschrei von Kindern, die an der Plage des Saules badeten.

In Vieux-Moutiers waren wir Fremde, was viel behaglicher war, als merkwürdig zu sein. Die Stadt war an Touristen gewöhnt, und niemand starrte uns an. Wir hatten einen Grad von Unauffälligkeit erreicht, der außerordentlich beruhigend war.

In Southstone waren wir fünf Kinder, die allein mit ihrer Mutter lebten. Unsere Wichtigkeit wurde nur bei

Vaters seltenen Besuchen in den Hintergrund gedrängt. Onkel William und seine Freunde hätten tot sein können, so uninteressant waren sie für uns. Unser Horizont beschränkte sich auf kindische Angelegenheiten, kindische Probleme, Ideen und Spielereien. In Les Œillets bewegten wir uns im Licht und Schatten der Erwachsenen und waren so unwichtig wie das Gras unter den Bäumen.

Wir waren in einer Welt aufgewachsen, die hauptsächlich aus Frauen und Mädchen bestand und in der Mutter, die ein besonderes Kinderreich für uns geschaffen hatte, das Regiment führte. Nun fanden wir uns plötzlich in einem sich mehr öffentlich abspielenden Leben wieder, in dem es rau zuging. Madame Corbet hatte uns davor gewarnt, nachts außerhalb des Gartentors spazieren zu gehen, da sich auf der Brücke, die in die Stadt führte, und entlang des Kanals jenseits des Badestrands häufig betrunkene Männer herumtrieben, und tatsächlich hörten wir oft ihren schiefen Gesang. Monsieur Joubert malte ein Bild, das für eine öffentliche Ausstellung bestimmt war und Roberts Frau zeigte, die ihr Baby stillte. In der Küche konnten wir beobachten, wie Paul Mauricette auf den Schoss nahm und ihr unter den Rock griff, was Monsieur Armand dazu veranlasste, sich blitzschnell auf dem Absatz umzudrehen, Paul eine schallende Ohrfeige zu versetzen und nun seinerseits Mauricette zu umarmen und zu küssen. »Mit diesem Schnurrbart muss das ganz schön kitzeln«, sagte Hester, was der Standpunkt eines kleinen Mädchens war, während ich diesem Treiben gegenüber so gespannt und hellhörig geworden war wie ein Indianer mit dem Ohr am Boden, so empfänglich wie der Fühler eines Insekts oder die Magnetnadel im Kompass. Das Geräusch dieser Küsse hatte ich fortwährend in den Ohren, aber das alles war nichts im Vergleich zu der Spannung, mit der ich Mademoiselle Zizi beobachtete, wenn sie Eliot im Vorübergehen abfing und er ihre Hand, ihren Arm, ihren Nacken, sie manchmal sogar auf den Mund küsste. Eliot und Mademoiselle Zizi – und Madame Corbet – waren für mich die handelnden Personen in einem überaus spannenden Drama.

Es war Paul, der uns über dieses Drama aufklärte. Wir sprachen nur ein wenig Französisch, und Paul kannte nur ein paar englische Brocken, und doch ließ uns Paul, wenn wir an diesen Sommerabenden auf den Küchenstufen saßen, sämtliche Bewohner von Les Œillets wie im Scheinwerferlicht in den grellsten Farben sehen.

Wenn ich »uns« sage, dann meine ich Hester und mich. Hester schien in die Position hineinzuwachsen, die ich Joss gegenüber früher eingenommen hatte: ein zweites Ich, ein Körper gewordener Schatten. Willymaus und Vicky hatten andere Interessen. Frankreich und Mademoiselle Zizi hatten Willymaus zu neuen Ideen angeregt. Auf einer Grasbank unter einem Kirschbaum im Obstgarten hatte er sein Atelier eingerichtet, wo er jetzt eifrig an seiner neuen Kollektion arbeitete. Vicky hatte sich Monsieur Armand angeschlossen, der ihr von morgens bis abends kleine Leckerbissen zusteckte. Wenn Joss nicht noch immer krank gewesen wäre, hätten wir sicherlich weniger Gelegenheit gehabt, mit Paul zusammen zu sein – »Ich verkehre nicht mit Küchenjungen«, sagte sie und erklärte damit, warum sie so unwissend geblieben war –, aber ihre Anfälle wollten nicht aufhören. »Es ist der Schock«, sagte der Arzt. Es war mehr als der Schock; sie hatte ihre Monatsblutung, die wir »Evas Fluch« nannten. Sie schien eine Metamorphose durchzumachen, in der sie die alte Joss abstreifte wie eine Schlange ihre Haut. Der Arzt, den wir bei unseren Besuchen im Krankenhaus als »Monsieur le Directeur« anzusprechen gelernt hatten, kam zweimal zu ihr und erwähnte gelegentlich seine Absicht, sie zu Mutter ins Krankenhaus zu bringen. Anscheinend steht in den Privatzimmern der französischen Spitäler jederzeit ein Bett für Angehörige des Patienten zur Verfügung. »Aber eure Mutter ist viel zu krank«, sagte Madame Corbet und fügte hinzu, was für eine schwere Belastung für das ganze Hotel wir alle wären.

Für Joss konnten wir nur wenig tun. Ich machte ihr Bett und gab ihr zu trinken, Toinette versorgte sie mit einer dünnen Suppe, die *bouillon* hieß, und Eliot kam jeden Abend für einen Augenblick zu ihr. Sonst lag sie in ihrem verdunkelten Zimmer und wollte allein gelassen werden. Es war eine merkwürdige Welt ohne Mutter und ohne Joss. Hester und ich schrieben jeden Tag kleine Briefchen an Mutter, und die Kleinen pflückten Blumensträuße für sie, die wir dann zusammen über die Brücke ins Krankenhaus trugen, vorbei an einem Café namens La Giraffe, das Eliot oft besuchte. Ich weiß nicht, ob Mutter unsere Briefchen las, aber sie waren auch nur mit halbem Herzen geschrieben. Nicht etwa, dass wir uns nicht um sie gesorgt hätten – jeden Tag hatten wir Augenblicke unerträglicher Sorge, fühlten uns oft verzagt und verlassen –, aber irgendwie schien Mutter sich von uns entfernt zu haben. Und das war eigentlich ganz gut, denn manches Mal war mir recht unbehaglich zumute, wenn ich dachte: »Wenn Mutter wüsste, worüber wir reden …« Aber sie wusste es nicht, und ich schüttelte mein Unbehagen ab.

Die meisten Fragen richtete Hester an Paul. »Warum hasst uns Madame Corbet?«

Sie hasste uns wirklich. Selbst die Ziffern auf unserem Konto schrieb sie, als würde die Feder das Papier vergiften. Angsterfüllt warteten wir darauf, ihren Haarknoten über dem Messinggitter auftauchen zu sehen und einen Verweis auf uns niederprasseln zu hören. Selbst Vicky entging dem nicht. »*Pourquoi est-ce qu'elle nous déteste?*«

»*Parce-que c'est Eliot qui a tout arrangé.*«

»Eliot?«

»*Si.*«

»Hasst sie denn Eliot auch?«

»*Si.*«

Pauls »*Si*« ging mir durch Mark und Bein und blieb dort haften, es war Unheil verkündend und aufregend.

»Sie *hasst* Eliot? *Elle déteste Eliot?*«, fragte ich ungläubig, während Hesters Kinderstimmchen seelenruhig fortfuhr: »Warum hasst sie Eliot?«

»*Parce qu'elle en tient pour Mademoiselle Zizi*«, war die Antwort, und da Paul sah, dass ich ihn nicht verstand, fügte er hinzu: »Sie lieben Mademoiselle Zizi.«

»Eine Dame liebt eine andere Dame?«

Wir glaubten es nicht, aber ... »*Si*«, sagte Paul wiederum.

Nun, da wir aufmerksam geworden waren, bemerkten wir es selbst. Der Haarknoten tauchte nicht nur auf, um uns zu beobachten, sondern auch, um jeder Bewegung Mademoiselle Zizis nachzuspionieren.

Jeden Abend, wenn mit dem Einbruch der Dunkelheit vom Garten her der süße Duft einer Blüte zu uns geweht wurde, saßen wir auf den Küchenstufen – Paul mit seinen Zigaretten und den spitzen Knien unter der Schürze. Jeden Abend nahm ich mir vor, den Busch zu suchen, die Blüte, die diesen Duft ausströmte, ausfindig zu machen, und wusste, dass ich damit meine Zeit besser verwendet hätte, als hier zu sitzen und diesen Gesprächen zuzuhören. Dass neben den Stufen die Mülltonnen standen und der üble Geruch der Küchenabfälle uns in die Nasen stieg, erschien mir wie ein Symbol, und oft sprang ich auf, um wegzugehen, ließ mich aber dann immer wieder auf die warmen Stufen nieder. Wenn Paul eine halb leere Flasche Wein ergattert hatte, reichte er sie Hester, die trank und sie an mich weitergab. Auch ich nahm einen Schluck und gab sie Paul zurück. »Wie ekelhaft!«, sagte Joss, als ich es ihr erzählte.

»Ist es nicht. Wir wischen den Flaschenhals immer an Pauls Schürze ab.«

»Pfui Teufel!«, sagte Joss und sah ganz so aus, als wollte sie wieder erbrechen.

An einem dieser Trinkgelage, als ich noch den Geschmack des dunklen Weins im Mund hatte, sagte ich: »Ich glaube, Mademoiselle Zizi ist in Eliot verliebt.«

Unter den vielen leeren Flaschen, die neben den Mülltonnen standen, war an diesem Abend eine, deren Hals mit einem Goldblatt umwunden war. Paul löste es ab, faltete es zu einer runden Plakette und überreichte sie mir mit einer gewissen Feierlichkeit. »*Tu ne l'as pas volée*«, sagte er mit einer Geste, als würde er mir eine Medaille verleihen.

Abend für Abend griff Hester die Geschichte wieder auf. »Liebt – *aime* – Eliot Mademoiselle Zizi?«

»*Pas lui!*«, sagte Paul lachend. »Er nicht.«

Während Pauls »*Si*« mir in die Knochen gefahren war, rüttelte sein Lachen mich auf. »Man hätte euch den Umgang mit diesem Burschen nie erlauben dürfen«, sagten die Leute später, aber es war nicht Paul, sondern es waren meine Gedanken, die es zu tadeln galt. Nach unserem paradiesischen Leben in der Belmont Road war ich jetzt wie ein wildes Fohlen, das eine zu hohe Hürde nehmen will, während Paul ganz das Produkt der Welt war, in die er hineingeboren worden war. Für ihn waren alle diese Dinge vollkommen natürlich – dazu waren ja die Frauen da. »*J'avais quatorze ans quand j'ai fait l'amour la première fois*«, erzählte er mir. Mit vierzehn Jahren! Ich sah ihn argwöhnisch an, aber er prahlte nicht damit. Lastkraftwagen interessierten ihn weitaus mehr. »Renault, Berliet, Willème!«, sagte er mit einer Verzückung, als wären diese Namen unvorstellbar schön, und schaute mit sanften, verträumten Augen über den Garten hinweg in die Ferne. Er konnte nicht wissen, dass mir bei seinem Geständnis kleine Stacheln aus allen Poren gebrochen waren und meine Kniekehlen brannten. Aber ich konnte nicht davon lassen. »Du meinst … du hast Liebe gemacht? Als du vierzehn warst?«

Lachend legte er seinen Arm um meinen Nacken und fuhr mit der Hand unter mein Kleid. Ich sprang auf, als er nachlässig und uninteressiert meine Brüste betastete, aber er zog sogleich seine Hand zurück. *»Deux petits citrons«*, sagte er und lachte. *Citrons!* Zitronen! Er lachte wieder, als er meine empörte Miene sah, und gab mir einen Nasenstüber, wie man ihn einem kleinen Tier zu versetzen pflegt, wenn es allzu frech geworden ist. Ohne Zweifel war ich ein schlechter Mensch und nicht Paul.

Ich konnte nicht dagegen ankämpfen, es war wie eine Krankheit, die in meinen Knochen ausgebrochen war und immer mehr um sich griff. Ich fing an, mir die Knochen der Menschen um mich vorzustellen. Vickys, dachte ich, müssten wie die eines Hühnchens sein: perlrosa und blau mit kleinen hellroten Flecken. Monsieur Jouberts schienen mir aus irgendeinem Grund Vickys Knochen zu gleichen – nur dass sie vielleicht keine Flecken hatten. »Weil er zu beschäftigt ist«, sagte Joss, als ich ihr meine Knochentheorie erklärte. Pauls und Hesters schienen mir rot, rein und ehrlich zu sein. Über Joss war ich mir nicht ganz im Klaren und hätte auch nicht gewagt, sie darüber zu befragen. Schuldbewusst dachte ich über meine eigenen nach und ging hastig über diese Frage hinweg. »Mademoiselle Zizis sind purpurrot«, sagte ich.

»Nein, fliederfarben«, sagte Joss.

Madame Corbets Knochen erschienen mir schwarz, grün und von bösen Gedanken zerfressen. »Und Eliots?«, fragte Joss.

Wir schwiegen beide, denn wir hatten nicht die leiseste Ahnung, wie Eliots Knochen beschaffen sein mochten.

VI

*E*liot est un vrai mystère«, sagte Paul. Ja, ein großes Rätsel, dachte ich und seufzte.

Was uns an Eliot am seltsamsten erschien, war, dass er nichts an sich hatte, das uns verstehen ließ, was für eine Art Mensch er war. Alle anderen Leute besaßen irgendetwas – »*Toi et moi, moi qui parle*«, sagte Paul. Das stimmte. Mademoiselle Zizi hatte ihre Fläschchen und Tiegel, ihre Parfüms und Kleider. Madame Corbet hatte ihr Kruzifix und ihren Rosenkranz, die ich auf ihrer Kommode gesehen hatte. Paul hatte, in seinem Schrank angeheftet, Bilder von Lastkraftwagen, Berliets und Willèmes, genauso wie wir unsere Schätze zu verwahren pflegten. »*Mais Monsieur Eliot, il n'a rien*«, sagte Paul, nicht einmal Fotografien oder irgendein Schriftstück, und selbst in Eliots Schubladen waren, wie Paul berichtete, nur gefaltete Anzüge.

»Willst du damit sagen, dass du in die Schubladen anderer Leute schaust?«, fragten wir empört.

»*Si*«, sagte Paul vergnügt. Eliot besaß nichts, gar nichts, was über ihn hätte Auskunft geben können.

»Er hat Bücher«, widersprach ich, »ich schneide sie

für ihn auf.« Ich tat es gern, fasste es als einen Liebesdienst auf, die endlosen Seiten seiner gebundenen französischen Romane aufzuschlitzen. »Aber wenn er sie ausgelesen hat, wirft er sie weg«, musste ich zugeben.

»Ich schneide sie manchmal auch für ihn auf«, sagte Hester und fügte hinzu: »Aber etwas hat er doch – ein wunderschönes Papiermesser.«

Ich hatte nie vorher ein solches Papiermesser gesehen. Wir dachten, es sei aus Silber, aber jetzt vermute ich, dass es aus Stahl war – dünn und ungefähr zwölf Zoll lang. »Dreizehn!«, sagte Eliot. »Meine Glückszahl.« Die Klinge war spitz und auf beiden Seiten schräg abgeschliffen. »Seid vorsichtig«, sagte Eliot, wenn wir die Seiten aufschnitten. »Gebt es ja nicht den Kleinen in die Hand, es ist scharf.« Es war sogar sehr scharf. Ich erinnere mich, dass ich es einmal mit der Spitze nach unten ins Gras fallen ließ, wo es aufrecht stecken blieb.

Ein Ring mit seltsamen Schriftzeichen lief rund um den Griff. »Chinesisch«, sagte Eliot.

»Wo haben Sie es gekauft?«, fragte Hester, und Eliot antwortete mit einer dramatischen Geste: »Ein Erbstück von meinem Ahnherrn Dschingis Khan.«

Wenn wir mit Eliot zusammen waren, fiel alles von uns ab, was Paul uns erzählt hatte – oder es wurde voll und ganz bestätigt, bestätigt als ein Teil des Lebens. Wir machten uns keine Gedanken mehr über das Gehörte und fanden es, was immer es war, ebenso wenig verwunderlich, wie wenn man uns gesagt hätte, dass Eliot sich die Zähne putzte.

Er hatte uns gut im Griff, sogar Vicky. Obwohl wir

ihm häufig wie ein Chor folgten, hielten wir uns doch in respektvoller Entfernung, wenn unsere Anwesenheit nicht erwünscht war. Das Hotel hatte seine eigene Badestelle, eine Bucht an einem Flussarm, gebildet durch eine kleine Insel, die sich ein paar Hundert Meter am Ufer entlang dahinzog. Verborgen hinter Schilf und Haselsträuchern, von hohen Weiden beschattet. Wenn Eliot im Hotel zu Mittag gegessen hatte, pflegte er in der Bucht ein Sonnenbad zu nehmen. Er zog sich nie aus, sondern legte sich bekleidet in den Sand – »Importierter Sand«, belehrte er uns, »die Marne führt nur Kies« –, ließ die Sonne durch die Kleider dringen und bedeckte Kopf und Augen mit einem alten Hut.

Wir hielten uns von ihm fern, wie es von uns erwartet wurde. Selten verließ er die Bucht, bevor wir zu unserem *goûter,* den wir Paul verdankten, ins Haus gegangen waren. Paul sorgte für unsere Verpflegung und hatte es sich zur Gewohnheit gemacht, um vier Uhr an die Küchentür zu kommen und uns mit einem Pfiff anzulocken, den wir, wie ich glaube, meilenweit gehört hätten. Der *goûter* war köstlich, allerdings verstehe ich nicht, wie wir ihn – ebenso wie alle anderen Mahlzeiten – bei uns behalten konnten. Nachgerade gewöhnten wir uns daran, genauso viel zu essen wie die Franzosen. Paul nahm einen langen, schmalen Laib Weißbrot, genannt *baguette,* hackte ungefähr einen Viertelmeter davon ab, schnitt ihn auf und klappte ihn, nachdem er ihn innen mit Butter und Marmelade bestrichen, mit Schinken oder einem Täfelchen Schokolade aus dem Schaukasten in der Halle belegt hatte, wieder zu.

»Aber wird Madame Corbet nicht …?«

Paul knurrte verächtlich und machte eine Handbewegung, als ob er schreiben wollte. Tatsächlich war Madame Corbet hinter dem Messinggitter bereits damit beschäftigt, die Schokolade in ihr Hauptbuch einzutragen.

Nicht mal für Eliot hätten wir auf unseren *goûter* verzichtet, aber er zog sich immer mehr in die Länge, denn Monsieur Armand bestand darauf, uns für das Vergnügen zahlen zu lassen. »*Il faut payer*«, pflegte er mit ernster Miene zu sagen. »Kleine Hunde müssen für ihr Abendessen singen.« Er ließ Vicky, die manchmal lispelte, einen alten Zungenbrecher aufsagen: »*Combien sont ces six saucissons? Ces six saucissons sont six sous. Six sous, ces six saucissons? Mais ces six saucissons sont trop chers.*«

Um vier Uhr begann Monsieur Armands Ruhezeit. Das Mittagessen war vorüber, die Küche in Ordnung gebracht, und da es noch zu früh war, mit den Vorbereitungen für das Abendessen zu beginnen, setzte er sich an den Tisch beim Fenster, wo das Licht grünlich durch die Weinranken fiel, las Zeitung und trank eine Flasche Wein. Er hatte es sich gemütlich gemacht, seine Schuhe ausgezogen und seine Mütze neben sich auf die Anrichte gelegt. Vicky saß auf dem Tisch neben ihm, und die Küchenkatze Minette lag, zu einem Knäuel gerollt, auf dem Sonnenfleck zu seinen Füßen. Monsieur Armand fand ein besonderes Vergnügen daran, uns zuzuhören – seiner Meinung nach war Englisch eine schreiend komische Sprache –, und hatte infolgedessen die

Gewohnheit angenommen, mich täglich einen Absatz aus der Zeitung übersetzen zu lassen. Ich lernte in der Küche von Les Œillets mehr Französisch, als alle Strafarbeiten in St. Helena mir hatten beibringen können.

Die Küche war ein freundlicher Raum. Die weiß getünchten Wände hatten nahe dem von Kletterwein umwucherten Fenster einen grünlichen, in der Nähe des Herdfeuers einen orange-goldenen Stich. In den Kupferpfannen, die reihenweise in der Mitte des Raums hingen, spiegelte sich das Licht in tausend Reflexen. Über den Arbeitsflächen waren beheizte Schubfächer angebracht, in die Monsieur Armand und Paul die Schüsseln stellten, die Mauricette dann auf der anderen Seite – im Speisesaal – herausnahm.

Hinter den Arbeitsflächen stand ein großer eiserner Herd mit Griffen und Scharnierbändern aus poliertem Stahl. Von den zwei Spülbecken, einem großen und einem kleineren, wurde das kleinere nur für Silber, Glas und das Frühstücksgeschirr benutzt. In einer Kammer nebenan wurden die Eismaschine, die Marmortafeln für die Herstellung von Patisserien und Gemüsevorräte aufbewahrt, dahinter befand sich der große Vorratsraum, in dem Fleisch, Geflügel, Fische und Austern gelagert wurden. Von hier holte sich Monsieur Armand alles, was er brauchte. Lebende Fische wurden in Zubern unter freiem Himmel gehalten. An einem Ende der Küche, die mit roten Ziegeln gepflastert war, war über einer offenen Feuerstätte ein Bratspieß angebracht, und ein köstlicher Duft von gebratenen Zwiebeln, frisch gebackenem Brot, Kaffee und Wein erfüllte ständig die Luft. In den Nachmittagsstunden konnte man aus der Spülküche das gedämpfte Geplauder von Toinette und Nicole hören, die Kartoffeln schälten oder Bohnen schnitten. Wenn sie aber in der Wäschekammer am Ende des Flurs Wäsche bügelten, dann drang der Geruch von heißem und versengtem Leinen bis in die Küche. Mauricette, die ihre Schürze abgelegt hatte, spazierte in den Garten hinaus, kam aber bald wieder herein, um von Monsieur Armands Glas zu nippen oder Pauls Neckereien zu erwidern. Mitunter, wenn ich vorlas, hörten beide mit ernster Miene zu. Ich weiß nicht, was für Zeitungen Monsieur Armand bevorzugte, aber was er mir zu lesen gab, war immer spektakulär. »*Que veut dire ›belle-mère‹?*«, fragte ich etwa.

»Mutter von Frau«, sagte Monsieur Armand und schnitt eine Grimasse.

»Ach so, Schwiegermutter!«, sagte ich und fuhr fort zu lesen: »Schwiegermutter erschlägt Schwiegersohn mit Hacke«, oder: »Leiche eines weiblichen Säuglings in einem Koffer auf dem … ›grenier‹. *Qu'est ce que c'est?*« Aber sie konnten es mir nicht erklären, sodass ich im Wörterbuch nachschlagen musste. Das kleine Mädchen war auf dem Dachboden tot aufgefunden worden.

Monsieur Armand schien der Ansicht zu sein, dass die Lektüre dieser Schauergeschichten gut für mich sei, was ich erstaunlich fand, da er sehr heikel in Bezug auf die Bemerkungen war, die sich Paul in unserer Gegenwart erlauben durfte – von den Gesprächen auf den Küchenstufen wusste er natürlich nichts –, und ihn unweigerlich ohrfeigte, wenn er Schimpfwörter gebrauchte.

Wann immer die Wörter »*Merde!*« oder »*Ordure!*«
Vickys rosigem kleinem Mund entschlüpften, wusch
er ihn ihr sofort mit einem Stück Küchenseife aus, aber
wenn ich vorlas »Einbrecher verführt junge Frau, während
sein Komplize Schmuck im Wert von zwanzigtausend
Franc raubt« oder »Soldat fesselt Schulmädchen
ans Bett«, kicherte er vor Vergnügen.

Manchmal rutschten wir ungeduldig auf unseren
Stühlen hin und her, weil wir fürchteten, Eliot nicht
mehr anzutreffen, auch wenn wir noch so schnell zur
Bucht zurückliefen. Er liebte es, ungestört am Ufer spazieren
zu gehen – vielleicht, um der Schar seiner weiblichen
Bewunderer für eine Weile zu entrinnen –, mitunter
wanderte er auch flussabwärts in die Stadt und ging
über die Brücke in das Café La Giraffe. Dann kehrten
wir ins Haus zurück und erwarteten seine Rückkehr, um
zu sehen, ob er unsere Gesellschaft wünschte oder nicht.

»Ich mag diesen Mann«, sagte Vicky, was überraschend
war, da Eliot ihr nie etwas zu essen gab, während
Monsieur Armand, dem sie auf Schritt und Tritt
nachlaufen durfte, ihr so viele Leckerbissen zusteckte,
dass sie mit jedem Tag in Les Œillets dicker wurde.
Hinter Eliot lief sie nicht her – keine von uns hätte das
gewagt –, aber wenn er uns Beachtung schenkte, was
er mitunter, irgendwie gedankenverloren, tat, dann ließ
sie die Küche, die Hühnerbrüstchen und Löffel voller
Cremes im Stich und trieb sich dort herum, wo Eliot am
wahrscheinlichsten zu finden war.

»Ich mag ihn auch«, sagte Willymaus. »Er ist außer
Mutter der einzige Mensch, der mich nie auslacht.«

So erfuhr ich zum ersten Mal, dass Willymaus sich etwas daraus machte, ausgelacht zu werden. Ich wusste bis dahin nicht, dass mein wunderliches Brüderchen ein so tapferer kleiner Kerl war. Es ist merkwürdig, wie die Erkenntnis, einen Fremdkörper in der Familie zu haben, einen veranlasst, die übrigen Mitglieder mit anderen Augen zu betrachten.

Eliot behandelte Willymaus mit besonderem Ernst. Er ließ sich Miss Dawns und Dolores' neue Kleider vorführen, unterzog sie einer genauen Musterung und übte vorsichtig Kritik. Er ließ für Willymaus ein Buch aus Paris kommen, keine Modezeitschrift, sondern ein dickes Werk mit Reproduktionen alter Meister. »Studiere sie«, sagte er zu Willymaus. »Besonders die schlichten, sie werden dir ein Gefühl für Faltenwurf und Farben geben.« Willymaus nickte stumm, aber seine Augen leuchteten.

»Aber so ein Buch kostet doch ein Vermögen!«, rief Madame Corbet.

»Kein Vermögen, nur ein bisschen Geld«, sagte Eliot.

»Einem Kind so etwas zu kaufen!«

»Dieses Kind braucht es.«

Hester äußerte sich nicht über ihre Gefühle, aber sie hatte den letzten Film ihres Brownie ausschließlich Eliot geopfert. Zu schüchtern, ihn um Erlaubnis zu fragen, hatte sie sich, während er im Liegestuhl schlief, auf Zehenspitzen an ihn herangeschlichen und eine Aufnahme gemacht, die sie mit dem letzten Franc ihres Reisegelds in La Maison Kodak hatte entwickeln lassen. Sie hatte die Fotografie niemandem gezeigt, sondern sie

heimlich auf Karton aufgezogen, einen Pappendeckel-
ständer dazu angefertigt und sie mit einem Rahmen
aus den getrockneten weißen Muscheln, wie wir sie am
Flussufer fanden, eingefasst. Wenn Toinette das Zimmer
aufräumte, wurde das Bildchen versteckt, sonst hatte es
seinen Platz auf Hesters Kommode, hinter einem winzigen Blumensträußchen in einem angeschlagenen Likörglas, das sie von Mauricette erbettelt hatte. Ich selbst
war zu alt, um meine Gefühle zu zeigen oder auch nur
über sie zu sprechen … und Joss nach den ihren zu fragen, wagte ich nicht.

Als ob wir unter dem Bann eines Zauberspruchs gestanden hätten, nahmen wir von Eliot alles hin, vertrauten ihm blind, solange er in Les Œillets war, wurden
aber argwöhnisch und skeptisch, wenn er – was er sehr
häufig tat – nach Paris fuhr.

Ich frage mich oft, ob Mademoiselle Zizi anders gewesen wäre, wenn sie gewusst hätte, dass eine Galerie
erbarmungsloser junger Augen sie beobachtete. Von
morgens bis abends hielten wir Gericht über sie, und
unsere Urteilssprüche waren streng. »Nichts an ihr ist
wahr«, sagte Hester.

Das war nicht ganz fair, denn in allem steckt ein
Fünkchen Wahrheit.

Schon ihr Name! Von Paul wussten wir, dass nur
kleine Mädchen »Zizi« genannt wurden … »Und sie ist
doch kein kleines Mädchen«, sagte Hester. Auch was
sie über Les Œillets erzählte, war gelogen. »Das Haus
hat schon meinem Vater, meinem Großvater und meinem Urururgroßvater gehört«, pflegte Mademoiselle

Zizi ihren Gästen zu erzählen. »Die de Presles haben hier seit 1731 gelebt.«

»So alt ist das Haus schon?«, fragten die Gäste.

»Es hat zehn Kriege überstanden«, sagte Mademoiselle Zizi. Es sei das Hauptquartier der amerikanischen Armee gewesen, die Einschüsse im Treppenhaus stammten von Maschinengewehren, auf dem Fußboden des Wandschranks in meinem Zimmer war ein Fleck, der von dem Blut eines amerikanischen Soldaten herrührte, der dort erschossen worden sei. Am Tag nach unserer Ankunft scharrten Rex und Rita einen Totenschädel aus dem Boden.

»Armes Haus!«, sagte Mademoiselle Zizi pathetisch. »Nach jedem Krieg wurden seine Wunden geheilt, aber nun bin ich die Einzige, die übrig geblieben ist. Ich hatte nie gedacht, dass mein Zuhause eines Tages ein Hotel sein würde!« Sie ließ ihre Blicke über die Bar im Wintergarten mit ihren Tischen und Stühlen gleiten. »Als ich ein kleines Mädchen war, war sie voller Nelken – herrlicher Nelken! –, und Wein rankte sich über das ganze Dach.«

Paul, der in der Nähe war, spuckte aus, als sie dies sagte. Er winkte mir und zeigte mir unter der Glyzinie, die über der Haustür wucherte, eine Jahreszahl. Es war die Zahl 1885. »*M'sieur Presle était boucher*«, sagte Paul.

»*Un boucher?*«, fragte ich enttäuscht. Es erschien mir unvorstellbar, dass Mademoiselle Zizi die Tochter eines Metzgers sein solle, aber Paul fuhr in seiner Erzählung fort und begleitete jedes seiner Worte mit einem kleinen Rippenstoß, als wollte er sie mir einhämmern. Widerstrebend berichtete ich nachher Hester, was er mir erzählt hatte. »Der Fleischer hat Les Œillets schon als Hotel gekauft und es mit dem Geld bezahlt, das er an dem schlechten Fleisch, das er den Soldaten lieferte, verdient hatte.«

Die Einschusslöcher waren echt, wurden aber, wenn das Treppenhaus frisch gestrichen wurde, nicht verkittet, sondern immer wieder ausgehöhlt. Den Fleck in meinem Wandschrank musste Paul von Zeit zu Zeit mit Blut aus der Küche übermalen, und eines Tages, als eine Reisegruppe erwartet wurde, winkte er mir, in den Garten zu kommen, und zeigte mir, was er in der Hand hielt. Es war der Totenschädel, dessen lange Wangenknochen und leere Augenhöhlen grausig aussahen. Paul lachte und klappte den gebrochenen Kiefer auf und zu, sodass der Schädel zu sprechen schien. Rita und Rex hätten ihn sofort wieder ausgegraben, wenn Paul sie nicht in den Zwinger gesperrt hätte. Er verscharrte ihn in dem mittleren Blumenbeet unter der Urne und legte ein Stück rohe Leber dazu. »Le pourboire«, sagte er und lachte wieder.

Ich lachte nicht. Ich erinnerte mich, wie sehr uns der ausgegrabene Schädel am ersten Tag beeindruckt hatte, wie nahe Krieg und Tod uns damals gewesen waren und wie beschämt … fast geläutert wir uns gefühlt hatten, eigentlich ganz so, wie es von Anfang an Mutters Absicht gewesen war. Jetzt hatte ich das Gefühl, in die Irre geführt worden zu sein, und empfand eine tiefe Abneigung gegen Mademoiselle Zizi, Madame Corbet und Paul, die es fertiggebracht hatten, mir Les Œillets zu vergällen. Aber der Schädel war im Garten gefunden worden – der Schädel eines Mannes, vermutlich eines Soldaten: Ein Fünkchen Wahrheit steckte also doch in der Geschichte.

Es war seltsamerweise Madame Corbet, die bei unserer Begutachtung am besten abschnitt. »Weil sie nicht vorgibt, jemand zu sein«, sagte Hester. Sie war einfach immer Madame Corbet, kompromisslos, mit ihrer schwarzen Bluse und dem schwarzen Rock, dem Schultertuch, der gelblichen Haut, dem Schnurrbärtchen, den strengen schwarzen Augen, dem Knoten im Haar und alldem. Madame Corbet konnte nicht irrtümlich für jemand anders gehalten werden. Der Klang ihrer Stimme, ständig bereit zu schimpfen, das Feilschen, das Widersprechen waren zuletzt Zeichen ihrer Ehrlichkeit, während bei Mademoiselle Zizi, auch abgesehen von der Sache mit dem Haus, nichts war, wie es schien.

Wenn Eliot nicht im Haus war und Mademoiselle Zizi sich ankleidete, hatte sie es sich zur Gewohnheit gemacht, die Tür ihres Zimmers offen zu lassen und sich über den Treppenabsatz mit Madame Corbet im Büro zu unterhalten. Wir konnten in das Zimmer sehen und … »Ihr Gesicht besteht hauptsächlich aus Puder«, sagte Hester.

»Und habt ihr gewusst«, fragte Vicky erstaunt, »dass Mademoiselle Zizi ihre Wimpern abnehmen kann?« Das hielten wir einfach nicht für möglich, bis wir uns auf die Lauer legten und es mit eigenen Augen sahen.

»Und ihre Busen auch«, sagte Willymaus.

»Ihre Busen? Nennt man sie so?«, fragte Hester zweifelnd.

»Ich habe sie auf einem Sessel liegen gesehen«, sagte Willymaus seelenruhig, aber wir anderen waren schockiert. »Das hat mich auf die Idee gebracht, auch für Miss Dawn und Dolores Busen zu machen«, sagte er. »Vorher habe ich nie darüber nachgedacht.«

Alles war sehr sonderbar. Les Œillets war Mademoiselle Zizis Hotel, und doch musste sie Madame Corbet um Geld bitten. »*Mais il faut que je m'achète une chemisette*«, genauso hätte Hester betteln können, »*une petite chemisette.*«

Das verstand Hester nicht, und ich musste es ihr übersetzen. Sie nickte mitleidig, denn sie war immer auf der Seite der Unterdrückten. Aber wer von den beiden war die Unterdrückte? »Eine hübsche Bluse.«

»*Pour lui*«, Madame Corbet spuckte das Wort geradezu aus. Wir hatten längst gelernt, dass »*lui*« immer Eliot bedeutete.

»Ich frage mich, warum er sich gerade dieses Hotel ausgesucht hat«, sagte Onkel William später einmal nachdenklich. »Es war doch eigentlich höchst unpraktisch für ihn.« Aber er korrigierte sich sofort, wie er es so häufig tat. »Und doch hat er bei näherer Betrachtung richtig gewählt: komfortabel, unauffällig, genug Ausländer, um ihn nicht auffallen zu lassen … halbwegs mittig zwischen Paris und der Grenze gelegen … und ein dummes Frauenzimmer, das bereit war, alles für ihn zu tun.«

»Er ruiniert das Geschäft«, sagte Madame Corbet oft zu Mademoiselle Zizi. »Allen unseren Stammgästen sagst du, wir seien ausgebucht.«

»Nicht allen«, widersprach Mademoiselle Zizi.

»Jetzt ist Hochsaison, und das halbe Haus steht leer!«

»Ich will keine fremden Leute um mich haben.«

»Du bist verrückt!«

»Weil ich kein Gerede wünsche?«

»Kein Gerede! Die ganze Stadt weiß Bescheid. Eines Tages wird uns jemand anzeigen, und am Ende verlieren wir unseren Stern.«

Ich wusste, was sie meinte: den Stern, der im Reiseführer vor dem Namen *Hôtel Les Œillets* steht. Er schien sehr wichtig zu sein, dieser Stern, aber Mademoiselle Zizi zuckte bloß mit den Schultern.

»Zehn Jahre lang«, sagte Madame Corbet mit einer tiefen, heiseren Stimme, die von Tränen oder Wut erstickt zu sein schien. »Zehn Jahre lang könnte ich jetzt schon Nonne sein – aber nein! Stattdessen habe ich hier gearbeitet, um diesen Stern zu gewinnen, um das Hotel am Laufen zu halten, habe mich für dich aufgeopfert. Und jetzt willst du nicht auf mich hören! Du setzt alles aufs Spiel.«

Einmal waren wir Zeugen, wie Madame Corbet Mademoiselle Zizi eine schallende Ohrfeige gab – so schallend, dass man sie in der ganzen Halle hören konnte. Mademoiselle Zizi taumelte gegen das Pult und presste die Hand an ihre Wange.

Nach der Ohrfeige blieb es in der Halle eine Weile sehr still. Wir hielten den Atem an, bis wir andere Laute hörten, die wie Schluchzen klangen. Aber es war nicht Mademoiselle Zizi, die schluchzte, sondern Madame Corbet.

Mademoiselle Zizi ließ die Hand sinken, kniete neben Madame Corbet nieder, drückte sie an sich, wiegte sie sanft hin und her. Zärtliche, abgerissene, geflüsterte französische Worte drangen zu uns herüber: »*Chérie ... Jamais, jamais ... Oubliez ça ... N'y pensez plus ... Chérie ...*« Wir schlichen auf Zehenspitzen weg.

Wir gingen nicht häufig fort. Tatsächlich glaube ich nicht, dass wir das Haus jemals verlassen hätten, wenn man uns nicht ab und zu hinausgejagt hätte.

Das war Eliots Werk. »Du hast leicht reden«, hörten wir Mademoiselle Zizi zu ihm sagen. »Du fährst auf und davon nach Paris. Ich habe heute achtundfünfzig Personen zum Mittagessen gehabt und musste mich außerdem noch um diese Kinder kümmern.«

»Kümmere dich nicht um sie«, sagte Eliot. »Gib ihnen etwas zu essen und wirf sie hinaus.«

»Wie mache ich das?«

»Ganz einfach: Kinder haben eine Vorliebe für Picknick.«

Wir wären sehr gern picknicken gegangen, wenn wir im Haus nicht so viel versäumt hätten.

»Was habt ihr denn versäumt?«, fragte Onkel William. »Horden von Ausflüglern!«

»Waren es Ausflügler?«, fragte Hester verdutzt. »Aber ... in Southstone gibt es doch auch Ausflügler.«

Allerdings waren die Ausflügler, die nach Les Œillets kamen – das wussten wir bestimmt –, ganz, ganz anders. Sie kamen fast täglich, denn es war Hochsaison, »*la grande saison*«, sagte Mauricette. »Dann ist es also gar keine so abwegige Idee, Schlachtfelder zu besuchen?«, fragte ich. Aber die Schlachtfelder waren jetzt keine Schlachtfelder mehr, sondern gewöhnliche Felder, auf denen Gras und Getreide wuchs und Tausende von Mohnblumen und Margeriten. Wir sahen die Bilder in den Reiseführern. »Wachsen die Soldaten jetzt als Getreide aus der Erde?«, fragte Hester, aber natürlich waren die Soldaten nicht mehr da, außer denen, die in Stücke gerissen verwesten, wo sie gefallen waren …

»Wie der Soldat im Garten«, sagte Hester. Die anderen lagen in Reih und Glied auf den Soldatenfriedhöfen unter Kreuzen für die Christen und Zionssternen für die Juden. Auch davon sahen wir Bilder in den Reiseführern. Hester betrachtete sie lange und sagte: »Ich möchte lieber einen Stern haben. Ein Stern ist hübscher als ein Kreuz.« Paul sah ihr über die Schulter und ließ sein verächtliches Knurren hören. »Mr Stillbotham sagt, die Friedhöfe seien so schön wie Gärten«, wies Hester ihn zurecht. »*Comme les jardins*«, sagte sie.

»*Jardin!*«, sagte Paul und piepste höhnisch auf Englisch: »Sei gute Junge, lass dich totschießen in Krieg, dann Papa und Mama kommen dich besuchen in schöne Garten.«

In Les Œillets wimmelte es von Papas und Mamas, Schwestern, Brüdern, Onkeln, Tanten, hie und da kamen sogar auch Großeltern, die alle anscheinend ganz vergnügt waren. Ich aber konnte nicht anders – ich musste immer an den Totenschädel und die Einschusslöcher denken. Ich stellte mir vor, wie es sein müsste, begraben zu sein, anstatt hier in dem hübschen Speisesaal mit der Satintapete zu sitzen, und nichts von den guten Dingen zu bekommen, die den Gästen vorgesetzt wurden – Horsd'œuvres und Pasteten, Poulet à l'estragon, Kalbsbraten und Rind, Salate und Mirabellen –, und ich hoffte, niemals tot sein zu müssen.

Die meisten Besucher waren Amerikaner. Wir gewöhnten uns daran, im Gästebuch die Namen ferner Orte zu lesen – Illinois, Wisconsin, Kalifornien –, aber es kamen auch Kanadier, Australier, Südafrikaner, Neuseeländer und einige, allerdings nicht viele, Engländer. In den seltenen Fällen, da wir dem einen oder dem anderen von ihnen im Treppenhaus begegneten, fragten sie uns auf Französisch nach dem Weg zu den Toiletten. Sie gingen selbstverständlich davon aus, dass wir französische Kinder waren – was uns sehr schmeichelte –, und gaben in ihren Bemühungen, sich verständlich zu machen, der Toilette die komischsten Namen. Wir hörten ihnen aufmerksam zu, fragten, ohne mit der Wimper zu zucken: »*Le pissoir?*«, und beobachteten ihre langen Gesichter, wenn wir ihnen das »Loch« zeigten.

»Aber wir haben doch moderne Toiletten im Erdgeschoss!«, zeterte Mademoiselle Zizi, wenn sie hörte, dass im »Loch« die Kette gezogen wurde, und da sie vermutete, dass wir es waren, die den Gästen das »Loch« gezeigt hatten, war sie noch eifriger darauf aus, uns aus dem Haus zu scheuchen.

Gerade wenn die Dinge anfingen, interessant zu werden – und in Les Œillets waren sie wirklich sehr interessant –, wurden wir fortgeschickt. Vormittags waren alle sehr beschäftigt: Madame Corbet band sich eine schwarze Schürze um. Wenn Eliot in Paris war, bediente Mademoiselle Zizi an der Bar, aber wenn er zu Hause blieb, musste Madame Corbet zu ihren sonstigen Verpflichtungen auch noch diese Arbeit übernehmen. Mauricette war im Speisesaal damit beschäftigt, saubere Tischtücher auszubreiten und Gläser und Silber zu polieren. Paul wischte die kleinen Tische in der Weinlaube ab und stellte die Sonnenschirme auf der Terrasse auf – eine Arbeit, von der ihn Monsieur Armand unaufhörlich wegrief und zu der ihn Madame Corbet ebenso unaufhörlich zurückschickte. Madame Corbet gab die Vorräte aus, öffnete den Zuber, der im Schatten der Laube stand, und ließ Monsieur Armand unter den Fischen, die lebend darin umherschwammen, seine Auswahl treffen. Hester schüttelte sich, wenn sie ihm zusah. »Und erst die Schnecken!«, schrie Hester, von Grauen erfüllt. Wir konnten Schnecken nicht ausstehen. »Außer zum Essen«, sagte Vicky. Angeblich kamen sie aus dem Burgund, aber Monsieur Armand setzte sich in den Hotelwagen, fuhr auf die Felder hinaus und sammelte sie in einem Sack ein. Zu Hause legte er sie in eine große Zinndose, die mit Salz gefüllt war. Das Salz zwang die Tiere zu speien, wodurch sie nach und nach die Würze erhielten, die sie genießbar machte. Es war ein grausamer Prozess, aber Vicky hatte recht: Wenn sie, mit dem leichten Knoblauchgeruch, an dem wir langsam Gefallen fanden, in ihren Gehäusen brutzelnd, auf besonderen Silbertellern serviert wurden, vergaßen wir die mit Salz gefüllte Zinndose. Wir wurden nicht so reich bedacht wie Vicky, aber wenn jemand Schnecken bestellt hatte, schob Paul jedem von uns eine oder zwei auf den Teller und zeigte uns, wie man sie mit den kleinen Schneckengabeln aus dem Gehäuse schält. Wir aßen die Fische, die in dem Zuber umhergeschwommen waren, die Schnecken ... »und die Hühnchen«, berichtete Vicky Onkel William. Auch die Hühnchen wurden grausam behandelt. Sie wurden in einen Käfig gesperrt, damit sie nicht umherlaufen und die Zartheit ihres Fleisches gefährden konnten.

Je weiter der Vormittag voranschritt, desto lauter und röter wurde Monsieur Armand. Schweißperlen rannen an seinen Schnurrbartspitzen entlang und tropften gelegentlich herab, mochte er sie auch noch so oft mit dem Zipfel seines weißen Halstuchs abwischen. Paul arbeitete wie eine Maschine, und nach und nach nahm der Speisesaal mit den strahlend weißen Tischtüchern, dem glänzenden Silber und den vielen Blumen einen eleganten Charakter an. Mauricette schrie, Madame Corbet solle kommen, ihn anzuschauen. Madame Corbet schrie zurück, sie werde sofort kommen. *»Un instant!«*, schrie sie. Alle schrien. Monsieur Armand schrie Nicole und Toinette an, sich mit dem Aufräumen der Zimmer zu beeilen, Mademoiselle Zizi schrie, Monsieur Armand solle nicht schreien, und Nicole und Toinette schrien vom ersten Stock hinunter, sie könnten nicht alles gleichzeitig machen, jede von ihnen habe nur zwei Arme und zwei Beine. Wenn Mauricette gut gelaunt war, ließ sie uns die Brötchen auf die Tische verteilen, die Servietten falten oder die braunen Ränder von den Nelken abzwicken, um sie frisch erscheinen zu lassen. Sobald jedoch die ersten Gäste kamen, marschierte

Madame Corbet ostentativ aus dem Büro in die Küche, holte die Proviantpakete, die Paul nach dem Frühstück für uns vorbereitet hatte, und legte sie auf einen Tisch in der Halle. Wenn wir nicht gleich zugegen waren, ließ sie uns durch Paul holen und verfolgte uns mit ihren durchbohrenden Blicken, bis wir das letzte Picknickpäckchen genommen und die Tür hinter uns geschlossen hatten.

Die Art und Weise, wie wir außer Sichtweite befördert wurden, war geradezu beschämend. Willymaus und ich durften uns nicht in unserem Schlafzimmer blicken oder etwas von unseren Habseligkeiten offen liegen lassen, weil der Blutfleck in meinem Wandschrank Schaulustigen gezeigt werden sollte. Tag für Tag fühlten wir uns von Neuem verletzt und vernachlässigt. »Werden sie auch nicht vergessen, für Joss zu sorgen?«, fragte Hester, und Tag für Tag sagte Joss: »Ich brauche nichts.« Aber ich fand, dass man sie zumindest hätte fragen müssen. Das war die Zeit, da wir Mutter am meisten vermissten und Madame Corbet, Mademoiselle Zizi, Les Œillets, alle, alle hassten. »Nur Eliot nicht«, sagte Hester.

»Er weiß nicht, wie sie uns behandeln«, sagte ich. »Er ist doch so wenig hier.«

Obwohl uns damals sehr weh ums Herz war, glaube ich jetzt, dass es diese Stunden des Alleinseins waren, die uns den Kopf zurechtrückten, die uns geistig gesund erhielten. Alle die hektisch bunten Bilder dieses neuen, fremdartigen Lebens, die Paul so eifrig in kaleidoskopisch kleine Ausschnitte zerstückelte, schlossen sich in diesen Stunden, in denen wir wohl oder übel uns selbst überlassen waren, wieder zu einem Ganzen zusammen.

Abgesehen von Hester, die für mich nicht zählte, war ich oft ganz allein. Vicky schlich immer wieder zu Monsieur Armand zurück. Es gab keine Notwendigkeit, sich um ihr Mittagessen zu kümmern, denn sie bekam in der Küche genug zu essen. Willymaus trug das Päckchen unter den Kirschbaum, wo er sein Arbeitsmaterial ausgebreitet hatte. »Ich habe gerade noch Zeit, ein Sandwich und eine Tasse Kaffee hinunterzuschlingen«, hörten wir ihn murmeln und wussten, dass er vor einem Interview mit der *Vogue*, dem *Jardin des Modes* oder der *Élégance* stand. Miss Dawn und Dolores waren auf Diät gesetzt und bekamen mittags nur Saft. »Mirabellensaft«, sagte Willymaus und bekam von uns so viele Mirabellen, wie er für sie und für sich selbst benötigte. Für unseren eigenen Bedarf legten wir ein paar in unsere Taschentücher, um sie tragen zu können.

Uns war streng aufgetragen worden, nicht vor vier Uhr zurückzukommen, und die Grenze, die wir nicht überschreiten durften, war die Buchsbaumhecke. Diesseits dieser Grenze lag das Haus mit seinen Ereignissen, dem ständig bewegten Szenenbild, in dem Eliot, Mademoiselle Zizi, Madame Corbet, Paul, Monsieur Armand, Mauricette und die Wagenladungen von Gästen als Darsteller fungierten. Sowie wir seinen Bannkreis verlassen hatten, erschien es uns so unwirklich wie die Cocktails, die sie alle tranken, oder wie der Ziergarten mit seinen Blumenbeeten, deren Pflanzen Robert einzeln in einem

Kasten gezogen und ausgesetzt hatte, mit seinem Kies, der eisernen Urne und dem Totenschädel, der jeden Tag von Neuem vergraben wurde.

Jenseits der Buchsbaumhecke, im Obstgarten und in der Wildnis, breitete sich eine ganz andere, ältere und naturbelassene Welt aus. Jeden Tag, wenn wir sie betraten, schlugen mir ihre alten, schlichteren Wohlgerüche entgegen: der Duft von Buchsbaum, von Minze, Syringen und Rosen, von betautem Gras und sonnengereiften Früchten – Gerüche, wie sie jedem Sommer zukommen. Tiefer Friede lag über den von Gras überwucherten Pfaden, den üppig belaubten Sträuchern, den langen Alleen des Obstgartens, wo die Mirabellen zu ihrer bestimmten Zeit reiften, ohne dass die Bäume gestutzt, ihr Wachstum jemals künstlich beeinflusst worden wäre. Hier war alles, was war, genau das, was es zu sein schien.

Wenn wir die blaue Pforte passiert hatten, standen wir am Ufer des Flusses, wo wir manchmal auf Monsieur Joubert stießen, der allerdings immer bald zum Mittagessen ins Haus ging, weil das Licht bereits zu hart und grell geworden war. Obwohl sein Klappstuhl und der Sonnenschirm für den Nachmittag an Ort und Stelle blieben, wäre es uns nie eingefallen, uns im Schatten des Schirmes auf den Stuhl zu setzen. Wir gingen bis zur Bucht oder noch weiter, bis zu der Stelle, wo der Flussarm unter einer Brücke das Hauptufer erreichte und ein Treidelweg sich zwischen den Wiesen und dem Fluss hinzog. Weiden, so groß wie die im Hotelgarten, standen am Ufer und ließen ihre Blätter wie Silber glänzen, wenn der Wind sie schüttelte. Schilf, höher als wir, mit sonnenwarmen, großen schwarzen Kolben umsäumten die Wasserläufe, und alle Äste und Zweige waren mit Kaskaden weißer Blüten besetzt. Ruderboote waren an Stangen befestigt, die am Ufer eingegraben waren, und hie und da war ein Schleppkahn vertäut. Den ganzen Tag lang zogen Frachtkähne vorüber, und immer wieder blieben wir stehen, um ihnen nachzusehen. Manche hatten andere solche Kähne im Schlepptau, auf denen ganze Familien lebten, die sich mit ihrer zum Trocknen aufgehängten Wäsche, ihren Hühnern, ihrem Brennholz und manchmal sogar mit einem kleinen Gärtchen von Topfpflanzen an Bord häuslich eingerichtet hatten. Wenn ein Schiff vorüberfuhr, setzten wir uns ans Ufer und ließen das Kielwasser an unsere nackten Beine spritzen, bis unsere »Vogelscheuchen« vollständig durchnässt waren. Oft sahen wir auch den Bauern und Bäuerinnen zu, die in den Kohlfeldern und Weinbergen arbeiteten, aber wir sprachen nicht mit ihnen und sie nicht mit uns.

Flussabwärts, einen halben Kilometer von Les Œillets entfernt, lag das Städtchen. Tagtäglich nach dem *goûter* gingen Hester und ich am Ufer entlang und bei der Giraffe über die Brücke zum Krankenhaus, um unsere Briefe für Mutter abzugeben. Der Spaziergang flussabwärts blieb dem Abend vorbehalten, die müßige Zeit nach dem Mittagessen gehörte dem Land flussaufwärts, den Wiesen und Feldern und dem »nackten Fluss«, wie wir die lange Strecke kahlen Ufergeländes nannten.

In diesen Stunden waren auch wir in einem gewissen Sinn nackt. Da fiel der Kokon von Aufregung, in den wir uns eingesponnen hatten, von uns ab, wir waren wieder Kinder, und das war erholsam.

Die äußeren Umstände zwangen uns, unser Leben zu vereinfachen. Da wir nur für kurze Zeit nach Frankreich gekommen waren, hatten wir wenige Kleidungsstücke mitgenommen. Unsere Mäntel und Röcke hingen mit unseren besseren Kleidern im Schrank. Wir liefen Tag für Tag in den »Vogelscheuchen« herum, die Mutter für Landpartien und Ausflüge an den Strand eingepackt hatte, und da wir uns nicht die Mühe machen wollten, unsere Schuhe zu putzen, gingen wir einfach barfuß.

Es scheint Eliot niemals in den Sinn gekommen zu sein, dass wir Geld brauchen könnten und keines hatten. Mutters Schecks und ihr Bargeld waren von Madame Corbet beschlagnahmt worden, und unsere Finanzen hatten sich in Regionen verirrt, in die unser Verstand ihnen nicht folgen konnte. Wir wurden nicht einmal aus den spitzen Ziffern klug, die Madame Corbet in ihre Bücher eintrug. »Dass ihr eure Mutter ja nicht mit irgendwas belästigt«, schärfte uns Eliot ein. »Schreibt ihr nur ein paar Worte und sagt ihr, dass ihr sie liebt!« Da wir keine Möglichkeit hatten, irgendetwas zu bekommen, hatten wir wunderbarerweise auch keinerlei Bedürfnisse. Nur Hester klagte immer wieder: »Ich wollte, wir könnten einmal an der *plage* baden.«

Die *plage* – La Plage des Saules – lag zwischen Les Œillets und der Brücke an einer Stelle, wo eine zweite Insel einen schmalen, fast kanalartigen Wasserstreifen vom Fluss abtrennte. Ein weißer Holzsteg führte vom

Ufer hinüber zu der mit einem Geländer umzäunten *plage*. An dem Zaun war eine Tafel mit der Warnung angebracht: *Interdit aux enfants de moins de dix ans qui ne sont pas accompagnés par une grande personne!*

Farbig gestrichene Holzpfosten trennten die drei Schwimmbassins der *plage* vom Hauptstrom. Das grüne Wasser sah kühl und ebenso einladend aus wie die Sprungbretter und die Wasserrutschen, wie die weißen und roten Kabinen, die man zum Aus- und Ankleiden mieten konnte, und wie der Kiosk, in dem es Eis und Fruchtsäfte zu kaufen gab. An diesen heißen, durstigen Tagen stachen uns immer wieder die Buchstaben ins Auge, die auf den weißen Planken aufgemalt waren: *Glaces – Fraise, Vanille, Citron, Moka et Chocolat.*

»Ja, ja«, seufzte Hester.

Außer an der *plage* und in unserer Bucht konnte man wegen ihrer gefährlichen Strömungen nirgends in der Marne baden, und selbst in der Bucht war eine Warntafel angebracht: *Interdit aux baigneurs qui ne sont pas forts nageurs!* Da keiner von uns ein besonders guter Schwimmer war, wagten wir uns gar nicht erst weiter, sondern schlüpften in der Badehütte des Hotels in unsere alten, salzgetränkten Badeanzüge und legten uns dann einfach an den seichtesten Stellen ins Wasser.

Als die Uhr am Hôtel de Ville ein Uhr schlug, krochen wir ans Ufer und packten unser Mittagessen aus. Wir konnten es kaum erwarten. Paul stellte unseren Proviant zusammen, und da er auf der Seite der Unterdrückten stand, schanzte er uns Leckerbissen zu, die wir niemals hätten bekommen dürfen.

Von Monsieur Armand hatte er den Auftrag, die Brötchen vom gestrigen Abendessen, den kalt gewordenen Braten vom Vortag, die Sardinen und Eier aus den Horsd'œuvres-Schüsseln für uns aufzuheben, aber Paul vertauschte die alten Brötchen mit frischen, die der Bäcker eben erst auf Holztabletts in der Küche abgeliefert hatte, stahl Hühnerkeulen, Eclairs und Obsttörtchen und in seiner Herzensgüte Pasteten, ja sogar Kaviar, den Hester in den Fluss warf. Für uns, die gewohnt waren, auf unsere Landpartien hart gekochte Eier, mit Konservenpasten bestrichene Sandwiches, Äpfel und Milchschokolade mitzubekommen, waren die Picknicks von Les Œillets Festmahle, deren Reiz noch dadurch erhöht wurde, dass wir immer auch Flaschen gewässerten Weins mitbekamen.

Tag für Tag fragte ich Hester: »Wohin wollen wir gehen?«

»Nirgendwohin«, war Hesters ständige Antwort, und so lagen wir Tag für Tag in der Bucht oder an der Uferböschung und beobachteten die Fische und die Sonne, die auf unsere Köpfe und Rücken niederbrannte. In dieser kurzen Zeit hatte sie unsere Haare gebleicht und unsere »Vogelscheuchen« noch mehr vergilbt. Wir sahen den Fischen zu, folgten einem Frachtkahn auf seiner Fahrt oder beobachteten eine Bauernfamilie, die in der Ferne mit gebeugtem Rücken den Boden harkte. Wir lauschten den flüsternden Weidenblättern, träumten mit offenen Augen und sprachen kaum ein Wort. Außer den einfachsten Geräuschen gab es nichts zu hören, niemand war zu sehen – zumindest niemand, der jemand war. Keine Frage tauchte auf, und die Zeit verrann, bis die Rathausuhr schließlich vier schlug und wir uns seufzend aufrichteten.

Das Sonderbare an der Sache war, dass wir uns zwar ärgerten, wenn man uns wegschickte, aber sobald unsere Zeit abgelaufen war, gar keine Lust hatten, ins Haus zurückzukehren. Aus der Ferne schreckte ich davor zurück. Mademoiselle Zizi, Madame Corbet, Eliot und Paul waren für mich zu viel, aber, dachte ich mit einem Gefühl der Erleichterung, eigentlich gingen sie uns nichts an. Wir waren nur Zuschauer.

Als wir aber am achten Tag – es mochte auch der siebente oder neunte gewesen sein, ich hatte jedes Zeitgefühl verloren – nach Hause kamen und zu Joss hinaufgingen, um nach ihr zu sehen, waren ihre Fensterläden weit geöffnet, und sie saß in einem ordentlichen Baumwollkleidchen mit einem Handtuch um die Schultern am Fenster. Sie hatte ihr Haar gewaschen und bürstete es in der Sonne, um es trocknen zu lassen.

»Geht es dir besser?«

»Viel besser«, sagte Joss. »Mauricette hat mir mein Mittagessen gebracht.«

»*Mauricette!*«

»So heißt doch das Zimmermädchen?«

Wir hatten ganz vergessen, dass die hochmütige Mauricette eigentlich doch nur ein Zimmermädchen war.

»Hast du sie darum gebeten?«

»Ich habe geläutet«, sagte Joss ganz einfach.

Wir starrten unsere Schwester an. Sogar Vicky schien aus ihrem Gehäuse herauszukriechen, um das blasse, kühle, gleichmütige Gesicht ihrer ältesten Schwester zu bestaunen.

»Du hast deine Haare gewaschen«, sagte ich.

»Ja. Ihr müsst eure auch waschen.« Joss maß uns vom Kopf bis zu den Füßen, sagte aber nicht, was sie dachte. Wir schwiegen. Dass Kinder sich waschen müssen, schien in Les Œillets nicht berücksichtigt worden zu sein, und Joss sah neben uns so zart und frisch aus wie eine Blume.

Plötzlich sagte Vicky: »Mademoiselle Zizis Haare sind nicht wirklich rot. Sie lässt sie in einem Geschäft rot machen.«

»Ich weiß«, sagte Joss.

»Du weißt es?«, entfuhr es Vicky und mir wie aus einem Mund.

»Ich wusste es, als ich sie das erste Mal sah«, sagte Joss, die zu ihrem Waschtisch gegangen war und sich vorbeugte, um sich im Spiegel zu betrachten.

»Woher hast du es gewusst?«

»Weil es am Ansatz ein bisschen schwarz war.«

»Es sieht wie ein Bündel aus«, sagte Vicky. Ich verstand, was sie meinte. Mademoiselle Zizis Haar war schwer und glanzlos.

Joss äußerte sich nicht. Noch immer über den Spiegel gebeugt, griff sie nach einer Haarbürste und begann ihr Haar zu bürsten, das seidenweich und unleugbar echt schwarz war.

VII

Es war einer der Abende, an denen Eliot nach Hause kam.

»Er ist froh, wenn er der Hitze und dem Staub von Paris entkommen kann«, sagte Mademoiselle Zizi.

»Neunzig Kilometer!«, sagte Paul höhnisch. Neunzig Kilometer. Eliot hatte uns beigebracht, sie in Meilen umzurechnen. »Ihr müsst durch acht dividieren und mit fünf multiplizieren.« Fünfundfünfzig Meilen war das Genaueste, was ich errechnen konnte, und dies schien mir allerdings eine lange Autofahrt zu sein, aber ... »Er kommt ja ihretwegen«, sagte ich.

»*Quatre-vingt-dix kilomètres!*«, sagte Paul und spuckte aus.

Wenn Eliot nach Hause kam, war Les Œillets vollkommen verändert. Jeden Nachmittag gegen fünf Uhr zog Mademoiselle Zizi eines ihrer hübschen Kleider an. »Sie sind nicht hübsch, sie sind elegant«, korrigierte uns Willymaus. Sie frisierte sich nochmals, legte Rouge und Puder auf, klebte ihre Wimpern an und malte blaue Schatten auf ihre Lider. »Dann nimmt sie einen Bleistift und zeichnet ihre Augenbrauen nach«, sagte Hester.

»Komisch, sie erst auszuzupfen und lieber welche aus Bleistift zu haben.« Sie tupfte Parfüm auf ihre Oberlippe und hinter ihre Ohren und – Hester senkte ihre Stimme zu einem Flüstern, denn selbst sie hatte allmählich gelernt, dass es Dinge gibt, über die man öffentlich nicht spricht – »sogar zwischen ihre Busen!«.

Wenn das Telefon klingelte, stürzte sie ins Büro. Gewöhnlich aber wartete sie in dem kleinen Salon hinter der Bar, den wir nicht betreten durften, weil er zu elegant war. Aber durch die Glasscheiben in der Tür konnten wir hineinschauen, und was wir sahen, entzückte uns: der pastellfarbene Teppich mit seinen Blumengirlanden, die Wände mit den Paneelen aus blauem Brokat, der Tisch mit den Holzmalereien, der in der Mitte des kleinen Raumes stand, und die vergoldeten, steif an den Wänden aufgestellten Stühle mit Polstern und Rückenlehnen aus gelbem Satin.

Mademoiselle Zizi hätte eigentlich die Bar bedienen sollen, saß aber in dem kleinen Salon, weil sie – wie wir wussten – von dort aus das Tor und die Auffahrt beobachten und den ersten Blick auf Eliots Auto erhaschen konnte. Eliots Auto war ganz anders als das anderer Leute. Es war ein alter Rolls-Royce, ein bisschen mitgenommen, der aber mit seinem langen blau-silbernen Chassis neben den französischen und amerikanischen Autos noch immer sehr eindrucksvoll wirkte. »Warum er sich einen so auffälligen Wagen zugelegt hat, verstehe ich nicht!«, war eine der Fragen, die sich Onkel William stellte und gewohnheitsgemäß gleich selbst beantwortete: »Es sei denn, dass es ihm darum ging, aufzufallen.«

Wenn Eliot seine Pläne änderte, was mitunter vorkam, beschloss man um die Zeit des Abendessens – und das *diner* wurde in Les Œillets spät, oft erst um zehn Uhr eingenommen –, nicht länger auf ihn zu warten. Dann verließ Mademoiselle Zizi ihren Wachposten im kleinen Salon, kehrte langsam zur Bar zurück und folgte bald danach Madame Corbet in den Speisesaal und zu dem für sie reservierten Tisch neben dem Wandschirm, der den privaten Ausgang in die Küche verdeckte. Mademoiselle Zizi zerkrümelte das Brot zwischen den Fingern und fiel in ihrem Stuhl immer mehr und mehr in sich zusammen, während Madame Corbet stocksteif ihr gegenüber sitzen blieb. Wenn Eliot beim *diner* zugegen war, saß er oft an ihrem Tisch, aber dann bemerkten wir, dass Madame Corbet kein Wort sprach, sehr schnell aß und mit dem Messer in die Speisen stieß, als wollte sie – wie es schien – Eliot in Stücke schneiden. Bei diesen Gelegenheiten brannten dunkle Flecken auf ihren bleichen Wangen, und ihre Mahlzeit war beendet, während die anderen noch beim zweiten Gang waren. Sowie sie den Tisch verließ, erhob sich auch Eliot respektvoll, aber sie würdigte ihn keines Blickes, und eine Minute später konnte man bereits hören, wie im Büro die Schreibmaschinentasten in rasender Eile angeschlagen wurden.

Wenn sie und Mademoiselle Zizi allein waren, blieb Madame Corbet im Speisesaal sitzen, bis alle Gäste ihr *diner* beendet hatten. Bald danach versank alles in Stille. Wenn nicht besondere Gäste anwesend waren, überließ Monsieur Armand Paul den Küchendienst, Mauricette räumte in Pantoffeln die Tische ab, und sogar die Hunde lagen mit den Köpfen auf den Pfoten ausgestreckt in der Halle und rührten sich nicht. Niemand außer Eliot hätte es gewagt, sie mit Speiseresten zu füttern.

Wir waren mit unserem Abendessen natürlich längst fertig, da wir es zur selben Zeit bekamen wie die Angestellten, aber wir blieben an unserem Tisch sitzen, spielten mit alten schmutzigen Karten unsere kindischen Kartenspiele und beobachteten, wie Mademoiselle Zizis Kopf mit den roten Locken immer tiefer und tiefer sank, während sie Madame Corbet zuhörte. Nach einer Weile ging sie in die Bar und begann zu trinken.

»Na ja«, sagte Hester. »Wir könnten ebenso gut ausgehen.«

»Ausgehen« bedeutete, im Garten herumzulungern und Mirabellen zu essen, bis Paul mit seiner Arbeit fertig war und sich zu uns auf die Küchenstufen setzen konnte. Dort saßen wir dann einträchtig und rauchten – sogar Hester nahm ab und zu einen Zug. Einmal, als Eliot unangekündigt nach Hause kam, ertappte er uns dabei. Wir fürchteten schon, er würde böse sein, aber er streichelte Hesters Haar und sagte nur: »Ihr kleinen Klatschtanten.«

Gewöhnlich kam er zum Abendessen nach Hause. Lange vor uns hatten die Hunde seinen Wagen gehört, langsam standen sie auf, schüttelten sich und wedelten mit den Schweifen. Ich glaube, wir taten auf unsere Weise dasselbe. Hester und Vicky stürzten auf ihn zu und umklammerten seine Beine, während Willymaus lächelnd seine Ankunft erwartete, was für ihn so viel bedeutete, wie wenn er auf Eliot zugestürzt wäre. »Siehst du«, sagte Mademoiselle Zizi einmal zu Madame Corbet, »siehst du, wie sehr die Kinder und die Hunde ihn lieben? Das ist der beste Beweis dafür, dass er ein guter Mensch ist.« Madame Corbet rümpfte die Nase.

Mauricette stürzte sich mit fliegender Schürze auf Eliot, nahm ihm Hut und Handschuhe ab, Monsieur Armand spähte durch die Küchentür und ließ gleich darauf etwas Besonderes auf dem Spieß oder der Herdplatte brutzeln. Wenn Paul in der Nähe war, brummte er halblaut vor sich hin, dass nun wieder so viel zusätzliches Geschirr zu waschen sein würde, und im Büro saß Madame Corbet regungslos und mit hochgerecktem Haarknoten, um das Aufeinandertreffen von Mademoiselle Zizi und Eliot zu beobachten.

Er tat nichts, was nicht allgemein hätte bemerkt werden dürfen. Wenn Gäste oder wir Kinder in Hörweite waren, begrüßte er sie mit ein paar nichtssagenden Worten – »*Bonjour, Mademoiselle*« oder »*Ça va?*« –, aber Mademoiselle Zizi kümmerte sich nicht darum, weder um die Gäste noch um uns oder Madame Corbet. Sie lief ihm entgegen, hängte sich an seinen Arm, als könnte sie nicht anders – selbst dann, wenn sie hätte merken müssen, dass es ihm lästig war –, und sah ihn mit so strahlenden Augen an, dass sogar ich – naiv und romantisch, wie ich war – fand, es wäre besser, sie zeigte nicht vor aller Welt, wie sehr sie ihn liebte. Manchmal schien Eliot bei seiner Ankunft ungewöhnlich müde zu sein, seine Gesichtszüge wirkten angespannt, und um einen seiner Mundwinkel zuckte ein Nerv. »Wahrscheinlich«, sagte Hester später, »wahrscheinlich war er oft die ganze

Nacht auf.« An solchen Tagen war Mademoiselle Zizi von einer unerträglichen Geschäftigkeit. »Du brauchst einen Drink!«, sagte sie und versuchte, in seinen Zügen zu lesen. »Ich hole dir einen. Setz dich auf einen bequemen Stuhl – nicht in diesen da. Mauricette wird dir andere Schuhe bringen …«, und so ging es weiter, bis Eliot die Geduld verlor und rief: »Herrgott im Himmel, lass das, Zizi!« Was zur Folge hatte, dass sich ihre weit aufgerissenen Augen, die immer etwas gekränkt in die Welt sahen, mit Tränen füllten und ihre Mundwinkel zu zucken begannen. Es war erstaunlich zu sehen, dass sich eine erwachsene Frau so ungeschickt benehmen konnte. Selbst ich wusste, dass es am besten gewesen wäre, sich eine Weile nicht um ihn zu kümmern und ihn erst, nachdem er über zwei Drinks zur Ruhe gekommen war, anzusprechen oder zu necken. Das hätte ihn zum Lachen gebracht und ihn veranlasst, »Du kleiner Frechdachs!« zu sagen.

Am Abend des Tages, an dem Joss gesund geworden war, kamen Gäste in Les Œillets an: ein junger Amerikaner mit rotem sonnenverbranntem Gesicht, drei Amerikanerinnen und ein französischer Oberst mit Frau und Kind. Vor dem Abendessen saßen wir alle an verschiedenen Tischen in der Bar.

Wenn mich jemand auf Französisch ansprach, konnte ich ihn ganz gut verstehen, wenn ich aber Franzosen miteinander reden hörte, war ich meiner Sache nicht sicher. Ich zweifelte keinen Augenblick, dass sich die französische Familie über uns unterhielt, denn ich sah, wie die Dame mit einer bewundernden Geste auf Willymaus zeigte – Frauen waren von Willymaus immer entzückt, während Männer eher ihre Zweifel hatten – und Vickys flatterndes blondes Haar ebenso bestaunte wie Hesters Augen und Locken. Sie waren die Sehenswürdigkeiten unserer Familie, und ich war es gewohnt, dass sie bewundert wurden. Was mich aber überraschte, war eine Bemerkung Eliots, die ich glaubte deutlich gehört zu haben. »*Sœur* heißt Schwester, oder?«, fragte ich Joss später. »Oder kann es noch etwas anderes heißen?«

»Warum sollte es das?«, fragte Joss verwundert.

»Weil Eliot gesagt hat, dass Mutter seine Schwester ist.«

»Das kann er nicht gesagt haben, weil sie es nicht ist.«

»Nein, aber … er hat gesagt, er sei unser Vormund.«

»Was er ja im Augenblick unleugbar ist.«

»Ja, aber … Er hat gesagt, er sei jedes Jahr mit uns in ein englisches Seebad gefahren, habe sich dieses Jahr aber zu spät entschlossen, sodass er nicht mehr nach England kommen konnte, und darum habe er uns hierhergebracht.«

»Wurde die Unterhaltung auf Französisch geführt?«

»Ja.«

»Dann hast du sie missverstanden.«

Ich war sicher, dass dem nicht so war. Jeder der Sätze ist mir deutlich in Erinnerung, und … »Jeder Satz war eine Lüge«, sagte ich.

Eliot hatte sich nicht an den Tisch der Franzosen gesetzt, sondern sprach von unserem Tisch aus mit ihnen. Außer Joss waren wir alle um ihn versammelt. Hester und ich spielten mit mechanischer Geschwindigkeit unsere gewohnte Kartenpartie, tatsächlich aber ließen wir ihn nicht aus den Augen und uns keines seiner Worte entgehen. Willymaus kauerte, die Nase tief in sein großes Buch vergraben, auf einem Stuhl neben ihm. »Der Junge braucht eine Brille«, sagte Onkel William oft, aber ... »Wenn du mir eine kaufst, Mutter, werde ich sie nicht tragen«, erklärte Willymaus. Vicky saß zu Eliots Füßen auf dem Fußboden und ließ Nebukadnezar auf einer Wiese, die sie mit Eliots Zündhölzern abgesteckt hatte, grasen.

Für gewöhnlich drängten wir uns nicht um ihn, wenn er nach Hause kam, sondern hielten uns respektvoll zurück, aber an diesem Abend war alles anders. »Was ist in euch gefahren?«, hatte er überrascht gefragt, als er uns erblickte, und nach näherer Besichtigung hatte er gesagt: »Ihr habt euch ja gewaschen.«

Joss zu Ehren hatten wir uns zum Abendessen umgezogen. Die »Vogelscheuchen« lagen auf den Stühlen in unseren Zimmern, und wir präsentierten uns ausnahmsweise in unseren ansehnlichen Baumwollkleidern. Aber das war nicht alles. Gewöhnlich bekamen wir unser Abendessen, ehe die Hotelgäste kamen. Sobald wir den Speisesaal betraten, erhob sich Paul vom Tisch der Angestellten und legte uns mit vollem Mund die Speisen vor, meistens direkt aus einem Kochtopf oder aus einer Pfanne. An diesem Abend aber warteten wir auf Joss. Mademoiselle Zizi war nicht wie sonst im Speisesaal, sondern bei Madame Corbet im Büro, wo sie auf einen Anruf aus Marseille wartete.

Jeder von uns hatte in Les Œillets einen oder mehrere

Lieblingsplätze, die er in Beschlag nahm. Willymaus hatte natürlich seine Grasbank unter dem Kirschbaum, aber auch der kleine Salon gehörte zu seiner Domäne, obwohl er ihn niemals betreten hatte. Hester liebte den Wintergarten und ein bestimmtes kleines Beet winziger Gartennelken, deren würziger Duft sie an die große rote Nelke erinnerte, die Eliot an jenem ersten Abend, der jetzt so weit zurückzuliegen schien, im Knopfloch getragen hatte. Vickys Lieblingsort war der Rebengang, vielleicht weil er nahe der Küche war, aber sie war auch von den Bidets entzückt – »Sehen sie nicht wie reizende kleine Puppenbadewannen aus?«, sagte Vicky. Meine große Liebe gehörte der Wildnis, die mir mit den weißen Statuen und dem weißen Jasmin überaus poetisch erschien, aber auch der Treppe, weshalb mich die Einschusslöcher umso mehr ärgerten.

Um diese Tageszeit sandte die Sonne, ehe sie hinter den Bäumen versank, ihre letzten Strahlen durch das Fenster auf dem Treppenabsatz und verwandelte das ganze Treppenhaus in einen Lichtschacht. Jede Stufe schien mit Gold eingefasst zu sein, und durch das runde Fenster drang das Trillern und Flöten der Vögel, die im Garten ihr Abendlied zum Besten gaben, bevor sich das Schweigen der Nacht über ihn senkte. Die Treppe hätte Jakobs Leiter sein können, die direkt in den Himmel führte.

Ich war ganz in den Anblick versunken, ja mit ihm so vollständig verschmolzen, dass ich unser Kartenspiel vergessen und meine Augen, von dem strahlenden Licht geblendet, abgewandt hatte, als mir zum Bewusstsein kam, dass Eliot plötzlich verstummt war.

»Du bist dran«, sagte Hester, bereit, eine Karte abzulegen, aber ich rührte mich nicht.

Eliot war eben im Begriff, sein Glas an die Lippen zu setzen, behielt es aber regungslos in der Hand. Der Oberst hatte die Augenbrauen hochgezogen, der junge Amerikaner beugte sich vor. Alle starrten.

Und alle starrten auf meine Treppe. Erst nach und nach bemerkte ich, dass es nicht eigentlich die Treppe war, die sie anstarrten, sondern Joss, die die Stufen herunterkam.

Als ob die Tage ihrer Krankheit und der Schock, den sie erlitten hatte, eine reinigende und verfeinernde Wirkung gehabt hätten, sah sie so blass und, wie ich fand, so keusch aus wie eine Schneeflocke oder eine weiße Blüte – nicht wie ich, die so braun und rotbackig war wie gewöhnlich. Sie hatte das gleiche Baumwollkleid an wie ich, aber an ihr sah es anmutig aus. Sie trug die Sandalen, die sie sich von ihrem Geburtstagsgeld gekauft hatte, weiß und vorne offen, während ich unsere plumpen braunen Schulsandalen anhatte. Sie schien würdevoller und größer geworden zu sein, ihr Kleid spannte ein wenig über ihrem Busen – in Gedanken nannte ich ihn nie mehr anders als »die Busen« –, sodass seine Form deutlich sichtbar war, und die Sonne sprenkelte goldene Lichter auf ihr frisch gewaschenes Haar.

Wann immer ich meinen Neid auf Joss äußerte, pflegte Mutter zu sagen: »Neid ist eine hässliche Eigenschaft, unter der man selbst am meisten leidet. Sei nicht neidisch.« Aber man kann doch nichts dafür, wenn man es ist. Ich weiß, es ist abscheulich, neidisch zu sein, aber …

»Es ist nicht abscheulich«, sagte Eliot später einmal, als ich ihn in meiner Verzweiflung fragte.

»Neid ist nicht abscheulich?« Das verstieß gegen alles, was ich darüber gehört hatte.

»Nein«, sagte Eliot nachdrücklich. »Nur was man aus Neid tut, kann abscheulich sein.«

Diese Erfahrung machte ich selbst. An jenem Abend hätte ich Joss die grausamsten Dinge sagen, ihr alles Böse wünschen können. Die Karten schienen vor meinen Augen zu verschwimmen, und als sie ganz unbefangen auf mich zukam, war ich von Bitterkeit und Wut erfüllt.

Willymaus fuhr fort zu lesen, Hester häufte Karten auf meine Asse, Vicky ließ Nebukadnezar weitergrasen, aber Eliot war aufgestanden.

Das überraschte mich und machte mich noch bitterer. »Aber es ist doch nur Joss«, hätte ich am liebsten geschrien. Während einer kleinen verlegenen Pause wurde mir plötzlich klar, dass Eliot sie nicht erkannte. »Es ist doch nur Joss!« Diesmal sagte ich es laut, und da er noch immer verwundert dreinschaute, fügte ich hinzu: »Joss, unsere Schwester, die krank war.«

»Was, eine von *euch*?« Seine ungläubige Frage war wenig schmeichelhaft, aber ich durfte nicht vergessen, dass er Joss – außer an jenem ersten Abend, wo er sie als Schulmädchen mit allzu hoher Stirn unter dem hässlichen Hut gesehen hatte – nur als krankes Kind mit zerzaustem Haar im Bett kannte und dass es ihn immerhin überraschen musste, sie so zu sehen.

»*Et c'est votre nièce, cette ravissante jeune personne?*«,

rief der Oberst vom Nebentisch herüber. »*Adorable!
Adorable!*« Eliot war vor Verlegenheit rot geworden.
Hatte Joss verstanden, dass man sie für seine Nichte
hielt und – wie ich mit wundem Herzen feststellen
musste – »entzückend« und »reizend« fand? Aber sie
schien nichts gehört zu haben und nahm dankend den
Stuhl an, den Eliot für sie herangezogen hatte. Als er
stumm blieb, sagte sie: »Mir geht es schon besser, aber
Sie müssen uns für eine sehr kränkliche Familie halten.«

Trotz meines inneren Widerstrebens erfüllte mich die
Ruhe, mit der sie sprach, mit Bewunderung. Ich wusste,
wie befangen sie war, denn ihre Wangen hatten sich
leicht gerötet, und die verräterische Vorderfront ihres
Kleides hob und senkte sich rasch. Sie errötete noch
tiefer, als sie nochmals versuchte, ihn zum Sprechen
zu bringen. »Ich hoffe, die Kinder sind Ihnen nicht zur
Last gefallen.«

Das war zu viel. »Wir fallen niemandem zur Last«,
sagte ich laut, und Eliot fuhr auf, als ob ich ihn geweckt
hätte.

»Möchten Sie etwas trinken?«, fragte er Joss.

»Könnte ich eine Limonade ohne Sodawasser bekommen?«, fragte sie mit erzwungener Ruhe.

»Uns hat er nie zu einer Limonade eingeladen«, flüsterte Hester mir zu, als Willymaus beauftragt wurde, sie
zu bestellen.

»Ich?«, fragte Willymaus, in sein Buch vertieft.

»Ja, du«, sagte Eliot so kurz angebunden, dass Willymaus nichts übrig blieb, als sich auf den Weg zu machen.

Da Mademoiselle Zizi ihr Ferngespräch beendet hatte,

war sie es, die die Limonade brachte. Sie war nicht wenig erstaunt und fragte: »Eliot, Willymaus sagt, dass du
eine Limonade bestellt hast – stimmt das?«

Unnötigerweise stand Joss auf, als sie an unseren
Tisch kam. Unter den gegebenen Umständen war dies
eine übertriebene Höflichkeit, aber Joss konnte ihre guten Manieren nicht ablegen. Mademoiselle Zizi schaute
sie an und war ebenso überrascht, wie Eliot es gewesen
war – nur, wie mir schien, auf eine ganz andere Art.

Als sie und Joss so nebeneinanderstanden, fiel mir auf,
dass Eliot irgendetwas auf dem Fußboden eine Weile
wie gebannt musterte. Ich schob meinen Stuhl zurück,
um zu sehen, was seine Aufmerksamkeit so sehr fesselte.
Er schaute ihre Füße an. Auch Mademoiselle Zizi trug
Sandalen – schwarze mit hohen Absätzen –, die ihre
Zehen frei ließen, sodass man die tiefrot lackierten Nägel sehen konnte, aber auch ihre braunen, verkrümm-
ten, durch Hühneraugennarben verunstalteten Zehen,
die großen durch hässliche Beulen nach innen gebogen.
Wenn ich Mademoiselle Zizi gewesen wäre, hätte ich sie
vor aller Welt versteckt, und wieder durchzuckte mich
der Gedanke, wie ungeschickt sie war, denn neben ihrer
plumpen Hässlichkeit wirkten die schlanken Füße, die
Joss unter den weißen gekreuzten Spangen ihrer Sandalen mit makellosen, geraden Zehen und perlrosafarbe-
nen Nägeln zur Schau stellte, faszinierend. Auch Mademoiselle Zizi war Eliots Blicken gefolgt. Mit einer jähen
Bewegung stellte sie die Limonade vor uns hin und ging
auf die andere Seite des Tisches.

»*Merci bien, Mademoiselle*«, sagte Joss und zögerte

einen Augenblick. »Ich muss Ihnen noch guten Abend wünschen«, fügte sie unsicher hinzu.

Mademoiselle Zizi antwortete nicht sogleich, sondern schaute Joss nur mit großen Augen an. »Ich hätte gar nicht gedacht …«, sagte sie endlich.

»Was hätten Sie nicht gedacht?«, fragte Joss.

»Dass eine von euch so … erwachsen ist«, sagte Mademoiselle Zizi.

VIII

Das Abendessen an jenem Abend war nicht sehr behaglich. Wenn französische Gäste im Hotel abgestiegen waren, nahm Eliot seine Mahlzeiten nicht an dem Tisch neben dem Wandschirm ein, sondern hatte einen für sich allein. So war es auch an diesem Abend, aber während des ganzen Essens wanderten seine Augen immer wieder zu Joss hinüber, und Mademoiselle Zizis Blicke folgten von ihrem Tisch aus den seinen. Schließlich stand sie auf und verließ den Speisesaal. Ich glaube nicht, dass er ihren Abgang überhaupt bemerkte.

Wir mussten lange auf die einzelnen Gänge warten, da Paul überhaupt nicht an unseren Tisch kam. Er hatte zwar die weiße Jacke an, wie immer, wenn im Speisesaal seine Hilfe gebraucht wurde, aber er brachte die Schüsseln nur bis an die Küchentür, wo sie ihm Mauricette im Umtausch gegen das schmutzige Geschirr abnahm. Ich hörte, wie sie ihn ärgerlich flüsternd bat, ihr zu helfen, aber es war nutzlos – er wollte einfach nicht. Joss konnte natürlich den Unterschied zu den sonstigen Abenden nicht sehen, sie ließ in ihrer unschuldigen Wohlerzogenheit die Dinge passieren, aber Vicky fielen hie und da die Augen zu, und Willymaus gähnte oder zappelte unruhig auf seinem Stuhl hin und her. Es war unnatürlich spät für sie, obwohl ihre regelmäßige Schlafenszeit längst in Vergessenheit geraten war. Nach jenem ersten Abend hatte ich es aufgegeben, mir darüber den Kopf zu zerbrechen, aber Joss musste ernsthaft beunruhigt sein, da sie kein Wort darüber verlor. »Ich bin nie vor elf Uhr schlafen gegangen«, erzählte Vicky Onkel William später, »nicht ein einziges Mal.«

Hester gab Paul ein Zeichen, uns die Schüssel, mit der er im Türrahmen stand, zu bringen, aber er machte ein finsteres Gesicht und kehrte uns den Rücken zu. Es gab Selleriesuppe, gefüllte Tomaten, Kalbsbraten mit Kartoffeln, Flageolettbohnen, die, wie es hier üblich war, als Zwischengang serviert wurden, Käse und Obst. Wir waren erst beim Kalbsbraten angelangt, als Mademoiselle Zizi vom Büro aus Eliot zu sich rief. Unwillig warf er seine Serviette auf den Tisch und ging hinaus. Binnen Kurzem hatten auch die übrigen Gäste ihre Mahlzeit beendet, aber obwohl diese gleichfalls den Speisesaal verließen, kümmerte sich Mauricette noch immer nicht um uns, sondern räumte die Tische ab, anstatt uns das Obst zu bringen. Wir, die mit den Abläufen des Hauses vertraut waren, wurden ärgerlich, aber Joss sagte: »Selbstverständlich müssen sie die bedeutenderen Gäste zuerst bedienen.«

Offenbar wusste sie nicht, dass Mauricette ihre Wut an uns ausließ, weil Paul sich geweigert hatte, uns zu bedienen. Woher sollte sie es auch wissen? Als Mauricette schließlich mit viel Getöse die Schüssel mit den Mirabellen, die Kristallschalen mit Wasser für unsere Finger und die Obstteller vor uns hinstellte, sagte Joss so freundlich »*Merci*«, als ob Mauricette sich der üblichen Höflichkeitsformen befleißigt hätte. »*Mademoiselle Zizi vous attend dans le bureau*«, sagte Mauricette, »*si des fois vous auriez fini*«, fügte sie sarkastisch hinzu.

Joss, die an Mauricettes rasches Geplapper nicht gewöhnt war, sah mich fragend an. »O weh, Joss!«, sagte ich. »Mademoiselle Zizi erwartet uns im Büro.«

Sie war ein bisschen verdutzt, und wir anderen sahen einander an. Der Tisch, um den wir saßen, schien plötzlich sehr klein und der Speisesaal sehr groß und fremd zu sein.

»Wer hat euch erlaubt, eure Essenszeit zu verlegen?«, fragte Mademoiselle Zizi.

Joss sah mich überrascht an. »Wir bekamen unser *diner* immer zusammen mit Monsieur Armand und den anderen«, erklärte ich ihr.

»Mit welchen anderen?«

»Mit Mauricette, Paul, Toinette und Nicole.« Schon fing ich an, das kindische Tohuwabohu, in dem wir eine Woche lang gelebt hatten, zu bedauern, aber in dieses Bedauern mischte sich auch die schmerzliche Erkenntnis, dass dieser glückliche Zustand vorüber, dass die Verborgenheit, die wir genossen hatten, verloren war. Joss hatte uns ins Scheinwerferlicht gezerrt.

»Wer hat euch gesagt, dass ihr euer *diner* zu einer anderen Zeit haben könnt?«

Joss sah Mademoiselle Zizi gerade in die Augen und fragte mit einer Stimme, die noch immer sanft war: »Erwarten Sie von uns, dass wir mit Ihren Angestellten essen?«

Mademoiselle Zizi wurde feuerrot. »Mauricette kann unmöglich so viele Leute auf einmal bedienen.«

Ich hätte mich mit dieser Antwort abgefunden, Joss aber sagte: »Ich höre doch von Cecil, dass Sie manchmal sechzig Personen zum Mittagessen haben, und heute Abend waren wir nur fünfzehn.«

»Ich möchte nicht«, Mademoiselle Zizi suchte offensichtlich nach Worten, »dass Kinder mit den Erwachsenen speisen.«

Unerbittlich antwortete Joss' sanfte Stimme: »Aber Monsieur le Colonel und Madame ... ich weiß nicht, wie sie heißen ... haben ihre kleine Tochter heute doch auch zum *diner* mitgenommen.«

»Was fällt dir ein, mit Mademoiselle Zizi zu streiten?«, rief Madame Corbet so giftsprühend, dass Joss wieder verblüfft war.

»Verzeihen Sie«, sagte Joss, »aber unserer Mutter wäre es nicht recht, wenn sie wüsste, dass wir mit den Angestellten essen müssen.«

»Eure Mutter hat euch mir anvertraut«, sagte Mademoiselle Zizi.

Joss hätte sich jetzt zurückziehen können, erklären, dass sie noch klein, noch ein Kind sei, aber ... »Wie hätte ich das können?«, fragte Joss später. »Ich bin so erwachsen, wie ich eben bin.« Vermutlich konnte sie nicht anders, aber ich begreife jetzt, dass das, was sie sagte, wie ein Stein, den man in einen Teich wirft, immer weitere Kreise ziehen musste.

»Eure Mutter hat euch mir anvertraut«, hatte Mademoiselle Zizi gesagt.

»Sie hat uns Mr Eliot anvertraut«, sagte Joss. »Sollen wir ihn fragen, wie er darüber denkt?«

Eine Sekunde lang glaubte ich, Mademoiselle Zizi würde Joss ohrfeigen, aber sie beherrschte sich und sagte nach kurzem Zögern: »Ihr könnt, in Gottes Namen, euer *diner* mit den Gästen haben, aber ich verbiete euch, ich verbiete euch ausdrücklich, Monsieur Eliot zu behelligen!«

Etwas später gingen Hester und ich zu den Küchenstufen. Wir wollten nicht, dass Paul dachte, wir wären ihm untreu geworden, aber obwohl er uns sah und wusste, dass wir wussten, dass er uns gesehen hatte, kam er nicht aus der Küche, sondern tat, als sei er sehr beschäftigt. Sooft Monsieur Armand an ihm vorbeiging, murmelte er: »*Bougre de gâte-sauce! Marmiton miteux! Espèce de mitron de merde! Va donc, eh! Ordure!*« Ich wusste, dass es gemeine Flüche waren, die er ausstieß, aber was die Worte bedeuteten, wusste ich zum Glück nicht; allerdings auch nicht, was für einen Grund er hatte, auf Monsieur Armand so erbost zu sein.

»Was ist denn nur mit Paul los?«, fragte Hester.

IX

Dann kamen die drei Tage. »Mir wäre es lieber, du würdest sie nicht erwähnen«, sagte Joss, nachdem ich den Satz niedergeschrieben hatte.

»Das geht nicht. Sie sind ein wesentlicher Teil der Geschichte.«

»Sie sind der wesentlichste Teil«, sagte Joss, ohne mich anzusehen, und keine von uns sprach ein weiteres Wort.

Am Morgen des folgenden Tages traf Mademoiselle Zizi in der Halle auf Eliot. Er trug seine Leinenhose und ein dunkelblaues Hemd, Leinenschuhe, von denen wir jetzt schon wussten, dass sie *espadrilles* genannt wurden, seinen alten Hut und hatte eine dunkle Sonnenbrille in der Hand.

»Du hast doch gesagt, dass du nach Paris fährst«, sagte Mademoiselle Zizi offensichtlich beunruhigt.

Lachend legte er Hester die eine, Willymaus die andere Hand auf den Kopf. »Ich muss mich um meine Familie kümmern, Zizi.« Als er die Bestürzung in ihrem Gesicht sah, nahm er sie in die Arme und wiegte sie sachte hin und her. »Kann sich ein Mann nicht auch einmal ein paar Tage Urlaub gönnen?«

In der Wildnis pflückte er einen Strauß Rosen und nahm Joss und mich mit zu einem Besuch bei Mutter. Der Arzt, Monsieur le Directeur, empfing uns und führte uns durch das ganze Krankenhaus, als ob wir erwachsene junge Damen gewesen wären. Auf der Station für Männer nickten wir ebenso wie Eliot und sagten »Bonjour, messieurs!«, im Frauensaal »Bonjour, mesdames!« und kamen uns wie königliche Hoheiten vor.

»Eigentlich unterscheidet sich ein französisches Krankenhaus in nichts von einem englischen«, sagte Joss, die entschlossen war, die Rolle der versierten jungen Dame zu spielen, während ich viel zu gut gelaunt war, um an den Eindruck zu denken, den ich auf andere machen könnte. »Ich habe noch nie gehört, dass englische Krankenhäuser ›Hotel Gottes‹ genannt werden«, sagte ich, »auch haben sie keine Nonnen neben den Krankenpflegerinnen und wurden nicht im Jahr 1304 von der Gattin Philipps des Schönen erbaut. Es hat nicht einmal einen Philipp den Schönen in England gegeben. Und die Patienten bekommen auch keinen Wein zum Mittagessen« – wir hatten gesehen, wie die Wägelchen mit der Mittagsmahlzeit hereingerollt wurden –, »und ihre Angehörigen können nicht zu allen Tageszeiten kommen. Französische Krankenhäuser sind viel interessanter und freundlicher als die englischen.«

»Die kleine Mademoiselle ist eine scharfe Beobachterin«, sagte Monsieur le Directeur, als ihm Eliot übersetzte, was ich gesagt hatte. Ich fühlte mich sehr geschmeichelt.

Während die Krankenpflegerin uns in Mutters Zimmer führte, unterhielt sich Eliot im Flur mit der Nonne, deren Aufsicht der private Flügel unterstand. »Nur zwei Minuten«, rief uns die Nonne durch die offene Tür nach, und ich war froh, dass uns nur zwei Minuten erlaubt waren, denn Mutters Anblick verdarb mir die gute Laune. Die Privatzimmer waren blau und weiß gestrichene Abteile, die in ihrer eigenen Welt künstlich gedämpfter Stille eingeschlossen schienen. Ein seltsamer Geruch umgab Mutters Bett – »Sie mussten ihr Bein gestern wieder aufschneiden«, hatte Eliot uns vorbereitet –, und Tränen quollen unter ihren Lidern hervor, als sie unsere Hände hielt. Ich hätte mir Mutter niemals blass vorstellen können, nun aber war ihre Haut so gelblich weiß wie Wachs. Ihr Anblick erschreckte uns.

»Ist bei euch … alles in Ordnung?«, fragte sie in einem Flüsterton, der aus einer fernen Welt zu kommen schien.

»Vollständig in Ordnung«, sagte ich geistesabwesend, denn trotz meiner Angst und des tiefen Mitleids, das ich für Mutter empfand, konnte ich nicht anders, als angestrengt dem Gespräch zu lauschen, das Eliot auf dem Flur mit der Nonne führte. Er kann mit allen Leuten reden, einerlei ob auf Englisch oder Französisch, dachte ich neiderfüllt, als ich hörte, mit welcher Leichtigkeit er sprach und wie munter die Antworten der kleinen Nonne waren. Ich fragte mich, ob eine Frau jemals so sein könnte wie Eliot, und wenn ja, ob ich diese Frau sein könnte. Plötzlich war ich dankbar für alle Strafen, die mir in St. Helena auferlegt worden waren, und für die Zeitungslektionen, die ich in Monsieur Armands Küche erhielt, und ich beschloss, von diesem Tag an meine Schüchternheit abzulegen und mit allen Leuten ungeniert französisch zu reden.

»Ich habe mich … so sehr um euch gesorgt«, hauchte Mutter.

Ich weiß nicht, wie Eliot diese Worte aufgefangen hatte, jedenfalls unterbrach er sein Gespräch mit der Nonne und kam an Mutters Bett. »Es ist Ihnen streng verboten, sich Sorgen zu machen«, sagte er. Mutter schlug die Augen auf und lächelte ihn an. Da sie ruhiger zu sein schien, aber offensichtlich nicht mehr sprechen wollte, gab er uns einen Wink, zu gehen. Gleich darauf stand auch er auf und kam uns nach. Den Rosenstrauß hatte er auf Mutters Bett gelegt.

Als wir durch die Stadt nach Hause gingen, wurde er von vielen Leuten gegrüßt und musste immer wieder stehen bleiben, um jemandem die Hand zu schütteln. »In Frankreich muss man immer Hände schütteln«, sagte er. »Passt einmal auf, wie die Kinder es machen.« Wir begegneten Scharen von Kindern. Wenn nicht gerade Ferien wären, sagte Eliot, würden sie alle schwarze Overalls anhaben und Schultaschen tragen, die wie Aktenmappen aussehen, und diejenigen, die von weiter her kämen, hätten überdies viereckige Proviantkörbchen umgehängt. Wir passten auf und überzeugten uns, dass die Kinder tatsächlich allen Leuten, die sie kannten, die Hand entgegenstreckten. Die Straßen waren voller Menschen: Frauen in Pantoffeln, mit Schals, wie Madame Corbet sie trug, um die Schultern und schweren Einkaufskörben am Arm, Männer in blauen geflickten und verblassten Overalls mit *bérets* auf dem Kopf, wie Monsieur Joubert eines trug. Geschäftsleute in steifen Anzügen, Lastwagenfahrer und Kärrner, Nonnen, Jungen und Mädchen, und alle Kinder hatten Hängeschürzen an. »In England trägt kein Kind eine Hängeschürze«, sagte ich.

Mit den Tischen und Stühlen auf den Bürgersteigen unter den gestreiften Markisen machte die Stadt immer einen vergnügten Eindruck. Am besten aber gefielen mir die Namen der Geschäfte. Aux Joyeux Carillons – ein fröhliches Glockengebimmel war die richtige Begleitmusik zum Verkauf von Spielsachen aller Art. À la fourmi, Kleider. Was konnte eine Ameise mit Kleidern zu tun haben? »Ameisen sind sehr fleißig«, sagte Eliot. »Wahrscheinlich nähen sie mit ganz winzigen Stichen.« Was Graines potagères, Graines de Fleurs heißen sollte, konnte ich mir nicht erklären. »Ein Samengeschäft, du kleiner Dummkopf! Blumen- und Gemüsesamen.« Anne Maria Ferrière. Modes Transformations, Crèmerie Centrale en gros et demi-gros, Les Meubles Tulin, J. Binet. Bonneterie, Lingerie. Spécialité de Bas.

Allzu gern hätten wir in dem Blumenladen Églantine Rosen, Nelken und farbenprächtige Gladiolen für Mutter gekauft, und nebenan im Geschäft für Haushaltswaren stach uns ein Zwillingspaar von Teetassen aus grünem Porzellan mit der Aufschrift *Toi* und *Moi* in die Augen. »Du und Ich«, flüsterte Hester. Wir fanden das so rührend, dass wir beschlossen, die Tassen eines Tages für Vater und Mutter zu kaufen. »Wenn wir jemals Geld haben sollten«, seufzte Hester. »Und Onkel William werden wir auch etwas mitbringen müssen. Vielleicht eine von den Pfeifen mit Wappen oder Stadtansichten oder eine Vase mit den entzückenden Wachsblumen.«

Vor dem Schaufenster der Konditorei, die Joss noch nicht gesehen hatte, durften wir stehen bleiben, solange wir wollten. Eliot erklärte uns die verschiedenen Dinge, die ausgestellt waren: Eclairs, Rumtörtchen, Baiser mit Crème Chantilly gefüllt und ganze kandierte Birnen und Äpfel. Er beging nicht den Fehler, uns etwas von diesen Herrlichkeiten anzubieten, sondern nahm uns in den Laden mit, um eine Schachtel Schokoladenbonbons zu kaufen, die wir Hester und den Kleinen mitbringen sollten. Ein üppiger Duft von heißer Schokolade mischte sich mit dem der berühmten eingelegten Kirschen aus Vieux-Moutiers und erfüllte den ganzen Laden, in dem nebst vielen anderen Köstlichkeiten auch gebrannte Mandeln, glasierte Kastanien und gezuckerte Veilchen, Rosenblätter und Mimosenkügelchen zu kaufen waren.

»Gibt es denn hier gar keine gewöhnlichen Süßigkeiten?«, fragte ich.

»Die kauft man in Frankreich im Lebensmittelladen«, sagte Eliot. »Aber wenn ihr wollt, könnt ihr *sucettes* bekommen.« *Sucettes* waren Lollis. »Ich glaube nicht, dass uns Mademoiselle Zizi gern mit diesen Dingern sehen würde«, sagte ich.

Wir wandten den Blick nicht ab von der Mademoiselle, die die Schachteln in weißes Seidenpapier verpackte, mit einem Goldfaden verschnürte und mit einem goldenen Siegel verschloss. Wir machten kein Hehl daraus, dass wir das Päckchen unsagbar elegant fanden. »Werdet ihr denn niemals müde, dieses Wort zu gebrauchen?«, fragte Eliot, und die einzig ehrliche Antwort wäre gewesen: »Nein!«

»In Southstone werden Schachteln nicht so verpackt«, sagte Joss.

»In London vielleicht doch«, meinte Eliot.

»Wir sind aber nicht in London. Wir sind in einem kleinen Städtchen, kleiner als Southstone.«

»Ja, die Franzosen verstehen es, zu leben«, sagte Eliot, und ich wünschte mir, Französin zu sein.

Dann führte er uns in das Café Giraffe. Geblendet saßen wir an einem der kleinen Tische mit den Marmorplatten, an denen wir so oft vorbeigegangen waren. Der Kellner mischte ein Glas Wein mit Wasser für mich und stellte ein anderes mit purem Wein für Joss auf den Tisch. Sie bemühte sich, nicht zu erröten, aber es gelang ihr nicht. Als Monsieur Gérard, der Eigentümer, an unseren Tisch kam und mit uns sprach, hielt sie das Glas mit dem goldgelben Wein in der Hand und ließ ihre Blicke zwischen Eliot und Monsieur Gérard hin- und herwandern, um ja kein Wort der in rasendem Französisch geführten Konversation zu verpassen. Ich erinnere mich, dass sich wieder einmal ein Sonnenstrahl, der durch die Markise fiel, in ihrem Haar verfing und kleine Schweißperlen – von der Hitze oder vom Wein – auf ihrer Stirn und ihrem Nacken glänzten. Eliot streckte einen Finger nach einem der Tröpfchen aus. »Ein Tautropfen von Joss«, sagte er, und Joss saß sonderbar still.

»Schmeckt er salzig?«, fragte ich.

»Süß und würzig«, sagte Eliot und sah Joss wieder an,

während er Monsieur Gérard nur mit halbem Ohr zuzuhören schien.

Als wir nach Les Œillets zurückkehrten, waren auf
dem Tisch in der Halle unsere Proviantpakete vorbereitet.

»Was ist das?«, fragte Eliot.

»Unser Picknick«, sagte ich und erklärte Joss, dass wir
das Hotel verlassen müssten.

Eliots Blicke wanderten von den Paketen zu Joss und
von ihr hinaus in den Garten, der grün-golden in der
Sonne schimmerte. Aus der Bar kam der Lärm, wie ihn
vergnügte Menschen verursachen, laute, herzliche Stimmen, Lachen und das Klingen von Gläsern und ... »Lassen Sie auch für mich ein Proviantpaket vorbereiten«,
sagte Eliot.

»Picknick! Doch nicht für Sie?«, fragte Madame Corbet.

»Ja, für mich«, sagte Eliot, und Madame Corbet
schien nicht zu wissen, ob sie erfreut oder schockiert
sein sollte, ging aber in die Küche, um das Lunchpaket
zu besorgen.

»Was hat er sich dabei gedacht?«, fragte Onkel William später.

»Gar nichts hat er sich dabei gedacht. Ausnahmsweise einmal hat er vergessen zu denken«, sagte ich und
glaube jetzt, dass ich damit den Nagel auf den Kopf getroffen habe. Noch immer verfolgt mich Eliots Stimme,
wie er sagte: »Kann sich ein Mann nicht auch einmal ein
paar Tage Urlaub gönnen?«

Wir gingen hinunter zur Bucht. »Alle sechs zusammen«, sagte Hester. Willymaus ließ seine Näharbeit im Stich, Vicky wurde Monsieur Armand abtrünnig, obwohl es *œufs à la neige* gab. »Und Joss! Allein mit diesem Mann!«, sagte Onkel William. Aber sie waren nicht eine Minute allein. Immer umringten wir sie wie ein Chor im Drama und – wiewohl wir es damals nicht wussten – wie Wachpersonal.

Als wir das blaue Pförtchen passierten, begegneten wir Monsieur Joubert, der ins Hotel ging. Als er Joss sah, hob er den Hut – wenn die Sonne zu sehr niederbrannte, tauschte er das Béret gegen einen Panamahut. Lächelnd trat er zur Seite, um uns vorbeigehen zu lassen, blieb dann mit dem Hut in der Hand stehen und sah uns nach. Joss ging rechts neben Eliot – ihr Kopf reichte gerade bis zu seiner Schulter –, an seiner linken Hand hing Vicky. Hester und Willymaus gingen vor uns – Hester immer mit dem Gesicht uns zugewandt und ununterbrochen schwätzend –, und ich bildete die Nachhut. Als ich mich umdrehte, stand Monsieur Joubert noch immer an derselben Stelle und blickte uns versonnen nach.

Es war ein recht vergnügtes Picknick. Wir hatten viel eher das Gefühl, entwischt als ausgeschlossen zu sein. Nach dem Mittagessen schlief Vicky ein, den Kopf auf Joss' Schoß gebettet. Hester und Willymaus planschten im Wasser, und ich lag, wie Eliot es so gern tat, mit dem Gesicht nach unten flach auf dem Sand. Joss' und Eliots Stimmen drangen nur wie ein leises Murmeln an mein Ohr, sie schienen einander sehr viel zu sagen zu haben, aber ich war zu sehr von friedlichen Gefühlen erfüllt, um eifersüchtig zu sein.

Und dann ereignete es sich. »Kommt, ihr Faulpelze!«, rief Eliot aus. »Ich habe in Soissons zu tun. Wer will mitfahren?«

Mit einem jähen Ruck setzte ich mich auf, und Willymaus kam aus dem Wasser gelaufen. »In Ihrem Rolls-Royce?«, fragte er atemlos.

»Ja! Wir könnten die Kathedrale besichtigen.«

Mit dem Rolls-Royce! Ungläubig starrten wir einander an und konnten nicht verhindern, dass unsere Gesichter vor Aufregung glänzten. »Aber ... wird Mademoiselle Zizi nicht böse sein?«, fragte ich.

»Warum sollte sie böse sein?« Eliots Stimme hatte den kühlen, abweisenden Tonfall, den nur ich an ihm kannte. Ich schwieg, aber keiner von uns ging ins Haus zurück. Wir wuschen unsere Hände und Gesichter im Fluss und deponierten die Reste unserer Proviantpakete auf den Küchenstufen.

Auf den Feldern entlang der Straße nach Soissons waren die Garben goldbraunen Korns, das dunkler war als in England, zu Haufen aufgerichtet. In den Wäldern hatten die Holzfäller die Scheite zum Trocknen geschichtet. »Als ob man jemals wieder heizen würde!«, sagte Hester. Die heiße Luft flimmerte zwischen den Bäumen und strich über unsere Wangen. Es war nicht zu verkennen: Wir waren in Frankreich und nicht in England. An einer Muttergottesstatue, die ein Kornfeld beschützte, vorbei wichen wir einem mit Weinfässern beladenen Wagen aus und kamen zu einem jener französischen Militärfriedhöfe, die wir mit ihrer Unzahl kleiner Holzkreuze aus den Reiseführern kannten. Schließlich fuhren wir in

143

Soissons ein, in die alte Stadt mit den Zwillingstürmen, ihrer in Ruinen liegenden Abtei und den honigfarben gestrichenen Häusern mit den dicken Mauern rund um den großen Domplatz.

Vor dem Tor der Kathedrale sagte Eliot zu Joss und mir: »Bedeckt eure Haare. Man erwartet das von euch«, aber wir hatten nichts.

Eliot borgte mir sein Taschentuch, aber für Joss war nichts aufzutreiben. Schließlich kam eine Frau aus dem Dom und blieb bewundernd vor uns stehen – es gehörte zu diesem warmen, glücklichen Tag, bewundert zu werden. Sie trug einen schwarzen Spitzenschleier in der Hand, wie ich sie in Vieux-Moutiers an den Frauen gesehen hatte, wenn sie in die Kirche gingen. Jetzt trat die fremde Frau auf uns zu und legte Joss mit einer zärtlichen Gebärde den Schleier aufs Haar. »*Voilà ce qu'il vous faut, Mademoiselle*«, sagte sie und zeigte Eliot die Tür in einem der gegenüberliegenden Häuser, wo er den Schleier später würde abgeben können.

Die feine Spitze ließ Joss' Haar noch schöner erscheinen, gab ihrer Haut einen noch tieferen Elfenbeinton und beschattete ihr Gesicht, das jetzt fast geheimnisvoll wirkte. Eliot konnte seine Blicke nicht von ihr wenden. Ich ging abseits und versuchte, der aufsteigenden Bitterkeit in meinem Herzen Herr zu werden.

Das Innere der Kathedrale war dank der gewaltigen, zum sonnenbeschienenen Domplatz hin geöffneten Tore nicht düster, sondern strahlend hell. Die Mauern des langen Kirchenschiffes bestanden aus blassen Steinquadern, die die Form riesiger Ziegel hatten, der

Fußboden war gleichfalls aus Stein und sehr abgenutzt. Warum er so abgenutzt sei, fragten wir.

»Das ist der alte Fußboden. Die Mauern sind neu. Die Kathedrale ist im Krieg zerstört worden. Man hat sie wieder aufgebaut.«

»Was? Dieses große Ding da?«

Wir mussten die Köpfe weit zurücklegen, um in das Rippengewölbe des Dachs hinaufschauen, das Rosenfenster im Querschiff und die darunter befindlichen hohen Fenster bewundern zu können, durch deren bernsteinfarbene, rote und leuchtend blaue Scheiben grelle Lichter auf den Steinboden fielen. Alles schien hier unermessliche Dimensionen angenommen zu haben, auch die Stille, die die riesige Steinmasse erfüllte. »Dieses große Ding da«, flüsterte Eliot vor sich hin.

»*Il est interdit de circuler dans la cathédrale durant les offices*«, warnten Tafeln an den Wänden. »Was für Büros?«, fragten wir und sahen uns nach Schreibtischen und Telefonen um.

»Hier sind die Gottesdienste gemeint«, sagte Eliot, »die Frühmesse, der Nachmittagssegen und die Abendandacht.« Da wir ihn auch weiterhin verständnislos ansahen, lachte er und sagte, wir seien kleine englische Ignoranten.

Madame Corbet behauptete oft, die Engländer hätten keine Religion. Da Eliot und wir die einzigen Engländer in Les Œillets waren, durfte man ihr diesen Irrglauben verzeihen. »Was, ihr geht nicht in die Kirche?«, fragte sie uns am ersten Sonntag; und am zweiten: »Geht ihr denn nie in die Kirche?«

»Nur zu Weihnachten und zu Ostern«, sagte ich.

»Und selbstverständlich wenn wir getauft werden«, sagte Hester.

»Die Engländer haben keine Religion«, sagte Madame Corbet abschließend.

Da wir noch nie in einer katholischen Kirche gewesen waren, fanden wir alles interessant – von den massiven Steinpfeilern angefangen bis zu den vergoldeten Kreuzwegstationen an den Wänden und den langen Reihen von Stühlen. »Kommen alle die Leute, die da erwartet werden?«, fragten wir. »Ja, sie kommen«, sagte Eliot. Weihrauchduft stieg uns in die Nasen, und die Kerzen, die die kleinen Seitenkapellen in ein warmes Licht tauchten, entzückten uns. »Wer hat sie dort aufgestellt?«

»Die Leute«, sagte Eliot. »Passt nur auf.« Ununterbrochen gingen Leute aus und ein, obwohl kein Gottesdienst stattfand. Sie kamen, knieten nieder und beteten für sich, manche mit, manche ohne Rosenkranz. Einige brachten Blumen, andere zündeten Kerzen an. Keiner war festlich gekleidet, ja gelegentlich kam sogar eine Frau mit ihrem Einkaufskorb oder ein Mann mit seinem Werkzeugkasten, eine Frau schlurfte in Pantoffeln herum, als ob sie zu Hause wäre. Tatsächlich schienen sich alle sehr wohl und zu Hause zu fühlen. Ich hätte nie gedacht, dass man sich in einer Kirche zu Hause fühlen könnte.

Die Blumen und Kerzen in der Auferstehungskapelle waren weiß, aber das Gesicht der Heiligen Jungfrau war zu unserer maßlosen Überraschung schwarz. »Ist sie nicht schön?«, fragte Eliot.

Können schwarze Menschen schön sein? Die Frage hätte in unseren beschränkten insularen Gehirnen gar nicht auftauchen können. »Warum ist sie schwarz?«

»In Frankreich wirst du häufig Muttergottesstatuen mit schwarzen Gesichtern finden«, sagte Eliot.

»Der Reiseführer sagt, dass die ersten kirchlichen Statuen aus Sumpfholz geschnitzt wurden, das schwarz ist«, sagte Joss. »Kann diese hier so alt sein?«

»Das weiß ich nicht«, sagte Eliot, »jedenfalls ist sie sehr, sehr alt.«

»Wie alt?«, fragte Hester.

»Jahrhundertealt«, sagte Eliot. »Und sie ist wundertätig.«

»Wundertätig?« Hester traute ihren Ohren nicht.

»Ja! Sie kann Wunder vollbringen.«

»Wirklich?« Wir alle starrten die Statue an.

»So heißt es«, sagte Eliot, »und darum wurden Tausende und Tausende von Kerzen vor ihr angezündet, und der Rauch hat sie noch mehr geschwärzt.«

»Ihr Mantel ist wunderschön«, flüsterte Willymaus und streckte einen Finger aus, um den weißen, mit blauen Schlüsseln gemusterten Brokat zu betasten. Sowohl die Madonna als auch das Jesuskind hatten Krönchen auf dem Kopf, die mit Juwelen besetzt waren. »Rubine und Türkise«, sagte Eliot.

»Echte?«, hauchte Willymaus und schaute verzückt zu ihnen auf, als Eliot nickte. Hester, die Dingen immer erst Glauben schenkte, nachdem sie sie am eigenen Leib erfahren hatte, hielt ihre Hand über eine der brennenden Kerzen und war sehr befriedigt, dass die Flamme eine schwarze Spur auf ihren Fingern hinterließ. Vicky zupfte Joss am Ärmel. »Lass mich die Rubine sehen«, flüsterte sie, und Joss hob sie hoch.

Als Joss das Kind auf den Arm nahm, um ihm die Kronen zu zeigen, fiel der Schein der vielen Kerzen auf ihr blasses, von dem schwarzen Schleier umrahmtes Gesicht, sodass es wie in Gold getaucht erschien. Mutter hatte gesagt, dass Joss »nur jetzt« schön sei, aber in diesem Augenblick wusste ich, dass die Schönheit meiner Schwester nicht vorübergehend, sondern so echt und bleibend war ... wie die eines erlesenen Gemäldes, dachte ich und fühlte im selben Augenblick, dass Eliot mich bei den Schultern gepackt hatte und so krampfhaft festhielt, dass es schmerzte. Ich wandte meinen Kopf jäh nach ihm um und fand bestätigt, was ich aus dem harten Zugriff seiner Hände vermutet hatte: Er wusste überhaupt nicht, dass er mich berührte, sondern starrte Joss ebenso unverwandt an wie Willymaus die Juwelen.

Vor wenigen Minuten noch hätte ich verletzt und zornig seine Hände abgeschüttelt, nun aber verhielt ich mich ganz still und hatte nichts dagegen, ausgenutzt zu werden. Vielleicht hatte die Schwarze Madonna wieder eines ihrer kleinen Wunder bewirkt, indem sie mein Inneres zum Schweigen brachte. Ich hatte mich damit abgefunden, dass Joss schön war und ich nicht, dass sie und nicht ich das erlesene Kunstwerk war, dass Eliot nur Augen für sie hatte und mich nicht einmal bemerkte, und hatte es aufgegeben, eifersüchtig zu sein. Ich war traurig, aber es war eine aufopfernde, heimliche Traurigkeit, die nichts mit Eifersucht zu tun hatte.

Als wir aus der Kathedrale auf den sonnenbeschienenen Domplatz hinaustraten, tat es wohl, die Wärme auf unseren Köpfen und Armen zu fühlen. Hester und Willymaus wollten den Schleier zurückbringen, und Eliot ließ sie wiederholen, was sie zu sagen hatten: *»Mille remerciements, Madame«* und *»Merci pour votre bonté.«* Als sie wiederkamen, führte er uns alle in eine Pâtisserie. Seit unserem Besuch in der Konditorei von Vieux-Moutiers am Morgen waren Joss und ich von Visionen üppiger Rumtörtchen und Baisers verfolgt – »Und diese Birnen«, hatte Joss sehnsüchtig gesagt –, und es dauerte eine geraume Zeit, ehe wir unsere Auswahl getroffen hatten. Für Vicky war dies natürlich der wichtigste Augenblick des Tages, aber Eliot war geduldig. Für uns bestellte er Schokolade, für sich und Joss eisgekühlten Kaffee, der in hohen Gläsern mit Strohhalmen und langen Silberlöffeln serviert wurde. Die Konditorei war womöglich noch eleganter als die in Vieux-Moutiers, und Joss mussten ähnliche Gedanken wie mir durch den Kopf gegangen sein, denn sie sagte zu Eliot: »Ich muss Sie wegen unserer Kleider um Nachsicht bitten.«

»Wegen eurer Kleider?«

»Ja«, sagte Joss kurz angebunden.

»Mir gefallen sie«, sagte Eliot.

»Das ist doch unmöglich.« An der Art, wie sie dies sagte und die Nasenflügel einzog, konnte ich erkennen, dass sie litt.

»Mir gefallen sie«, sagte Eliot noch einmal und legte seine Hand auf ihre, die auf ihrem Knie lag. »Mir gefällt alles an Ihnen.«

Wieder ein Augenblick atemloser Stille, dann zog sie ihre Hand weg.

War mir dieser Tag goldig glänzend erschienen, so war die Farbe, die den nächsten Tag bestimmte, grün, da Eliot mit uns in die Wälder von Compiègne fuhr.

Den ganzen Tag lang wanderten und lustwandelten wir zwischen Buchen und durch endlose Alleen. In diesen Hochsommertagen war der Wald tiefgrün und unter den Bäumen mit grünlich weißem Waldkerbel, mit den derberen Büscheln von Farnen und mit den weißen Blüten des Sauerklees übersät. Wir pflückten Zweige eines Jelängerjelieberstrauchs, aus denen Hester Kränze für die Kleinen flocht. »Wie ein kleiner Faun«, sagte Eliot und wies auf Willymaus, der ohne Hemd und mit dem Blumenkranz auf dem Kopf zwischen den Farnbüscheln umhersprang. Im ganzen Wald war kaum ein Mensch zu sehen. Auf unserer Wanderung kamen wir auch zu zwei einsam gelegenen Seen, in denen sich das Grün der Bäume und Streifen des wolkenlos blauen Himmels spiegelten. Wenn Hester und Vicky mit ihren Stöcken das Wasser aufpeitschten, um sich an den kleinen Wellen, die sie erzeugten, zu erfreuen, wiegten weiße Wasserrosen bedächtig ihre Blüten. Das Aufschlagen der Stöcke und das Glucksen eines aufgescheuchten Moorhuhns waren die einzigen Laute, die zu hören waren. »Die Leute haben Compiègne vergessen«, sagte Eliot.

Wenn wir vom Gehen müde waren, krochen wir in den Wagen zurück und fuhren weiter. Der Rolls-Royce glitt fast geräuschlos die endlosen Alleen entlang, unter dem mächtigen grünen Laubdach, durch das die Sonnenstrahlen sickerten, um dann sanft über den Boden zu huschen. Wir kamen zu einem grauen, zwischen Bäumen versteckten Dörfchen, zu dem ein *château*, ein Schloss, mit Türmchen und Wällen gehörte. »Wie Dornröschens Schloss«, sagte Hester.

»Der ganze Tag ist wie ein Märchen«, sagte ich.

»Nein, er ist kein Märchen. Er ist Wirklichkeit«, entfuhr es Joss mit einem Ungestüm, das ihr so gar nicht ähnlich sah, sodass wir alle sie unwillkürlich anstarrten.

»Er ist Wirklichkeit«, bestätigte Eliot und zog ihren Arm durch den seinen, aber ich merkte gleich, dass Joss nicht Arm in Arm mit ihm gehen wollte, und tatsächlich entzog sie ihm ihren Arm bei der ersten Gelegenheit, die sich ihr bot.

Ich weiß nicht, wie spät es war, als wir zu Mittag aßen, möglicherweise war es drei Uhr. Anschließend lagen wir im warmen Gras und schliefen. Später am Nachmittag trafen wir auf eine französische Familie, die, auch im Gras liegend, ihr mitgebrachtes Essen verzehrte. Die drei Kinder hießen Raoul, Élisabeth, die Babette gerufen wurde, und Jeanne. Ihre Namen sind für immer mit diesem zauberhaften Tag verbunden. Ich erinnere mich, dass sie ein französisches Ballspiel spielen wollten, sich aber zu unserer englischen Version bekehren ließen und wir England gegen Frankreich spielten. Sie bewirteten uns mit Limonade, die wir auf ihre Gesundheit tranken, ehe wir weiterfuhren.

Gegen Abend stiegen wir wieder aus dem Auto und

gingen zu Fuß weiter. Die Sonne stand jetzt tiefer am Himmel, und das Licht, das schräg über die Lichtungen und durch die Zweige fiel, war intensiver, gesättigter ... und bedeutsamer, schien es mir. Auch wir waren bedeutsamer geworden, übersättigt von Seligkeit. Vicky schleppte sich mühsam auf ihren Füßen, Joss war blass. »Ich glaube, es ist höchste Zeit, uns um unser Abendessen zu kümmern«, sagte Eliot.

»Unser Abendessen?«

»Ja. Erinnert ihr euch an das kleine Restaurant am See? Dort werden wir essen.«

»In einem *Restaurant*?«, fragten Joss und ich wie aus einem Mund. Wir hatten plötzlich unseren Vorsatz, uns wie junge Damen zu benehmen, vergessen.

»Warum nicht?«, fragte Eliot, und prompt stellte Hester uns bloß.

»Wir waren noch nie in einem Restaurant«, erklärte sie. »Nur in einer Teestube oder im Café Oriental.«

»Hättet ihr nicht Lust, einmal in ein Restaurant zu gehen?«

»O doch ... aber können wir?«

»Natürlich können wir«, sagte Eliot.

Joss warf einen Blick auf ihre Uhr. »Es ist neun Uhr!«, gab sie zu bedenken. Es klang ein bisschen beunruhigt.

»Ein Grund mehr, ans Abendessen zu denken.«

»Aber wird ...« Ich wusste, dass Joss Mademoiselle Zizi nicht erwähnen wollte, »... werden sie nicht böse sein?«

»Wir werden sie anrufen«, sagte Eliot. Als wir aber im Restaurant La Grenouille – von den mit Fröschen bemalten Wänden hallte das Gequake echter Frösche aus den Sümpfen wider – ankamen, stellte sich heraus, dass es kein Telefon gab. »Sie werden sich denken, dass wir auswärts essen«, sagte Eliot. »Kommt nur weiter.«

Im ersten Augenblick waren wir enttäuscht. Das Wort »Restaurant« war für uns gleichbedeutend mit den prächtigen Speisesälen, die wir flüchtig in den von Hester so bewunderten Hotels gesehen hatten, wenn wir auf der Esplanade von Southstone spazieren gegangen waren. Wir hatten Visionen von unzähligen Kellnern gehabt, von weißen Tischtüchern und Lampen mit rosigen Schirmen, von Silber, Blumen und Servietten, die zu noch schöneren Gebilden gefaltet waren, als selbst Mauricette sie herzustellen vermochte. La Grenouille war ein Ausflugslokal, nichts als ein Châlet mit einem Garten, in dem eine Tafel mit der Aufschrift *Jeux divers* die zahlreichen Krocketreifen, Wippen und Schaukeln rechtfertigte, die den Gästen zur Verfügung standen. Der Speisesaal war aus Kiefernholz, nur die Seitenwände waren verglast. Wie uns der Wirt erzählte, wurde der Saal im Herbst hauptsächlich von Jagdgesellschaften benutzt, und tatsächlich waren an den hölzernen Wänden, oberhalb der Froschbildnisse, die ausgestopften Köpfe von Wildschweinen, Füchsen und Gämsen neben Geweihen, die als Lampen dienten, angebracht. Die Tischtücher waren rot und grün kariert – »Papier?«, flüsterte Hester, unwillig, es zu glauben –, und die Sitzmöbel waren hölzerne Klappstühle. Der Wirt begrüßte uns in Hemdsärmeln, karierten Leinenhosen, alten Espadrilles und war nicht einmal rasiert. Unsere

153

Augen musterten ihn missbilligend, während Eliot mit ihm sprach. »Wir können Suppe haben«, sagte Eliot, »Steak, Tarte und Käse – ist euch das recht?« Da wir unsere Enttäuschung nicht zeigen wollten, sagten wir ein wenig zurückhaltend, dass es uns selbstverständlich recht sei, und Joss sagte noch: »Danke schön«, was wir anderen im Chor wiederholten.

Die Suppe und das ellenlange Weißbrot, von dem wir die Stücke abbrachen, wie wir sie brauchten, waren gut, und dass der Wirt die Steaks vor unseren Augen grillte und die einbrechende Dunkelheit das kleine verglaste Restaurant in eine in sich geschlossene, andere Welt verwandelte, ließ uns unsere Enttäuschung vergessen. Eliot bestellte *vin rosé* für uns alle, und der rosafarbene Wein, die Flamme des Grills, die Lichter, die sich wieder und wieder in den Fensterscheiben spiegelten, schufen um uns eine Atmosphäre, die von Licht und Wärme erfüllt war. Eliot sprach mit dem Wirt und seiner Frau, und auch wir wurden gesprächig und schließlich so übermütig, dass unser Lachen am anderen Ufer des Sees gehört werden musste. Der geringste Anlass brachte uns zum Lachen, nicht weil er so witzig war, sondern weil das, was wir eben erlebten, besser und erfreulicher war als alles, was wir uns je hätten vorstellen können.

Während wir auf die Steaks warteten, lasen wir laut die Speisekarte mit allen Gerichten vor ... »die es nicht gibt«, sagte Eliot, womit wir den Wirt gehörig neckten.

»Was ist *andouillette*?«, fragte ich. »Eine Lerche?«

»Lerche heißt *alouette*, du kleiner Dummkopf! *Andouillette* ist eine Art Wurst«, sagte Eliot und übersetzte dem Wirt meine Frage. Da alle lachten, kam ich mir sehr witzig vor. Die Steaks wurden mit Steinpilzen zubereitet und mit Bratkartoffeln serviert. Dann gab es einen Salat, und nach der großen Apfeltorte mit der Aprikosenglasur hatte selbst Vicky nichts mehr auszusetzen.

Eliot schien ruhig und glücklich zu sein. Er ist glücklich mit uns, dachte ich. Es war fast elf Uhr, als wir endlich aufstanden, um zu gehen. »Es wird zwölf Uhr werden, bevor wir zu Hause sind«, sagte Joss.

»Und wenn schon?«, fragte Eliot, aber mit einem so herausfordernden Unterton, dass wir uns betroffen ansahen.

Als wir am Abend vorher aus Soissons heimgekehrt waren, hatte sich Mademoiselle Zizi noch für einen Drink zu uns gesetzt. Sie und Eliot hatten Martinis getrunken, und uns war unser Lieblingsgetränk, rosa Grenadinesirup, vorgesetzt worden. Wir hatten ihr von der Kathedrale erzählt, von den Kuchen, die wir gegessen, von allem, was wir erlebt und gesehen hatten. Sie hatte neben Eliot gesessen, mit Willymaus auf der Armlehne ihres Stuhls. Joss war an Eliots anderer Seite mit einem Riss in Vickys »Vogelscheuche« beschäftigt, aber so schweigsam gewesen, als ob sie gar nicht zu unserer Runde gehörte. Es war vergnüglich und behaglich gewesen, was – wie wir sofort wussten – unsere heutige Heimkunft nicht sein würde.

Mademoiselle Zizi wartete in der Halle, als wir ankamen. Eliot hatte Vicky aus dem Wagen gehoben, und als er sie ins Haus trug, schlief sie noch immer fest, den

Kopf an seine Schulter gelehnt. An der anderen Hand zog er den stolpernden Willymaus hinter sich her. Die Blumenkränze saßen schief auf ihren Köpfen, Hester, Joss und ich hatten die Arme voll Blumen und Farnen, unsere Kleider waren zerknittert, unsere Wangen gerötet, unsere Haare voll trockener Blätter. »Ihr scheint ja einen sehr vergnügten Tag gehabt zu haben«, sagte Mademoiselle Zizi.

»Danke, ja, einen sehr vergnügten Tag«, sagte Eliot, winkte Mauricette, die zur Tür hereinguckte, zu sich heran und legte ihr Vicky in die Arme. »Nehmen Sie den jungen Mann auch mit«, sagte er, und Mauricette, die jederzeit bereit gewesen wäre, für Eliot bis ans Ende der Welt zu gehen, nahm ihm gehorsam beide Kinder ab. »Zizi«, sagte er, »mach mir einen Drink!«

»Du siehst aus, als ob du schon einige gehabt hättest.«

»Nichts weiter als ein paar Gläser *vin rosé*«, sagte Eliot. »Jetzt brauche ich einen richtigen Drink.« Nach einem Blick auf ihre verquollenen Augen und die roten Flecken auf ihren Wangen fügte er hinzu: »Und du auch.«

Dieser Meinung war ich nicht. Sie sah ganz so aus, als ob sie bereits einen Drink gehabt hätte ... Einen?, dachte ich – einen oder zwei oder drei oder ein halbes Dutzend? Seither habe ich gelernt, dass nur Kinder das Leben hinnehmen, wie es ist. Erwachsene verschließen sich vor der Wirklichkeit und versuchen, sich mit der Hilfe von Drinks vorzutäuschen, dass es anders ist. Eliot nahm Mademoiselle Zizi am Arm, wendete sich Richtung Bar und flüsterte über seine Schulter: »Macht, dass ihr in eure Betten kommt.« Es klang nicht wie ein

Befehl, sondern eher wie die geheime Verständigung zwischen Verschworenen. Leise schlichen wir davon, und er führte Mademoiselle Zizi zur Bar.

»Von da an war alles verdorben«, sagte Hester, und ich glaube, sie hatte recht. Nie wieder waren wir so ungetrübt glücklich wie in diesen Tagen. Ich wollte, Compiègne wäre unser letzter Ausflug gewesen, aber am nächsten Morgen erklärte Eliot, er müsse uns die Keller von Dormans zeigen. »Und es war ein sehr verdorbener Tag«, sagte Hester.

Alles begann mit dem Ärger wegen Paul. Eliot war nach dem Frühstück in die Giraffe gegangen, um Zigaretten zu holen. Nach seiner Rückkehr fand er Paul in seinem Zimmer.

»Wollte er etwas stehlen?«, fragte Mademoiselle Zizi entsetzt.

»Ich glaube nicht«, sagte Eliot. »Er hat nur herumgeschnüffelt, aber das genügt. Er muss gehen, und zwar sofort.«

»Mitten in der Saison?«, fragte Madame Corbet barsch.

»Ja. So einen Burschen darf man nicht im Haus behalten.«

»Bedenke, Eliot ...«, bat Mademoiselle Zizi, aber Eliot war unerbittlich. »Ich bestehe darauf, dass er geht.«

Hester zupfte Joss am Ärmel. »Bitte doch Eliot, nicht so streng zu sein«, flüsterte sie eindringlich. »Bitte, Joss. Wenn Paul jetzt gehen muss, verliert er seine Sommerprämie und wird sich nie seinen Lastwagen kaufen können. Sag es doch Eliot, Joss, bitte, sag es ihm.«

Joss war vielleicht gar nicht so abgeneigt, das zu versuchen, was Mademoiselle Zizi nicht gelungen war. Sie ging zu Eliot, legte ihre Hand auf seinen Arm und sah bittend zu ihm auf. Gleich darauf hörten wir ihn sagen: »Na schön ... wenn ihr heute wieder einen Ausflug mit mir macht.«

»Können Sie uns denn so viel Zeit widmen?«, fragte Joss unsicher.

»Selbstverständlich kann ich das. Wir wollen die Keller besichtigen.«

»Welche Keller?«, fragten wir.

»Die Champagnerkeller. Ihr könnt nicht in der Heimat des Champagners gewesen sein, ohne die Keller gesehen zu haben.«

»Sind wir denn in der Heimat des Champagners?«, fragte Joss.

»Ihr werdet sehen, dass ihr es seid«, sagte Eliot.

Wir fühlten in allen Knochen, dass es besser wäre, nicht mit ihm zu fahren – vielleicht wurden unsere Knochen immer weiser, je fleckiger sie infolge unserer Verdorbenheit wurden –, aber Eliot war an diesem Morgen so merkwürdig beharrlich ... genauso eigensinnig wie Vicky, musste ich denken. Je genauer man die Erwachsenen kennenlernt, desto mehr muss man staunen, wie kindisch sie sich benehmen können. Überdies hatte er sicher nicht die Absicht, uns alle mitzunehmen, und versuchte vor allem, die Kleinen loszuwerden.

»Aber ich *muss* mitfahren«, erklärte Willymaus. »Für mich ist es wichtig, über Champagner Bescheid zu wissen!«

»Dann werden wir Vicky zu Hause lassen«, sagte Eliot, aber er kannte Vicky nicht so gut wie wir.

»Wir fahren an einen Ort, wo wir sehr lange durch finstere Gänge werden gehen müssen«, erklärte er ihr.

»Ich mag Finsternis gern«, sagte Vicky.

»Diese Finsternis würdest du nicht gern mögen!«

»Oh, doch!«

»Wenn du bei Monsieur Armand bleibst, werde ich dir eine Puppe mitbringen.«

»Ich brauche keine Puppe. Ich habe Nebukadnezar.«

»In Frankreich musst du eine französische Puppe haben«, sagte Eliot.

»Na schön«, sagte Vicky sanftmütig. Als wir aber, zur Abfahrt bereit, in der Halle standen, kam sie in einem netten Baumwollkleidchen und sauberen Söckchen, mit ihrem Suppentellerhut auf dem Kopf und dem Körbchen mit Nebukadnezar am Arm die Treppe herunter. »Ich werde dir helfen, die Puppe auszusuchen«, sagte sie und nahm Eliots Hand. »Es wäre interessant gewesen, zu sehen«, sagte Hester später, »was mit ihm geschehen wäre, wenn er Vicky nicht mitgenommen hätte.«

Auf uns wird Champagner immer wie ein Schreckgespenst wirken. Niemals wird er für uns ein Getränk für fröhliche Feste sein, sondern höchstens eines, das zu Trauerfeiern passt. »Weil durch ihn der erste Knacks in die Sache gekommen ist«, sagte Hester.

Davon hatten wir freilich nicht die leiseste Ahnung, als wir durch die imposanten vergoldeten schmiedeeisernen Tore in Dormans einfuhren. Was sich unseren Augen bot, war großartiger als alles, was wir bisher gesehen hatten. Neben den Toren war ein Pförtnerhaus, von dem aus man in einen großen, mit Rasenflächen und grellen roten und gelben Blumen bepflanzten Hof gelangte. Dieser wurde von einem Gebäude flankiert, das wir für einen Palast hielten, das aber, wie Eliot sagte, die Packräume und Büros enthielt. Als wir aus dem Wagen stiegen, blieben wir verblüfft stehen und trauten unseren Augen nicht, da sich große Körbe, anscheinend von selbst, langsam an dem Palast vorbeibewegten. Eliot lachte über unsere verdutzten Gesichter. »Das sind Flaschenkörbe auf Rädern, die auf eigenen kleinen Gleisen fahren«, sagte er.

Ein mit Türmchen geschmücktes Portal führte in die Keller. »Aber ihr dürft sie nicht Keller nennen«, belehrte uns Eliot. »Es sind Kavernen, zehn Meilen lange Galerien wie die Katakomben.«

Eliot hatte uns darauf vorbereitet, dass im Sommer von früh bis abends Führungen durch die Kavernen stattfänden, und tatsächlich hatte sich auch jetzt eine Gruppe Touristen zusammengefunden. Die Führung war auf Französisch, aber wir durften uns anschließen, und Eliot übersetzte für uns. So unendlich lange die Besichtigung der Kathedrale gedauert hatte, so rasch vollzog sich der Rundgang durch die Keller, tatsächlich so schnell, dass wir nicht einmal Zeit hatten, »Warum?« zu fragen, was für Eliot eine Wohltat gewesen sein muss.

In den Galerien war es finster und kalt. »Aber im Winter ist es hier wärmer als im Freien«, sagte der Führer, »weil die Temperatur immer gleich bleibt.« Zuerst sahen wir die riesigen Fässer, in denen der Wein lagert, bis er in Flaschen abgefüllt wird, dann gingen wir hinter der französischen Gesellschaft durch die langen Kellergänge, wo die Flaschen – mit den Hälsen nach unten – auf Gestellen, die *pupitres* genannt werden, aufgestapelt waren und die Flaschenrüttler mit ihren Blinklichtern von einem Gestell zum anderen gingen, um die Flaschen in einem ratternden Rhythmus, der in den Gewölben widerhallte, immer und immer wieder zu drehen.

»Jede Flasche wird alle zwei Tage ein bisschen gedreht«, sagte Eliot.

Endlich gelang es uns, ein einziges »Warum?« einzuwerfen.

»Damit sich der Bodensatz an den Pfropfen sammelt. Das Rütteln ist eine Kunst«, sagte Eliot. »Der *remueur*, der Flaschenrüttler, ist ein Mensch, der vollständig in seiner Arbeit aufgeht, dessen Gedanken lediglich auf die *cuvée*, mit der er eben beschäftigt ist, gerichtet sind. Siehst du«, sagte er zu Hester, »er redet nicht einmal. In den Gängen zwischen den Flaschenständern muss vollkommene Ruhe herrschen. Selbst der Luftzug, den wir im Vorbeigehen verursachen, stört den Wein.«

Keiner von uns hatte je gehört, dass man Wein nicht stören dürfe, und mit ernsten Gesichtern schlichen die Kleinen auf Zehenspitzen davon.

Plötzlich hörten wir kleine Knalle. »Was geschieht da?«, fragte Vicky begeistert.

»Sie wechseln die Korken aus«, sagte Eliot. »Sobald der Wein gereift ist, werden die Korken ausgewechselt.« Wir kamen zu einer Gruppe von Männern, die gemeinsam an kleinen Maschinen arbeiteten. Sie ließen

die Flaschenhälse einfrieren, zogen die Korken mitsamt
dem Bodensatz heraus – »Das macht den Knall«, sagte
Hester, die aufmerksam zusah –, rochen an dem Wein,
verkorkten die Flaschen wieder und befestigen die
Pfropfen mit Draht – »Mit einem einzigen Maulkorb!«,
sagte Hester bewundernd. Dann wurden die Flaschen
eingelagert – »Wieder mit dem Kopf nach unten«, sagte
Hester –, bis sie, vielleicht erst nach Jahren, verschickt
oder ausgetrunken wurden.

Wir sahen Flaschen, die zehn bis zwölf Liter, und wieder andere, die nur einen halben Liter fassten, Flaschen
des Jahrgangs 1893, die über und über mit dem spinn-
webartigen Pilz bedeckt waren, den die Feuchtigkeit in
den Kellern unweigerlich hervorbringt. Wir sahen rosa
Champagner – »Für die Engländer!«, sagte der Führer
verächtlich, und die ganze Gesellschaft drehte sich nach
uns um – und den kostbaren Rotwein, der in der Champagne reift. Dann kamen wir wieder ans Tageslicht und
wurden in den Packraum geführt, wo Frauen mit un-
glaublicher Geschwindigkeit die Flaschenhälse mit
Goldfolien umwickelten, mit dem scharlachroten Siegel
plombierten, die Etiketten aufklebten und schließlich
jede Flasche in rosa Seidenpapier einwickelten.

Als wir, noch immer von der französischen Gesellschaft umringt, in den sonnenbeschienenen Hof hinaustraten, fragte uns der Führer, ob wir Lust hätten,
das gegenüberliegende Museum zu besichtigen. »Wollt
ihr?«, fragte Eliot. Hester und ich stimmten dafür, aber
Vicky und Willymaus waren müde. Ehe wir uns geeinigt
hatten, kam aus einer der Türen des Bürohauses ein

Herr, der genauso gekleidet war, wie Willymaus eines Tages gekleidet zu sein hoffte: schwarzes Jackett, gestreifte Hose, weißes Hemd, silbergrau und schwarz gemusterte Krawatte und im Knopfloch eine rote Nelke. Ebenso wie die Frau in Soissons blieb auch er bewundernd vor uns stehen.

Ich musste unwillkürlich daran denken, in welchen Zustand von Beschämung und Verwirrung wir sofort gerieten, wenn uns in Southstone jemand Beachtung schenkte, und wie gänzlich anders der Effekt war, wenn wir in Eliots Gesellschaft Aufsehen erregten. Das war natürlich zum Teil auf seinen Rolls-Royce, seine stattliche Erscheinung und seinen eleganten Anzug zurückzuführen. Aber all das gab noch keine ausreichende Erklärung ab, denn wir waren dieselben geblieben, unsere Kleider waren die gleichen wie die, die wir in Southstone trugen, und doch waren wir ganz anders: unbefangen, selbstsicher, was unsere äußere Erscheinung betraf, und infolgedessen in einer ausgeglichenen Gemütsverfassung.

Der Herr sprach uns auf Englisch an: »Sie sind Engländer, Monsieur?«

»Ja.«

»Erlauben Sie mir, Ihnen zu sagen, dass Sie eine reizende Familie haben?«

»Wir hören es gern, wenn man uns eine reizende Familie nennt, nicht wahr, Kinder?«, fragte Eliot, und in unserer Festtagslaune stimmten wir zu.

»Darf ich Sie einladen, mit uns ein Glas von unserem Champagner zu trinken ...«, ich bemerkte, dass er besonders Joss ins Auge fasste, »… Sie, mein Herr, Mademoiselle und die jungen Damen?«

»*Champagner?*« Wir waren sprachlos.

»Na, wollt ihr?«, fragte Eliot.

»*Wir* sollen Champagner trinken?« Ich konnte es nicht glauben, und selbst Joss war aus ihrer Ruhe aufgerüttelt. Sie legte ihre Hand auf Eliots Arm und fragte: »Oh, dürfen wir?«

»Darf ich ein kleines, kleines bisschen kosten?«, bat Willymaus.

»Und ich auch?«, flüsterte Hester.

»Ich mag keinen Champagner, ich will ein Glas Sirup«, sagte Vicky.

»Wenn Sie sich in unser kleines Museum begeben wollen, könnten Sie einstweilen, bis der Champagner heraufgebracht wird, die Bilder betrachten«, sagte der Herr.

Er führte uns zur Eingangstür des Bürohauses, öffnete sie, schloss sie aber gleich wieder. Von innen hörte man Stimmengewirr, Männerstimmen, die französisch sprachen, und gleichzeitig Schritte, die näher kamen. »Einen Augenblick!«, sagte unser Begleiter. »Sie kommen gerade heraus. Im Direktorenzimmer hat ein Bankett stattgefunden.« Und als er sah, wie beeindruckt wir waren, fügte er hinzu: »Es handelt sich nämlich um die jährliche Zusammenkunft des *Brochet de la Marne.* Das ist ein Anglerklub«, erklärte er, »der schon über hundert Jahre besteht und nicht nur hier in der Champagne bekannt ist. Er bezieht seine Mitglieder von überallher, selbst aus Paris. Alljährlich kommen sie hier für vier

Tage zu einem Wettangeln zusammen und sind regelmäßig am letzten Tag von unseren Direktoren zum Mittagessen eingeladen. Unter unseren Mitgliedern sind einige sehr berühmte Männer – Ärzte, Anwälte, Künstler, ja sogar ein Bischof. Den Ehrengast dieses Jahres würden Sie in Ihrem Land sicher einen Sherlock Holmes nennen – er ist einer der bedeutendsten Detektive Frankreichs. Wenn Sie einen Augenblick warten wollen, werden Sie Inspektor Jules Cailleux herauskommen sehen.«

»Cailleux!« Der Ausruf konnte nur von Eliot gekommen sein, aber seine Stimme hatte einen ganz fremden Klang, und als ich mich nach ihm umwandte, sah ich, dass er Vicky aufgehoben hatte und sie vor sich auf dem Arm hielt.

»Lass mich hinunter!« Sie war tief beleidigt und bearbeitete Eliot mit ihren beiden Fäusten, aber er hielt sie fest.

»Wir haben vergessen, deine Puppe zu kaufen«, sagte er und schaute auf die Uhr. »*Nous vous remercions infiniment, Monsieur, mais nous n'avons vraiment pas le temps d'attendre. Merci mille fois*«, und – was sagte er da? – »ich hatte ganz vergessen, dass ich einen Termin in Reims habe.«

»*Mais, Monsieur ...*«

»*Je regrette ...*«, und er wandte sich an uns: »Kommt!«

»Aber ...«

»Eliot!«

»Du hast doch gesagt ...«

»Kommt sofort!« Eliots Stimme war so kalt und

schneidend, wie ich sie schon einmal gehört hatte. »Vorwärts, wenn ihr nicht zu Fuß nach Hause gehen wollt! *Encore mille fois merci*«, sagte er noch einmal zu dem Herrn. »*Un autre jour.*«

Er ging auf den Wagen zu und hatte noch immer Vicky auf dem Arm, sodass wir sein Gesicht nicht sehen konnten. Bestürzt gingen wir hinter ihm her, als sich die Tür öffnete und eine Gruppe von Herren herauskam, von denen drei genauso gekleidet waren wie unser Bewunderer, die anderen hatten gewöhnliche Anzüge oder Flanell- und Tweedjacken an. In der Gesellschaft waren auch zwei Priester, und in der Mitte der Gruppe marschierte ein kleiner Herr in einem Anzug aus sand- und olivfarben gemustertem Tweed, der gut zu seinem sandfarbenen Haar und gestutzten Schnurrbart passte. »Das muss der Inspektor sein – wie soll er heißen – Cailleux?«, fragte Joss. Alle sahen sehr jovial aus und hatten gerötete Gesichter, aber uns blieb keine Zeit, Beobachtungen anzustellen. Eliot hatte den Motor bereits gestartet, und wenn wir mitkommen wollten, mussten wir alle, selbst Joss, über den Hof rennen und Hals über Kopf in den Wagen klettern. Es war das erste Mal, dass er Joss auf eine so unwürdige Weise behandelte – nicht anders, als es von Onkel William zu erwarten gewesen wäre –, und ihre Wangen sahen aus, als würden sie glühen.

In raschem Tempo fuhr er über den Hof, durch die Gittertore hinaus und war bereits in voller Fahrt auf der Landstraße, ehe noch die Männer am Fuß der Bürotreppe angekommen waren.

Lange Zeit herrschte im Wagen tödliche Stille, die

Hester endlich durchbrach: »Das ist doch die Straße nach Soissons, Eliot.«

»Ich weiß!«

»Sie haben doch gesagt, dass Sie einen Termin in Reims haben?«

»Ich weiß.«

Nach einer Weile fragte Hester: »Lügen Sie, Eliot?«

»Ja.«

Er fuhr mit großer Geschwindigkeit in Soissons ein, hielt vor einem Spielzeugladen, stieg aus und hob Vicky vom Rücksitz. Nach einem flüchtigen Blick auf Joss sagte er: »Komm mit, Cecil.«

Sein Verhalten im Laden war ganz anders, als er sich sonst fremden Leuten gegenüber zu benehmen pflegte. »*Une poupée? Mais oui, Monsieur. Voulez-vous une belle petite poupée ou une originale?*«, fragte die Verkäuferin. Ich wusste zwar nicht, was *une originale* bedeutete, da Eliot aber nicht antwortete, blieb mir nichts übrig, als zu sagen: »*Une belle petite poupée* – das heißt eine hübsche kleine Puppe«, erklärte ich Vicky.

Es dauerte lange, bis Vicky ihre Wahl getroffen hatte, aber das Schweigen war noch immer nicht gebrochen, als wir schon in voller Fahrt nach Vieux-Moutiers waren.

Endlich hielt Eliot den Wagen an. »Es tut mir leid, ich habe so handeln müssen«, sagte er.

»Warum?«, fragte Joss.

»Ich hatte einen triftigen Grund, den ihr nicht verstehen würdet.«

»Dann können Sie natürlich auch nicht erwarten, dass

wir Ihr Verhalten verstehen«, sagte Joss. Ihre Stimme war kühl, aber ein wenig zittrig.

»Also schön, dann bin ich eben ein Lügner!«, sagte Eliot hitzig. Es war das erste Mal, dass er sich dem einstimmigen Urteil der Familie gegenübersah. »Ich lüge, und Sie lügen, und du lügst und du – ihr alle lügt!«

»Aber es ist etwas anderes, wenn Sie lügen«, sagte Hester.

»Ich habe nicht darum gebeten, ein Held zu sein.«

»Sie meint, weil Sie erwachsen sind«, sagte Joss kühl.

»Ich verstehe«, sagte Eliot. »Ihr Kinder glaubt, allein das Recht zu haben, ungestraft voller Fehler sein zu dürfen ...«

»Das glauben wir.«

»... und erwartet, dass ihr sie abgestreift haben werdet, wenn ihr erwachsen seid.«

»Das hoffe ich«, sagte ich mit dem Brustton der Überzeugung.

»Ihr armen kleinen Kindsköpfe!«

Joss legte ihre Hand auf sein Knie. »Was hat Sie so unglücklich gemacht, Eliot?«

Er sah auf ihre Hand hinunter. Niemals werde ich seine Antwort vergessen. »Was hat Sie so unglücklich gemacht?«, hatte Joss gefragt, und er antwortete: »Zwei Tage lang ungetrübt glücklich gewesen zu sein.«

Nach einer Weile wandte er sich an uns, die wir auf der Rückbank saßen. »Keiner von euch hat je Champagner probiert?«

»Reden Sie doch nicht so einen Unsinn, Eliot!«, fuhr Joss auf. »Wann und wo hätten wir Champagner be-

168

kommen sollen?« Und ich sagte bekümmert: »Nicht einmal gesehen haben wir welchen.«

»Es ist gar keine so aufregende Sache, wie man uns immer glauben machen will«, sagte Eliot. »Man hat ihn bald satt.« Und da wir schwiegen, fuhr er fort: »Jetzt findet ihr wohl, dass ich wieder etwas Unsinniges gesagt habe?«

»Ja.«

Er sagte nichts weiter, sondern startete das Auto. Bei unserer Rückkehr ins Hotel trennten sich unsere Wege – anscheinend in gegenseitigem Einverständnis.

An diesem Abend standen Rosen auf unserem Tisch. Für gewöhnlich war unser Tisch der ohne Blumen. Nur Monsieur Joubert und Eliot waren zum *diner* erschienen, Madame Corbets und Mademoiselle Zizis Plätze waren leer geblieben. Außer den Rosen hatten wir auch noch ein reines, gestärktes Tischtuch – meistens ließ Mauricette das schmutzige liegen –, saubere Servietten, die zu Dreispitzen gefaltet waren, und bei jedem Gedeck stand ein sonderbares hohes Glas mit einem drei Zoll langen geschliffenen Fuß. »Was für Gläser sind das?«, fragten wir.

»*Flûtes de champagne*«, sagte Mauricette lachend.

»Champagnergläser«, sagte Monsieur Joubert in zaghaftem Englisch, der außer *Bonjour* noch nie ein Wort an uns gerichtet hatte. Jetzt war er ebenso neugierig wie Mauricette. »Sie haben einen hohlen Fuß, um die Kohlensäure im Wein zu erhalten.«

Mauricette brachte uns die Suppe. Sie war ausnahmsweise freundlich und stellte die Teller und Schüsseln sacht und nicht mit einem Krach vor uns hin, lehnte sich auch nicht wie sonst quer über den Tisch. Nach der Suppe gab es Hühnchen und nicht den ewigen Kalbsbraten mit Flageolettbohnen. Dann brachte Mauricette mit einem Lächeln um die Mundwinkel einen jener silbernen Weinkühler herein, die mit Eis zu füllen wir so oft geholfen hatten, und stellte ihn neben unseren Tisch. Im Eis steckte eine dunkelgrüne Flasche, deren Hals mit Goldfolie umwickelt war und die eine der Flaschen hätte sein können, die wir heute in den Kellern gesehen hatten. Eliot kam von seinem Tisch zu uns herüber und entkorkte die Flasche, was uns von unseren Sitzen aufschrecken ließ. Es war dasselbe Knallen, das wir in Dormans gehört hatten, wirkte aber im Speisesaal viel lauter. Mauricette umwickelte die Flasche mit einer Serviette, trug sie zu Eliots Tisch, goss ein wenig in sein Glas und ließ ihn probieren. Er nippte daran, nickte zustimmend und ging zu seinem Tisch zurück. Einen Augenblick lang dachten wir, er sei für ihn allein bestimmt, aber Mauricette füllte zuerst das Glas, das vor Joss stand, dann meines und schließlich Hesters Glas. Als sie vor Willymaus zögernd stehen blieb, rief Eliot: »Monsieur Willymaus kann auch einen Schluck bekommen, und für Mademoiselle Vicky bringen Sie eine Grenadine.«

In erwartungsvoller Stille saßen wir da, starrten die Gläser an und den perlenden Wein – wahrscheinlich mit weit aufgerissenen Augen und andachtsvollen Mienen. Aber meine Bewunderung galt vor allem Joss. Mochte sie noch so bewegt sein, so vergaß sie doch keinen Augenblick ihre guten Manieren. Sie stand auf, hob die Flasche ehrerbietig aus dem Kübel, umwickelte sie – wie sie es bei Mauricette gesehen hatte – mit einer Serviette, trug sie zu Eliot hinüber und füllte sein Glas. »Darf ich auch Monsieur Joubert ein Glas anbieten?«, fragte sie.

»Er gehört Ihnen«, erklärte Eliot. »Sagen Sie ›*Vous prendrez bien un verre, Monsieur?*‹«

Sie ging mit der Flasche zu Monsieur Joubert. »*Vous prendrez bien un verre, Monsieur?*« Mauricette kam mit einem Glas angelaufen, und Joss goss ein. »Vielen Dank, Mademoiselle«, sagte Monsieur Joubert.

Als Joss wieder auf ihrem Platz saß, hob er das Glas und rief herüber: »*Santé!*«

»*Santé!*«

»*Santé!*«

»*Santé!*«

»*Santé!*«

»*Santé!*«

Willymaus war totenblass, Hester konnte sich nicht entschließen, das Glas an die Lippen zu setzen, als fürchtete sie, der Champagner könnte sie beißen, Joss sah über den Rand ihres Glases zu Eliot hinüber und schlug dann rasch die Augen nieder, und wir tranken. »Er steigt einem in die Nase«, sagte Willymaus, »aber ich mag es, wie er mir in die Nase steigt.«

»Monsieur Eliot«, rief Monsieur Joubert, »Sie müssen *le bouchon* – den Korken – nehmen, ihn befeuchten und Mademoiselle hinter den Ohren damit betupfen.« Und zu Joss: »So wird es immer gemacht, wenn eine junge Dame zum ersten Mal Champagner kostet.«

Eliot kam zu unserem Tisch, Mauricette reichte ihm den Korken, er befeuchtete ihn. Wir sahen ehrfürchtig, als würden wir an einem Ritual teilnehmen, zu, wie er Joss' Haar zurückstrich und eine Stelle hinter ihrem Ohr betupfte. Ich weiß nicht warum, aber wir alle klatschten in die Hände. »Jetzt müssen Sie den Korken für immer aufbewahren!«, sagte Monsieur Joubert zu Joss.

»Eliot! *E-liot!*«

Mademoiselle Zizis Stimme schrillte durch die Halle, und einen Moment später stand sie im Speisesaal. »Eliot!«

Ich hatte den Eindruck, dass Eliot ganz absichtlich auch Joss' anderes Ohr mit dem Korken berührte, bevor er antwortete: »Ich bin hier, Zizi!«

»Irène sagt, du hättest Champagner – Dormans! – für die Kinder bestellt.«

»Ja.«

»Bist du wahnsinnig?«

»Ich hatte meine Gründe, Zizi.«

Hatte Mademoiselle Zizi vergessen, ihr Rouge aufzulegen? Sie war so sonderbar bleich, und die dunklen purpurfarbenen Flecke unter ihren Augen sahen aus wie verschmierte Schminke, nur viel dunkler. »Ich kenne deine Gründe!«, sagte Mademoiselle Zizi.

Ihre gehetzten Blicke umfassten den Tisch, die Rosen, das gebratene Huhn. »Wer hat euch das erlaubt?«

»*Pauv' p'tits choux!*«, sagte Mauricette, »*Y sont si mignons, ces enfants.*« Ich erinnerte mich, dass sie meistens ganz andere Bezeichnungen für uns hatte als diese

Kosenamen. »*Armand et moi leur avons préparé une petite surprise.*«

»Auf meine Kosten?«

Joss stand auf und tat, was sie in der Situation für die beste Idee hielt. Sie nahm das Champagnerglas, das unbenutzt neben Vickys Grenadine stand, füllte es und brachte es Mademoiselle Zizi. »*Vous voudrez bien prendre un verre, Mademoiselle?*«

Ich dachte, sie würde es ablehnen, und war überrascht zu sehen, dass Mademoiselle Zizi nach dem Glas griff. Ihre Blicke glitten von Eliot zu Joss und wieder zu Eliot zurück. »*Santé!*«, sagte Eliot freundlich.

Mademoiselle Zizi wurde womöglich noch bleicher, ihr Gesicht verzog sich zu einer hässlichen Grimasse, und mit einem Schwung schüttete sie den Champagner auf Joss.

Aus Zeitungen und Büchern wussten wir, dass auch Erwachsene miteinander streiten, aber wir waren noch niemals Zeugen eines solchen Ereignisses gewesen.

Nachdem Mademoiselle Zizi den Champagner auf Joss gekippt hatte, war ein Augenblick atemloser Stille eingetreten, die niemand durch ein Wort oder eine Bewegung zu stören wagte, nur Mauricette schnappte hörbar nach Luft. Das Glas war mit einem klingelnden kleinen Krach zu Boden gefallen, und der Ton war in der Luft hängen geblieben. Der Erste, der sich wieder zurechtfand, war Monsieur Joubert, der aufstand und wortlos den Speisesaal verließ. Vicky fing an zu weinen. »Mutter soll kommen! Mutter soll kommen!«, jammerte sie. Joss' Kleid war vollkommen mit Champagner durchtränkt, der von ihrem Rock auf den Fußboden tropfte. Sie schüttelte ihr Haar zurück, als ob sie sich aus einer Betäubung erwecken musste, und stürzte dann aus dem Saal und durch die Halle. Wir hörten den Krach, mit dem die Tür, die zur Terrasse führte, ins Schloss fiel, und auch, wie Eliot zu Mademoiselle Zizi sagte: »Ich muss unter vier Augen mit dir sprechen!«

Sie warteten aber nicht, bis sie das Büro erreicht hatten, sondern ließen ihre zornigen Stimmen sofort durch die Halle dröhnen. Solange sie daran dachten, dass Mauricette und alle anderen mit gespitzten Ohren zuhörten, sprachen sie englisch, verfielen aber unwillkürlich immer wieder in ihr gewohntes Französisch.

»Ich hätte ihnen nie erlauben dürfen, zum *diner* zu kommen«, schrie Mademoiselle Zizi. »*Cette fille!*«

»Sie war vollkommen im Recht«, sagte Eliot. »Die Kleinen hätten mit den Angestelllten essen können, aber sie und Cecil sind schon groß.«

»Du bist natürlich auf ihrer Seite.«

»Keineswegs.«

»Doch. Drei Tage lang habe ich dich kaum gesehen.«

»Herrgott im Himmel, Zizi! Ich habe zufällig etwas freie Zeit gehabt und den armen Bälgern ein paar frohe Stunden bereitet.«

»Bälger! *Qu'est-ce que c'est*, ›Bälger‹?«

»Kinder, in Gottes Namen.«

»Für dich sind sie keine Kinder.«

»Mach dich nicht lächerlich.«

»Lächerlich! Drei Tage lang …«, Mademoiselle Zizi
weinte.

»Hör doch endlich damit auf!« Plötzlich klang Eliots
Stimme ganz anders. »Zizi! Du bist doch nicht etwa eifersüchtig auf das kleine Mädchen?«

»Erst ist sie groß, dann ist sie klein. Merkwürdig!«,
eiferte Madame Corbet, die in diesem Augenblick aus
dem Büro kam.

»Können wir nicht gelegentlich einmal miteinander
sprechen, ohne von Irène belästigt zu werden? Oder ist
das zu viel verlangt?«, fragte Eliot, dessen Stimme wieder eiskalt klang.

»Und warum sollte ich nicht dabei sein dürfen?«

»Weil die ganze Geschichte Sie nichts angeht.«

»Alles, was mit Zizi zu tun hat, geht mich sehr viel an.
Ich habe meinen Beruf aufgegeben, um ihr zur Seite zu
stehen.«

»Dann war es keine Berufung.«

»Irène, ich bitte dich, geh«, bettelte Mademoiselle Zizi.

»Damit er so von oben herab mit dir spricht?«

»Geh! Geh! Geh!«, kreischte Mademoiselle Zizi.

»Gehen wir«, sagte Hester mit bebender Stimme. »Gehen wir in den Garten und pflücken ein paar Mirabellen!« Aber bevor wir uns in Bewegung setzen konnten,
ging Madame Corbet durch den Speisesaal. Rote Flecken
brannten auf ihrem Hals, ihr Haarknoten wackelte, und
die Pompons an ihrem Umhängetuch tanzten auf und
ab. »*Ah, le vaurien! Canaille! Fripouille!*«, zischte sie, als
sie an uns vorbeikam. Wir versanken in unseren Stühlen.

»Eliot, höre mir zu. Höre mir zu …« Mademoiselle

Zizis Stimme klang so leise zu uns herüber, dass ich annahm, sie müsse ganz nahe an Eliot herangetreten sein. Ich stand auf, um zu sehen, ob ich richtig geraten hatte, und wirklich stand sie mit flehend erhobenen Händen vor ihm. »Die Verantwortung ist zu groß, Eliot. Bitte! Bitte lass diesen Onkel aus England kommen. Er soll sie nach Hause bringen.«

»Meine gute Zizi, eines Kindes wegen ...«

»Sie ist kein Kind.«

»Im Vergleich zu mir ... zu uns ist sie ein Kind.«

»Es ist mir nicht entgangen, wie du sie angesehen hast.«

»Nicht zu leugnen, dass sie bildhübsch ist.«

Mademoiselle Zizi schüttelte den Kopf. »Du hast sie angesehen, als ob du in sie verliebt wärst.«

»Mach dich nicht lächerlich.«

»Dann lass den Onkel kommen.«

»Zizi.« Er hatte ihre Hände ergriffen. »Ich habe ihrer Mutter mein Wort gegeben – außerdem ...« Ich hatte das Gefühl, dass er jedes seiner Worte sehr sorgfältig abwog. »Ich kann jetzt keinen Engländer hier gebrauchen – auch den Onkel nicht.«

»Weil er Engländer ist?« Ihre Stimme klang verächtlich.

»Ich habe es dir doch erklärt, Zizi. Ich kann es nicht darauf ankommen lassen, dass jetzt darüber gesprochen wird.«

»Aber ein Mann aus Southstone? Southstone liegt in Sussex, und das ist sehr weit von London.«

»Nicht gar so weit! Ich kann das nicht riskieren.«

»Darauf gebe ich nichts.«

»Aber ich. Deinetwegen. Wenn darüber gesprochen wird, ist alles vorbei.«

»Was kann schon zwischen Southstone und London gesprochen werden?«, wandte Mademoiselle Zizi ein.

Ich wusste nicht, worüber sie sprachen. Ich hätte ihnen natürlich sagen können, dass Onkel William niemals nach London fuhr, aber ich hatte den Eindruck, dass Eliot nur nach … Ausflüchten suchte, und gleich darauf hörte ich ihn sagen: »Man kann nie wissen.«

»N-nein«, sagte Mademoiselle Zizi nachdenklich, und ich wusste genau, dass sie schon im Begriff war nachzugeben.

»Zizi, gib mir dein Wort! Versprich mir, dass du nichts unternehmen wirst!«

»Irène sagt …«

»Du weißt, dass Irène alles tun würde, um uns auseinanderzubringen. Gib mir dein Wort.« Ohne hinzuschauen wusste ich, dass er seine Arme um ihre Hüften gelegt hatte. Ich sah krampfhaft auf den Fußboden, das Blut hämmerte in meinen Ohren, und meine kleinen Zitronen zitterten. »Zizi.«

»Geh mit mir aus«, flüsterte Mademoiselle Zizi. »Bring mich weg von hier. Einerlei wohin – nur weg.«

»Aber warum?«

»Darum!«

»Weil?«

»Weil ich es nicht mehr ertragen kann«, schluchzte Mademoiselle Zizi. »Das Haus nicht, nicht Irène und alle andern auch nicht.«

»Dann hol in Gottes Namen deinen Mantel«, sagte Eliot, und es klang, als hätte er aufgegeben. Warum er diesen entsagenden Ton anschlug, wo es doch Mademoiselle Zizi war, die den Kürzeren gezogen hatte, war mir unerklärlich. Ich schlich auf Zehenspitzen in die Halle. Er war allein, aber Mademoiselle Zizi war ihren Mantel holen gegangen und kam gleich wieder zurück.

»Komm durch den Garten!«, sagte er wie jemand, der sehr müde ist. »Wir gehen in die Giraffe.«

Als sie zur Glastür kamen, wurde sie im selben Moment von außen geöffnet, und vor ihnen stand Joss. Hinter ihr lag jetzt der Garten in einem trüben Zwielicht, sie musste in der Dämmerung allein herumgeirrt sein ... im Obstgarten, vermutete ich, als ich ihre durchnässten Sandalen sah. Ihre Beine und der Saum ihres Kleides waren tropfnass, und nirgends anders als im Obstgarten lag so viel Tau. Ich glaube nicht, dass sie wusste, wo sie gewesen war, denn ihre Augen hatten noch immer denselben verstörten Ausdruck.

Einen Augenblick lang blieben Mademoiselle Zizi und Eliot stehen, dann ging Mademoiselle Zizi hocherhobenen Hauptes weiter.

Joss sah Eliot an. Nicht etwa bittend – sie sah ihn nur einfach an. Eine Sekunde lang – wie eine Atempause – geschah gar nichts. Dann gab sich Eliot einen Ruck, als wäre er zu einem Entschluss gekommen, und ging Mademoiselle Zizi nach, an Joss vorbei, als ob sie Luft wäre.

X

Wenn jemand eine Ohrfeige bekommen hat, ist es eine Frage der Höflichkeit, ihn nicht anzusehen. Ich setzte mich an einen der Tische in der Bar und blätterte in einer Zeitschrift, während Hester stillschweigend die Kleinen bei den Händen nahm und sie ins Bett brachte. Ich hörte, wie sie nacheinander ins »Loch« gingen, ehe sich die Schlafzimmertür hinter ihnen schloss.

Niemals zuvor war mir das Haus so groß erschienen. In der Küche schimpfte Madame Corbet mit Paul. Ich wusste, dass es Paul war, denn er widersprach ihr nicht, wie Mauricette es unweigerlich getan hätte, und überdies erinnerte ich mich, dass Mauricette mit Monsieur Armand ins Kino gegangen war. Kurz nachdem der Streit begonnen hatte, hatten wir gesehen, wie sie Arm in Arm quer über den Hof hinausspaziert waren.

Madame Corbet kam aus der Küche und ging ins Büro. Ich hörte, dass sie alle Türen zuschloss, sah, wie sie die Schlüssel in die Tasche steckte und das Haus verließ. Ging sie zur Giraffe, um den anderen nachzuspionieren, oder in das Kloster, das sie, wie Paul behauptete, häufiger besuchte, das um diese Tageszeit jedoch kaum mehr offen haben dürfte? Meine Frage blieb unbeantwortet, aber bald danach erloschen alle Lichter im Haus. Das war eine von Madame Corbets Sparmaßnahmen. Wenn sie ausging und niemand im Hotel war – wir und Paul zählten nicht –, drehte sie den elektrischen Hauptschalter ab. Bevor Mademoiselle Zizi und Eliot nach Hause kamen, war sie wieder zurück, und die Lichter brannten, wie es sich gehörte.

Obwohl es draußen noch dämmerte, war das Haus mit einem Schlag in tiefste Finsternis getaucht, die es nur noch trostloser erscheinen ließ. Wenn Madame Corbet bei früheren Gelegenheiten das Licht abgestellt hatte, waren Hester und ich mit Paul im Garten gewesen … »Um zu tratschen«, sagte Joss verächtlich, aber sehr oft hätte ich ihr sagen können: »Um zu träumen.« Wir sprachen davon, was wir tun wollten, wenn wir erwachsen sein würden. Ich wollte Schriftstellerin werden oder ins Kloster gehen und Nonne werden, wie es Madame Corbets Herzenswunsch gewesen war. Hester wollte ein Café führen oder ein Hotel wie Mademoiselle Zizi. Und Paul träumte von seinen Lastkraftwagen. »Wenn ich den Sommer hier durchhalte«, sagte er, »bekomme ich meine Prämie«, und erklärte uns wiederholt, wie Madame Corbet am Ende der Saison die Trinkgelder verteilte. »Es macht eine Menge Geld aus«, sagte Paul, der von einem gebrauchten, gut erhaltenen Berliet in der Garage wusste. Jetzt aber war niemand im Haus außer Joss und mir, nicht einmal die Hunde, da sie mit Mademoiselle Zizi und Eliot ausgegangen waren. Das finstere Haus war unheimlich, der

Fußboden schien unter unsichtbaren Füßen zu knarren, die leiseste Brise im Garten verursachte ein mächtiges Rauschen, ein Vorhang bauschte sich und schlug gegen die Fensterscheiben. Der Mond nahm zu, sein erstes Licht mischte sich mit der Dämmerung, fiel durch die Fenster und wirkte so noch unheimlicher. Auch Joss musste das gefühlt haben, denn sie kam zu mir und setzte sich an meinen Tisch. Ich konnte gerade noch das blasse Oval ihres Gesichts und das Weiß ihrer Arme ausnehmen.

»Wollen wir schlafen gehen?«, fragte ich.

»Ich … kann nicht!« Unsere Stimmen verloren sich in der uns umgebenden Leere. Nach einer Pause sagte Joss: »Sie haben sogar unsere Pässe einbehalten.«

»Unsere Pässe?«, fragte ich.

»Ja. Wie können sie es wagen!«

»Aber … was hätten sie denn sonst tun sollen?«

»Die Pässe gehören *uns*«, sagte Joss hitzig.

»Aber … wozu brauchst du sie denn?«

»Ich fahre nach Hause«, fauchte sie, »und ohne Pass kann man nicht reisen.«

»Aber …« Jeder meiner Sätze schien mit »Aber« beginnen zu müssen. »Aber … wie willst du denn das anstellen?«

»Wenn es sein muss, fahre ich auch allein«, sagte sie und vertraute mir dann an: »Du warst glücklich hier, solange ich krank war. Glücklicher als jetzt.«

Die Art, wie sie dies sagte, erweckte in mir das Gefühl, mich eines Vergehens schuldig gemacht zu haben, doch ich musste zugeben, dass ich wirklich glücklicher gewesen war. »Aber jetzt ist es viel interessanter«, platzte es aus mir heraus.

»Interessant nennst du das?«

»Ja. Joss ... ich wollte ... du würdest es nicht verderben!«

»Ich ... es verderben!« Sie ließ den Kopf sinken.

»Ich weiß, es ist nicht immer leicht ...«, begann ich.

»Nicht leicht!« Es schien, als ob sie zu nichts anderem fähig wäre, als meine Worte zu wiederholen, sie auszuspucken, als schmeckten sie bitter.

»Ja, ich weiß, aber wir sind lebendig«, widersprach ich. »Überleg doch mal, wie lebendig wir sind. Ganz anders als in Southstone, wo ein Tag wie der andere verging, ohne dass sich je das Geringste ereignete. Hier spüre ich, dass wir leben. Ist dir nicht manchmal, als würdest du gestreckt werden?«

»Es tut sehr weh, gestreckt zu werden«, sagte Joss.

Die trostlose Stille wurde plötzlich von einem sonderbar fröhlichen Klappern unterbrochen, das nicht von dem flatternden Vorhang herrührte, sondern von einem Paar Pantoffeln, die gleichzeitig mit einem immer greller werdenden Lichtschein näher und näher kamen. Joss schaute auf, als Paul mit zwei Flaschen, in denen brennende Kerzen steckten, aus der Küche auf uns zukam. »*Vieille guenon!*«, äußerte er sich in Bezug auf Madame Corbet. »*Carne!*« Die unflätigen Wörter klangen durchaus angemessen und erfreulich. Er stellte die Flaschen vor uns, griff in seine Tasche und zog den Champagnerkorken heraus. »*V'la ce que j'ai trouvé!*«, sagte er und legte ihn neben Joss auf den Tisch.

»*Merci*«, murmelte Joss.

»*Vous n'en voulez pas?*«

Joss schüttelte den Kopf. »Er scheint mir kein Glück zu bringen«, sagte sie und fügte mühsam hinzu: »*Pas bonne chance.*«

»*C'est la vie*«, sagte Paul ohne Groll. »*Les gens.*« Die Menschen, dachte ich und fuhr zusammen.

»Pfui!« Paul spuckte »*Les gens*« buchstäblich auf den Fußboden. Joss reagierte nicht, sie machte eher den Eindruck, ruhiger geworden zu sein. Wirkte Pauls unflätiges Benehmen vielleicht wie der Chili im Auge des Elefanten? Vater hatte uns erzählt, wie man in Indien einem Elefanten, der so schwer verwundet ist, dass seine Schmerzen unerträglich scheinen, den Saft des roten Pfeffers ins Auge spritzt, um seine Aufmerksamkeit von der Wunde abzulenken.

Joss sah ganz so aus, als ob auch sie am liebsten ausgespuckt hätte. Nach einer Weile flaute ihr Zorn ab. In Gedanken versunken ließ sie den Korken über den Tisch hin- und herrollen.

Paul, der abwechselnd sie und den Korken ansah, flüsterte mir ein paar Worte zu.

»Er hat den Champagner an sich genommen«, sagte ich Joss.

»Ich will ihn nicht.«

»*Le champagne c'est toujours du champagne*«, sagte Paul und fügte hinzu, dass er ihn keinesfalls der falschen Katze überlassen werde.

»Mit der falschen Katze ist natürlich Mauricette gemeint«, erklärte ich Joss.

»Was sollen wir damit anfangen?«, fragte Joss.

»Wir könnten ... ihn austrinken«, sagte ich schüchtern.

»Aus den Gläsern anderer Leute?«

»Nur aus unseren eigenen! Monsieur Joubert hat seinen Champagner ausgetrunken. Aus unseren ... und aus Eliots Glas.« Joss wandte den Kopf ab.

Paul kam mit einem runden Tablett wieder. Er war so taktvoll gewesen, den Champagner aus den verschiedenen Gläsern in die Flasche zurückzugießen, sodass niemand sagen konnte, wem das eine oder das andere gehört hatte. Auf dem Tablett standen zwei saubere Gläser. »Wo ist das Ihre – *et pour vous?*«, fragte ich unbeholfen.

Freudige Überraschung malte sich auf sein Gesicht, aber sein Blick suchte Joss. »*Certainement!*«, sagte Joss.

Er holte noch ein Glas, und ich goss uns ein.

»*Ça fait du bien par où ça passe*«, sagte Paul und trank mit leuchtenden Augen.

»*Santé!*«, sagte ich, aber Paul weigerte sich, darauf anzustoßen.

Er spuckte wieder aus, hob aber dann sein Glas: »*Encore un que les salauds n'auront pas. Qu'ils aillent au diable, les cassepieds!*«

»*Les cassepieds*«, wiederholte ich.

»*Les cassepieds!*«, sagte Joss, und ihre Augen verdunkelten sich.

Wir tranken. Ich versuchte, keine Grimasse zu schneiden, als mir der Champagner in die Nase stieg, aber meine Lider flatterten so heftig, dass Paul lachen musste.

»*Vous vous y ferez vite*«, sagte er, aber ich glaubte ihm nicht, dass wir uns bald daran gewöhnen würden. Nachdem er und Joss die Flasche geleert hatten, warf er einen Blick auf die Gläser und fragte: »*Encore un coup, hein?*«

»*Encore?*« Paul zeigte auf die Flasche und tat, als würde er eine weitere öffnen. »Aber ... es ist doch alles weggeschlossen«, sagte ich.

»*Si*«, sagte Paul spöttisch.

Joss war der Meinung, er hätte mich nicht verstanden, und erklärte: »*Madame Corbet a emporté* – hat die Schlüssel – *les clefs* – mitgenommen.«

»*Si*«, sagte er und lachte. Dann schlurfte er durch die Halle und verschwand in Mademoiselle Zizis Zimmer. Gleich darauf kam er mit einem Schlüsselbund in der Hand zurück.

»Zizi, wo sind deine Schlüssel? Gib sie lieber mir.« Wie oft hatte ich diese Worte aus Madame Corbets Mund gehört. »Bei dir sind sie nicht sicher.« Madame Corbet schien recht gehabt zu haben.

Paul ging zur Küchentür, hinter der ein paar steinerne Stufen in den Keller führten.

»Nein, Paul ...«

Joss fiel mir ins Wort. »Gehen Sie nur!«, sagte sie. »*Allez-y!*« Sie machte jetzt keinen verzweifelten Eindruck mehr, sondern saß aufrecht da. »Gehen Sie«, sagte sie zu Paul, und ich wusste, dass ihre Verzweiflung sich in Zorn verwandelt hatte. Ich erschrak. Wenn Joss zornig war, wusste sie nicht, was sie tat.

»Joss. Er sollte nicht ...«

»Halt den Mund«, sagte Joss.

Paul kam mit zwei großen Flaschen zurück. *»Vous en boirez pas du comme ça à l'etranger«*, sagte er. *»C'est moi, qui vous le dis.«*

Ich war stolz, dass ich ihn genau verstanden hatte, während Joss nicht wusste, was er meinte. »So etwas können Sie auf der ganzen Welt nicht zu trinken bekommen – außer in Frankreich«, übersetzte ich.

»Warum nicht?«, fragte Joss. »Was ist es denn? *Qu'est-ce que c'est?«*

»Champagne nature.« Und da er sah, dass wir noch immer nicht begriffen hatten, setzte er hinzu: *»Blanc de blanc.«*

Wenn ich an jenen Abend zurückdenke, scheint alles, was passiert war, in diesem Namen zusammenzufließen. *Blanc de blanc.* Es klang wie der Name eines Märchenprinzen – ich glaube, die Champagnerperlen waren mir zu Kopf gestiegen – *blanc de blanc de blanc de blanc …*

»Wir sollten ihn nicht trinken«, sagte ich, aber die Worte schienen in der Luft zu zerplatzen und sich in nichts aufzulösen.

»Wir haben den anderen doch auch getrunken«, sagte Joss.

»Unseren Wein … uns gegeben.« Nun schienen mir einige Worte verloren gegangen zu sein.

»Halt den Mund!«

Paul schnappte die Worte auf. »Halt den Mund«, forderte er mich freundlich auf und schenkte den Champagner ein. Joss hob ihr Glas, setzte es an die Lippen

186

und leerte es in einem Zug. »*Mazette!*«, sagte Paul bewundernd. Er füllte es wieder, und Joss legte ihre Hand auf die seine. »Danke, Paul!«, sagte sie. »Es war ch-charmant von Ihnen, ihn uns zu bringen.« Sie hatte zu schnell getrunken. Das Wort »charmant« wurde von einem winzigen Schluckauf begleitet, aber nicht das war es, was mich plötzlich ernüchterte, sondern der Anblick von Paul. Er hatte zwar nicht verstanden, was Joss sagte, aber seine Wangen wurden blutrot, und aus seinen Augen strahlte Befriedigung.

»Nicht doch, Joss. Er wird glauben, du meinst es ernst.«

»Und wenn schon?« Sie neigte sich zu Paul und sagte: »Sie geben Cecil immer Zigaretten. Warum nicht mir?«

»Zigaretten?«, fragte Paul verdutzt, holte aber sein Päckchen Gauloises heraus. Joss nahm eine, und Paul warf ihr die Zündhölzer zu. Nicht mit der Absicht, unhöflich zu sein, sondern weil er nicht wusste, wie man junge Mädchen behandelt. Joss versuchte, die Zigarette anzuzünden, aber es gelang ihr nicht, weil ihr der Rauch in die Augen stieg. Lachend nahm Paul sie ihr ab, rauchte sie selbst an und schob sie Joss zwischen die Lippen. Aus irgendeinem Grund gefiel mir das nicht. »Lass das, Joss«, sagte ich.

»Warum?«

Ich wollte diese Frage nicht beantworten und sagte darum nur: »Du wirst ihm wehtun.«

Ihre Augen zogen sich zu schmalen Schlitzen zusammen. »Ich w-will ihm w-wehtun.« Dieses Mal war der Schluckauf deutlich hörbar.

»Du bist auf dem besten Weg, betrunken zu sein«, sagte ich böse.

»Ich will … und ich w-werde b-betrunken sein.« Sie hob ihr Glas. »Ich w-werde genau d-dieselben ge-meinen, w-widerwärtigen D-Dinge tun, die die ande-ren t-tun!« Sie leerte das Glas in einem Zug und hielt es Paul hin, während ich noch unschlüssig an meinem nippte. Ich weiß nicht, wie viele Gläser Paul getrunken hatte, aber als er ihr eingegossen hatte, war die Flasche Blanc de blanc leer.

»*L'autre*«, befahl Joss.

Paul griff nach der anderen Flasche und zeigte sie mir. »Bouzy Rouge«, sagte er.

»Bouzy? Bouzy! Bouzy!« Joss brach in Gelächter aus, das nach und nach in Kichern umschlug und wie die Bläschen im Champagner perlte. »C-Cecil. B-Bouzy!« Aber in meinem Kopf spukte noch immer Blanc de blanc. Was war es nur, das so geheißen hatte? Ein Berg, ein Pudding, eine Schuhcreme oder ein weißer Pudel?

»Bouzy«, kicherte Joss.

»Blanc de blanc de blanc.«

Paul stand auf und sah uns mit ernster Miene an. Er schwankte zwar ein wenig, sagte aber höchst feierlich: »*Il faut se mettre à genoux pour déguster celui-là.*«

Ich verstand nicht, was er meinte. »Niederknien, um den Wein zu trinken? Warum?«

Er faltete die Hände und blickte zum Himmel auf.

Nun platzte es auch aus mir heraus, und ich stimmte in Joss' Kichern ein. »Was hat Bouzy gesagt?«

»Wir sollen … beten, hat er gesagt.«

»Ja, lasst uns beten.« Sie faltete die Hände, aber in mir sträubte sich alles dagegen.

»Joss, lass das sein! Lass ... das ... sein!«, schrie ich und hämmerte mit der leeren Flasche auf den Tisch.

»Die f-fromme H-Heuchlerin!«

»Ich b-bin keine Heuchlerein!«, schluchzte ich. Joss sah ganz so aus, als ob auch sie jeden Moment in Tränen ausbrechen könnte. Sie legte ihren Arm um meine Schultern. »Nicht weinen«, bettelte sie. »Nicht weinen!«

»Dann sag so etwas nicht«, sagte ich, noch immer wütend. Beleidigt zog sie sich zurück.

»Also gut, dann weine«, sagte sie. »Heul, wenn du willst. Mir ist es einerlei. Sag Paul, er soll die Flasche aufmachen.«

Paul hatte Schwierigkeiten mit dem Korkenzieher. Er setzte ihn richtig an, konnte aber nicht verhindern, dass er zur Seite glitt, wenn er versuchte, das Gewinde einzuschrauben. Bei einem neuerlichen Versuch verletzte er sich am Daumen. »*Aïe! Merde!*«, fluchte er. »Schlagen Sie sie auf«, sagte Joss, »*tapez dessus!*«, und tatsächlich schlug er mit dem Flaschenhals auf einen der Konsolentische. Der Hals brach ab, zerschmetterte auf dem Fußboden und entließ einen Strahl roten Weines, der sich über Pauls Hand und Schürze ergoss und sich quer über den Tisch wie eine hässlich klaffende Wunde verbreitete.

Ich war entsetzt. »Paul! *Paul!*«

Stolz auf den neu gefundenen Wortschatz, sagte er wieder: »Halt den Mund!«, und schenkte den Wein ein.

»Ich mag keinen mehr«, sagte ich, aber er nahm mein

Glas, trank den Champagner aus und füllte es mit dem Rotwein. In meinen Augen, die von Tränen geblendet waren, schien die ganze Halle mit rotem Wein bespritzt zu sein, selbst die Gläser sah ich rot, und rot war auch die Pfütze auf dem Fußboden. Pauls und Joss' Hände schienen, ebenso wie die in den Flaschen mit den brennenden Kerzen, immer näher zu kommen und sich wieder zu entfernen. Wenn ich die Wände ansah, krümmten sie sich ein wenig nach innen, während die Treppe zur Seite auswich. Die glückliche Zeit des Blanc de blanc war vorüber – das Rot war furchtbar, und ich fing wieder an zu weinen.

Joss hatte ihr Glas schon geleert. Wieso ihr nicht übel wurde, ist mir unerklärlich. »Noch eine Zigarette. *Encore une Gauloise*«, sagte sie.

Paul starrte sie an. Seine Augen schienen zu schielen, was ihn hässlich erscheinen ließ, als er sagte: »*Viens la prendre.*«

Mit weit auseinandergespreizten Knien, zwischen denen seine Schürze baumelte, rückte er vom Tisch ab, an seiner Unterlippe klebte eine Zigarette. Er knöpfte sein Hemd auf und zeigte Joss, wo er das zerdrückte Päckchen verwahrte. »*Viens-y!*«, forderte er sie auf. Joss wurde blass und erhob sich unsicher von ihrem Stuhl.

Ich wusste, was er vorhatte. Ich hatte ihn oft genug mit Mauricette gesehen. Mauricette wusste, was sie tat, aber Joss … »Tu es nicht, Joss!«, schrie ich. »Tu es nicht!« Ich versetzte ihr einen Stoß, der sie auf ihren Stuhl taumeln ließ, und schrie Paul an: »*Ne la touchez pas!*«

Sofort wendete er sich gegen mich und schickte mich ins Bett. »*Toi, va faire dodo! Au pieu!*«

»Das werde ich nich tun. Joss! Joss!«

Paul griff nach der Flasche. Ich weiß nicht, was geschehen wäre, wenn Joss' Zustand der Szene nicht ein Ende gemacht hätte. Nach dem Stoß, den ich ihr versetzt hatte, war sie bewegungslos in ihrem Stuhl sitzen geblieben. Jetzt beugte sie sich ganz sacht vor und fiel mit einem kleinen Seufzer über den Tisch, wobei sie mein unberührtes Glas umstieß. Ihr Kopf rollte hin und her, ihr Haar fiel in die Weinlache und begann ihn aufzusaugen.

Plötzlich hörten wir Schritte. Die Gartentür öffnete sich, und Monsieur Joubert und Mademoiselle Zizi kamen herein, gefolgt von Eliot. Alle drei blieben wie angewurzelt stehen. Im selben Augenblick gingen die Lichter an, und eilige Schritte huschten über den Gang, der zur Küche führte. Madame Corbet war zu lange ausgeblieben, und die anderen hatten das Rennen gemacht. Jetzt kam sie atemlos angelaufen, nur um gleichfalls plötzlich stillzustehen. »*Grands Dieux!*«, rief sie aus. Die anderen waren sprachlos und schauten nur.

Die Bar musste mit den halb leeren Flaschen und Gläsern, den niedergebrannten Kerzen in den leeren Flaschen, dem verschütteten Wein auf dem Fußboden, den Glasscherben und den achtlos weggeworfenen Zigarettenstummeln wie der Schauplatz einer Orgie ausgesehen haben. »*Grands Dieux!*«, sagte Madame Corbet noch einmal.

Und dann sah ich erst, was für ein niederträchtiger

Kerl Paul war. »*C'est pas moi! C'est pas moi!*«, schrie er mit einer Stimme, die sich vor Angst überschlug. »*C'est elle!*« – er zeigte auf Joss – »*elle et Mademoiselle Cecil. Elles m'ont forcé.*«

»*La ferme!*«, schrie Eliot ihn an, was die gröbste Form war, jemandem ›Halt den Mund!‹ zuzurufen, die ich je gehört hatte.

Mademoiselle Zizi war im Türrahmen stehen geblieben und hatte ihre Röcke gerafft, als ob sie fürchtete, sie zu beschmutzen. Eliot ging sofort auf Joss zu, aber bevor er sie noch erreicht hatte, war ihm Monsieur Joubert zuvorgekommen, hatte sich hinter Joss gestellt und die Hände auf die Lehne ihres Stuhls gestützt. Es machte ganz den Eindruck, als wollte er Eliot von ihr fernhalten. Monsieur Joubert beugte sich vor und versuchte, Joss aufzurichten, aber immer wieder fiel ihr Kopf nach vorne. »Sie ist betrunken«, sagte er zu Eliot, und es klang wie ein Vorwurf. Ebenfalls auf Englisch fügt er hinzu: »Ich weiß nicht, was hier vor sich gegangen ist, aber was immer es war – es war nicht gut.« Dabei sah er nicht uns, sondern Eliot und Mademoiselle Zizi an.

»*Gut!*« Mademoiselle Zizi schien sich verteidigen zu wollen. »Sich zu betrinken! In ihrem Alter! Und noch dazu mit meinem Wein!«

»Und schau nur den Tisch an!«, schrie Madame Corbet.

»*Ma petite table!* Mein schöner kleiner Tisch – o Gott!«, jammerte Mademoiselle Zizi, als ob sie Todesqualen litte.

Madame Corbet stürzte auf den Tisch und sammelte die Flaschen ein: »Zizi! Der Villers Marmery und der Bouzy Rouge!«

Paul hatte mittlerweile die Glasscherben aufgelesen, sie in seine Schürze eingewickelt und die Gelegenheit genutzt, durch die Küchentür hinauszuschlüpfen. Joss war besinnungslos – nur ich, Cecil, allein war da, um ihnen die Stirn zu bieten. Ich stand auf unsicheren Füßen neben dem Tisch an der Stelle, wo ich aufgesprungen war, als Madame Corbet plötzlich auf mich zukam und mir ein paar Ohrfeigen gab. »*Petite canaille ... Je m'en vais te flanquer une correction! Drôlesse! Oh! Cette petite crapule!*«

»Lassen Sie das, Irène«, sagte Eliot. »Schluss! Schweigen Sie!«, sagte er lauter, da die Flut der Beschimpfungen nicht versiegen wollte.

»Schweigen soll ich? Und wer wird uns den Schaden ersetzen?«

»Sie können ihn auf meine Rechnung setzen«, sagte Monsieur Joubert, worauf es plötzlich ganz still wurde. Er bückte sich und hob Joss auf. »Mademoiselle Cecil, können Sie allein in Ihr Zimmer gehen?«

In meinen Ohren sausten zwar noch immer Madame Corbets Ohrfeigen, aber irgendwie brachte ich es fertig, den Tisch, an dem ich mich festhielt, loszulassen und in Schlangenlinien zur Treppe zu gehen, wo mir, völlig unerwartet, das Geländer in die Hände geriet. Monsieur Joubert mit Joss in den Armen folgte.

»Lassen Sie mich sie tragen«, sagte Eliot.

»Ich finde, Sie haben genug Unheil angerichtet«, sagte

Monsieur Joubert und trug Joss die Treppe hinauf. Ich stolperte hinter ihm her, verfehlte ab und zu eine der Stufen, hielt mich aber am Geländer fest. Eliot blieb unschlüssig am Fuß der Treppe zurück.

XI

»Wenn erwachsene Menschen keiner anderen Gefühle fähig sind«, sagte Joss, »dann sind sie noch ärmere Schweine, als ich geglaubt habe.«

Wahrscheinlich war es taktlos von mir zu sagen: »Immerhin wissen sie, wann sie aufhören sollen.«

»Ach, wirklich?«, sagte Joss. »Schau nur Mademoiselle Zizi an.«

Aber ich konnte nicht umhin, gerecht zu sein. »Von allen Erwachsenen, die wir kennen, ist sie aber auch die Einzige, die es nicht zu wissen scheint«, sagte ich und seufzte. »Wahrscheinlich muss auch das Trinken erst erlernt werden.«

Ich konnte mich nicht erinnern, wie ich ins Bett gekommen war, aber als ich aufwachte, fand ich mich, wenn auch vollständig angezogen, unter meiner Decke. »Angezogen im Bett! Cecil, was hast du getrieben?« Es kam nicht oft vor, dass Willymaus Fragen stellte, aber nachdem er gesehen hatte, wie schlecht mir war, war er in sein Hemd und sein Höschen geschlüpft, hatte sein Haar gebürstet und war aus dem Zimmer gegangen. Ich glaube, um Hester und Vicky fernzuhalten.

Als ich zu Joss ins Zimmer gekommen war, hatte ich sie ebenfalls im Bett gefunden. Sie war sorgfältig in ihre Decken eingepackt, ihre Sandalen standen ordentlich nebeneinander auf dem Bettvorleger, aber auch sie war noch immer angezogen. Ich fühlte mich so schlecht, dass ich sie weckte. Zuerst war sie böse, als sie sich aber aufgesetzt und begriffen hatte, wo sie war, sich ihres zerknitterten Kleides und des Geruchs ihres Haares bewusst geworden war, stöhnte sie und schloss die Augen.

Jetzt hatten wir wirklich das Gefühl, bis auf die Knochen beschmutzt zu sein, und da wir uns zu sehr schämten, um zum Frühstück hinunterzugehen, blieben wir in Joss' Zimmer. »Aber es war nicht unsere Schuld«, brachte ich zu unserer Verteidigung vor und zitierte eine Redensart, die ich in Monsieur Armands Zeitungen gelesen hatte: »Sie haben uns dazu getrieben.« Aber Joss war aufrichtiger als ich.

»Doch, es war unsere Schuld«, sagte sie gequält, »wir haben eben noch viel zu lernen.«

»Was sollen wir lernen?«

»Mit den Dingen fertigzuwerden.«

»Mit welchen Dingen?«

»Mit denen, die uns unvermutet zustoßen, besser fertigzuwerden, als es uns diesmal gelungen ist. Ich rieche scheußlich«, sagte Joss.

»Ich auch.«

»Nicht so schlimm wie ich.« Sie hielt die Hände vor die Augen, lediglich um sie gegen das Licht zu schützen, aber die Geste wirkte so tragisch, dass sie mir das Herz brach.

Es ist überraschend, wie unerwartet sich eine Lösung einstellt, wenn sie am dringendsten benötigt wird. Irgendetwas veranlasste mich, Joss von Monsieur Joubert zu erzählen. Sie hörte aufmerksam zu und nahm die Hände von den Augen, als ich fertig war. »Bist du sicher, dass er einfach gesagt hat, sie sollen den Schaden auf seine Rechnung setzen?«

»Genau das hat er gesagt.«

»War er nicht böse?«

»Nicht wegen uns.«

»Und ich war betrunken?«

»Sehr.«

»So wie die Männer beim Kanal?«

»Ja. Er hat dich in dein Bett getragen.«

»Er? Nicht … Eliot?«

»Eliot wollte, aber Monsieur Joubert ließ es nicht zu.«

Joss überlegte einen Augenblick, stand dann auf, ging zum Waschtisch, goss Wasser in das Waschbecken und begann ihr Gesicht zu waschen. Nachdem sie wortlos Hände und Gesicht abgetrocknet hatte, schlüpfte sie aus ihrem verknitterten Kleid. Ich wusste, dass sie tief in Gedanken versunken war, denn sonst hätte sie mich aus dem Zimmer geschickt. Erst als sie ein sauberes Kleid angezogen hatte, wagte ich zu fragen: »Was hast du vor?«

»Ich bringe Monsieur Joubert eines meiner Bilder«, sagte sie.

»Aber, Joss! Er ist berühmt! Er bekommt Hunderte Pfund für ein Porträt, und seine Bilder hängen in den großen Galerien, wie im Salon oder in der Academy.«

»In der Academy nicht, aber in Florenz. Einige seiner Werke wurden eben erst für die Uffizien angekauft«, sagte Joss gleichmütig und zog ihre Schuhe an.

»In diesem Jahr werden seine Bilder in London ausgestellt werden«, eiferte ich. »Madame Corbet hat das erzählt. Er wird von einem kleinen Mädchen, wie du es bist, nichts wissen wollen, Joss. Er ist Marc Joubert, einer der größten Maler unserer Zeit, sagt Madame Corbet.«

»Dann wird er wissen, ob ein Bild gut ist, wenn er es sieht«, sagte Joss.

Sie hatte natürlich recht. Monsieur Joubert wies sie nicht ab. Er betrachtete das kleine Bild, indem er es mit ausgestreckten Armen von sich weghielt und dann wieder aus nächster Nähe betrachtete, er stellte es auf einen Stuhl und trat ein paar Schritte zurück, um es nochmals anzusehen. Nicht dass er uns etwas vorspielte – ich glaube nicht, dass Monsieur Joubert je nur vorgab, etwas zu sein. Wir alle standen wie ein Chor im Kreis um ihn herum und lauschten dem uns bereits vertrauten Frage-und-Antwort-Spiel, das nun begann. »Haben Sie das selbst gemalt?«

»Ja!«, sagte Joss, und wir anderen nickten.

»Und niemand hat Ihnen dabei geholfen?«

»Nein!« Und wir schüttelten die Köpfe.

»Warum, wenn das so ist, verplempern Sie Ihre Zeit mit anderen Dingen?«, fragte Monsieur Joubert.

Zögernd sagte Joss: »Es *gibt* noch andere Dinge.«

Prompt kam die Antwort zurück: »Nicht für Sie.«

»Bald werde ich eine Kunstschule besuchen«, sagte Joss.

»Wann?«

»Vielleicht nach den Ferien.«

»Maler haben keine Ferien«, sagte Monsieur Joubert. »Sie wüssten nicht, was sie mit ihnen anfangen sollen. Warum eine Kunstschule?«

»Um Zeichnen zu lernen«, sagte Joss kleinlaut.

Ich dachte, er würde »Unsinn!«, sagen, aber stattdessen nickte er. »Das wird Ihnen nicht schaden. Sobald Madame, Ihre Mutter, wieder gesund ist, werde ich mit ihr sprechen.« Und dann wandte er sich an mich: »Ist sie geschwätzig?«

»Wer? Mutter?«, fragte ich betroffen.

»Mademoiselle«, sagte er und deutete auf Joss.

»Ach so, sie. Manchmal.«

»Also nicht ununterbrochen?«

»O nein! Die Vielrednerin ist Hester.«

»Unter diesen Umständen«, sagte Monsieur Joubert, »kann Mademoiselle Joss in meiner Nähe malen. Nicht ganz dicht bei mir, aber doch so nahe, dass ich sie beraten kann. Keines von euch anderen Kindern darf dabei sein«, sagte er grimmig zu uns. »*Ihr* haltet euch gefälligst abseits!«

Mit respektvoll aufgerissenen Augen nickten wir. Wir waren uns der Tatsache bewusst, dass diese Beziehung zu Monsieur Joubert ganz anders zu werten war als die zu Eliot.

Eliot machte einen einzigen Versuch, sich Joss zu nähern. Vor dem Abendessen hielt sie sich auf der Terrasse auf, um ihm nicht in der Bar begegnen zu müssen. Während Mademoiselle Zizi mit soeben angereisten amerikanischen Gästen sprach, ging er zu Joss auf die Terrasse.

»Joss.«

»Ja?«

»Es tut mir leid, Joss. Ich habe so handeln müssen.«

Joss schwieg.

»Wollen Sie nicht mit mir sprechen?«

»Nein«, sagte Joss.

»Morgen fahre ich nach Paris und ...«

»Morgen bin ich beschäftigt.« Und das war keine Ausrede, sondern wahr.

Von diesem Tag an ging jeder von uns wieder seinen eigenen Weg wie ... vor Eliots Zeit, dachte ich. Vicky kehrte zu Monsieur Armand zurück, Willymaus verbrachte die Tage in seinem Atelier unter dem Kirschbaum, Hester und ich strolchten allein herum. Joss stand ebenso früh auf wie Monsieur Joubert. Fast noch, bevor es hell wurde, war sie schon unten am Flussufer – auch sie malte zwei Bilder –, und abends ging sie früh ins Bett. »Jetzt ist das Licht schon zu schlecht, ich kann ebenso gut schlafen gehen«, sagte sie. Die anderen Leute im Haus bekamen sie fast überhaupt nicht mehr zu Gesicht.

Wenn Hester und ich in der Bucht herumlungerten, beobachteten wir sie. Sie hatte nichts von der Ausrüstung, mit der Monsieur Joubert ausgestattet war, nicht einmal einen Klappstuhl. Sie saß auf einer umgestürzten Holzkiste und hielt ihr Reißbrett auf den Knien. Sie hatte keine richtige Leinwand, sondern nur ein Stück Leinen, das über ein Brett gespannt war, aber

Monsieur Joubert hatte ihr gezeigt, wie sie es, um es zu glätten, mit ein oder zwei Schichten weißer Farbe überstreichen müsse. »Es ist nicht Öl, sondern Tempera«, sagte Joss. Er hatte ihr eine flache Zinndose mit Temperafarben geschenkt und … »Eines Tages wird er mir mit Ölfarben aushelfen«, sagte sie. Am meisten litt sie darunter, dass sie keinen Sonnenschirm hatte, sondern nur ihren alten Strohhut, der überdies im Koffer eine Delle abbekommen hatte und zerrissen war. Ich konnte mir keine anderen Umstände vorstellen, unter denen sich Joss herabgelassen hätte, ihn aufzusetzen. Von Zeit zu Zeit kletterte sie zum Fluss hinunter, um ihr Taschentuch zu befeuchten und den Hut damit zu bedecken; gleichwohl war sie totenblass, wenn der Tag zu Ende ging.

»Monsieur Joubert hätte dich ins Haus schicken sollen.«

»Er bemerkt mich gar nicht«, sagte Joss stolz. Sie verstand es, sich so zu verhalten, wie es ihm gefiel, und unterbrach ihre Arbeit nur, um uns bei unseren abendlichen Besuchen bei Mutter zu begleiten. Wir durften Mutter nun jeden Tag sehen, und … »Ich male jetzt«, berichtete Joss, was Mutter offensichtlich zufriedenstellte.

»Und was tust du, Cecil?«

»Nichts.«

»Aber du kümmerst dich doch um die Kleinen?«

»Ja«, sagte ich verdrossen. Ich musste wohl. Joss war die beste ältere Schwester, die man sich denken konnte, aber wenn sie malte, hätten Vicky und Willymaus in die

Marne fallen können, ohne dass sie es auch nur bemerkt hätte.

»Nur fallen sie nicht hinein«, sagte Hester.

»Nein, aber Willymaus geht jeden Abend allein aus, und das dürfte man ihm nicht erlauben.«

Jeden Abend, wenn er seine Arbeit beendet hatte, räumte Willymaus sein Handwerkszeug weg: die Schachteln mit den Stoffresten, seinen Nähkasten, die Misses Dawn und Dolores und ihre neuen Modelle. Dann machte er sich zurecht, was nur eine Formsache war, da er immer, sogar in seiner »Vogelscheuche«, adrett aussah. Dennoch wusch er sich Gesicht und Hände, glättete sein Haar mit Eau de Cologne aus seiner eigenen Flasche und unternahm wie irgendein alter Herr seinen kleinen Spaziergang. Ein neuer Schleppkahn, die Marie France 47, die oberhalb der Bucht vor Anker lag, hatte es ihm angetan. Abend für Abend besuchte er sie, um sich an ihrem Anblick zu erfreuen.

»Warum kommst du nicht mit uns?«

»Weil ich lieber allein gehe.«

»Man kann nicht immer tun, was einem lieber ist.«

»Ich kann«, sagte Willymaus.

Ich ließ ihm seinen Willen. Es war zu heiß und die Atmosphäre zu angespannt, um mich mit ihm abzuquälen.

Vor Eliots Zeit. Wir hatten unsere Lebensgewohnheiten von damals wieder aufgenommen, hatten aber nicht in sie zurückgefunden. Wir führten das gleiche Leben wie damals, und doch war es nicht mehr dasselbe. Eine undefinierbare Spannung hielt das ganze Haus in Atem. Wenn Eliot aus Paris zurückkam, sah er so übermüdet, so angespannt aus und war so harsch zu Mademoiselle Zizi, dass ihre Augen vom ständigen Weinen größer zu sein schienen als je. Sie benahm sich so dumm wie irgend möglich. Anstatt ihn in Ruhe zu lassen, sah sie beständig mit ihren großen Augen flehend zu ihm auf. Wenn wir ihn so todmüde kommen sahen, machten wir uns, so rasch wir konnten, aus dem Staub.

Drei Tage lang kam er überhaupt nicht nach Hause. Vier oder fünf Mal sahen wir, dass Mademoiselle Zizi zum Telefon ging. Wir hörten, wie sie immer wieder ein und dieselbe Pariser Nummer anrief und gespannt dem fernen Surren lauschte, das unbeantwortet blieb. Sooft das Telefon im Büro läutete, sprang sie wie elektrisiert von ihrem Stuhl auf, um gleich wieder zurückzusinken, wenn sie Madame Corbet sagen hörte: »*Hôtel des Œillets. Oui, Madame! Oui, certainement!*«

Und dann war da auch noch Paul. Ich hätte mich damit abfinden können, dass er versucht hatte, Joss anzulocken – nichts anderes war von Paul zu erwarten. Auch wenn er, wie es sicher seine Absicht gewesen war, mich mit der Flasche geschlagen hätte, wäre das zu erwarten gewesen. Aber dass er sich davongeschlichen und mich allein gelassen hatte, war nach unserem Sittenkodex eine Gemeinheit.

»Mauricette sagt, du warst betrunken«, sagte Hester.

»Jetzt weiß ich, was mit dir los war«, sagte Willymaus.

»Sie sagt, ihr hättet niemals mit Paul zusammen sein dürfen«, sagte Hester bekümmert.

»Er ist ein ekelhafter Kerl«, warf Vicky ein. »Er hat

mir einen Bissen zu essen gegeben und gesagt, es sei Huhn, es war aber Frosch.«

»Hast du ihn gegessen?«

»Man *kann* Frösche essen«, sagte Vicky, als ob die Sache damit geklärt wäre.

Weder sie noch Willymaus mochten Paul. Hester übte sich natürlich in Nachsicht. »Du hast leicht reden, du warst nicht dabei«, sagte ich. »Du weißt nicht, wie ekelhaft er war.«

»Ekelhafter als du und Joss?«

»Ja.« Aber dann fiel mir ein, was Paul alles durchgemacht hatte – die Lager und das Hôtel-Dieu und die kleine Schwester –, und ich konnte nicht umhin, zu sagen: »Vielleicht auch nicht.«

Ich wehrte mich, die Spuren dieser Erlebnisse in Paul immer wiederzuerkennen, aber seit ich nach Les Œillets gekommen war, schien ich sehr tief in die Menschen hineinzusehen, auch wenn ich es nicht wollte. »Ihr denkt immer nur an euch«, hatte Mutter vor langer Zeit am Strand von Southstone gesagt, und um wie viel wohler war mir damals zumute gewesen. Jetzt hatte ich das Gefühl, alle Menschen durchschauen zu können, und …

»Keiner ist gut«, sagte ich verzagt.

»Doch, einer«, sagte Hester. »Monsieur Joubert.«

Vielleicht war nicht einmal er vollkommen gut und … war nur nicht in Versuchung geraten, nicht gut zu sein, dachte ich. In diesem Augenblick sahen wir ihn – und Joss getreulich hinter ihm –, beide in ihre Arbeit vertieft.

»Ich wünschte, ich könnte malen oder Kleider entwerfen oder irgendetwas anderes«, seufzte ich und fragte: »Wie kann man gut sein, wenn man nichts anderes tut als herumlungern?«

»Mutter sagt, nicht alle Menschen können begabt sein.«

»Dann können sie auch nicht gut sein«, sagte ich entschieden.

Hester starrte in die wirbelnden Fluten des Stroms. Lange sprachen wir nicht, dann fragte sie plötzlich: »Cecil, ist Eliot gut?«

Die Frage schien mit einem Plumps in das friedliche Gewässer zu fallen.

»Wir haben ihn lieb«, sagte ich unsicher. Kann man jemanden lieb haben, der nicht gut ist? Diese Frage zu bejahen, wäre ebenso ein Verrat an unseren Werten gewesen, wie es im Hinblick auf die Schönheit der Schwarzen Madonna der Fall gewesen war.

Ist Eliot gut? Das war eine Frage, die ich lieber nicht beantwortet wissen wollte, und ich war froh, als die Wasserwirbel sie hinwegtrugen.

XII

Es war die dritte Augustwoche, und das Hochsommerwetter hielt ungebrochen an. Sogar in der Bucht war es heiß. Kaum jemals strich eine Brise durch die Weidenzweige, deren Blätter infolgedessen graugrün und schlaff herunterhingen und ihr Silber nicht zeigten. Das Gras war staubig, verwahrlost und mit Abfällen übersät, die die Sonntagsausflügler zurückgelassen hatten. Selbst das Schilf sah unordentlich aus. Seine Kolben waren jetzt reif und enthielten einen Staub, der braune Flecken auf Haut und Kleidern hinterließ, wenn wir die Rohre zufällig streiften. Im Obstgarten waren fast keine Mirabellen mehr zu finden, und nach dem Abendessen gab es jetzt als Nachtisch kleine weiße Trauben. »Sind das Champagnertrauben?«, fragten wir, die wir inzwischen wussten, dass wir in der Champagne waren, aber Mauricette schüttelte den Kopf. »Diese Trauben kommen aus dem Süden, unsere werden erst gegen Ende September reif«, und sie fügte hinzu: »Aber ihr werdet selbstverständlich zur Weinernte noch hier sein.«

Wir widersprachen nicht, denn wir hatten das Gefühl, für alle Ewigkeit hier zu sein. Mutter ging es zwar besser, aber sie war noch immer bettlägerig, konnte sich noch nicht einmal aufsetzen. Im nächsten Monat gingen die Ferien zu Ende, aber bis dahin waren es noch dreieinhalb Wochen, und in Les Œillets war jeder Tag wie ein Jahr. Dreiundzwanzig Tage – dreiundzwanzig Jahre. Wen kümmert, was in dreiundzwanzig Jahren geschehen wird?

Ich erinnere mich, darüber nachgedacht zu haben, als ich eines Tages auf dem Bauch in der Sonne lag und auf das Wasser schaute, wo Hunderte von winzigen Fischen an einem Leckerbissen knabberten, den ich nicht einmal sehen konnte. Wenn ich ihnen eine Krume zuwarf, schossen sie darauflos und schnappten danach genauso wie wir, wenn irgendein sensationelles Ereignis unsere Aufmerksamkeit erregte. Ich vermutete, dass die einzige Sensation im Leben eines Fisches das Futter ist … das Futter und der Tod, ergänzte ich in Gedanken, während ich einen großen Fisch beobachtete, der über den kleinen auf der Lauer lag. Manchmal kam jemand aus der Stadt oder aus dem Hotel mit einem feinmaschigen Netz und schöpfte diese kleinen Fische aus dem Wasser, hundert und noch mehr von ihnen auf einmal, um sie knusprig zu braten, mit Salz und Zitronensaft zu würzen und schließlich mit Brot zu verzehren. Ich hatte Dutzende gegessen. Nun aber beugte ich, ein Teil ihres Schicksals, mich über sie, und sie sahen mich nicht einmal. »Huh!«, dachte ich.

Mein Rücken schien in der Hitze zu schmelzen, aber plötzlich überlief es mich eiskalt, als ob mein Blut gefroren wäre. Es gab kein Entrinnen: Jeden Augenblick konnte der große Fisch oder das Netz jeden von uns, auch mich schnappen. Wieder war ich in die Betrachtung des Schwarms knabbernder kleiner Fische vertieft. Sobald sie eine Krume bemerkten, schossen sie auf sie los und ließen auch nicht locker, wenn der Schatten eines großen Fisches über ihnen drohte. Sie waren zu sehr damit beschäftigt, zu leben.

So ist eben das Leben, dachte ich und fühlte, wie sich nach und nach die Kälte in meinen Adern verflüchtigte. Ich spürte wieder die Hitze, die durch das Kleid auf meine Haut brannte, konnte aber die Kälte, die mich geschüttelt hatte, nicht vergessen. »Komisch! Früher habe ich mich nie vor dem Tod gefürchtet«, sagte ich zu Hester.

»Weil du nie an ihn gedacht hast«, sagte Hester, bemüht, mich zu trösten. »Erst der große Fisch hat dich an ihn erinnert.« Ich hatte den Tod längst aus meinen Gedanken verbannt, als sie nachdenklich bemerkte: »Ich weiß nicht, warum, aber ich mag diese Tage nicht.«

Ich mochte sie auch nicht, obwohl alles in Ordnung zu sein schien. Tatsächlich war die Stimmung im Haus neuerdings recht freundlich. Wir hielten uns von Paul fern, bekamen infolgedessen keine Skandalgeschichten zu hören. Mademoiselle Zizi und Joss hielten Waffenstillstand, den Monsieur Joubert beaufsichtigte. Madame Corbet war weniger ausfallend, vielleicht weil sie bedauerte, mich geohrfeigt zu haben. Wir hatten das Gefühl, auf unserem Lebensweg ein oder zwei Schritte zurückgegangen zu sein, wir waren wieder Kinder, und das war befreiend.

Joss vollendete ihr erstes Bild und brachte es Mutter. Vickys fünfter Geburtstag wurde mit einer Torte, die Monsieur Armand für sie gebacken hatte, und mit einer französischen Geburtstagsgesellschaft gefeiert. Es war ein Fest, das uns für alle Zeiten in Erinnerung bleiben wird. »Weil es damit begann«, sagte Hester später. »Es war der Tag, an dem Eliot anfing, dort zu sein, wo er nicht war.«

»Und nicht dort zu sein, wo er war.«

Es war ein außergewöhnliches Geburtstagsfest. Ein Tisch wurde in den Garten hinausgetragen, Mauricette deckte ihn mit einem weißen Tischtuch, das sie mit Weinblättern aus dem Laubengang schmückte. In die Mitte stellte sie die mit Schlagsahne und Nüssen verzierte Torte und ringförmig um sie herum Weingläser, die mit Grenadine gefüllt waren. »Keinen Tee?«, fragte Vicky enttäuscht, aber es gab keinen Tee. Mademoiselle Zizi und Madame Corbet kamen zu unserem Fest, ebenso Mauricette, Monsieur Armand, Toinette und Nicole, Robert, der Gärtner, mit seiner Frau und dem Baby. Monsieur Joubert und Joss ließen ihre Malerei im Stich und Willymaus seine Näharbeit. Paul weigerte sich kurzerhand, die Küche zu verlassen, und Eliot war nach Paris gefahren, obwohl er wusste, dass wir Vickys Geburtstag feierten. Infolgedessen verlief das Fest zwar gemütlich, aber auch weniger aufregend.

Es dauerte nicht lange. Geschenke gab es nicht, denn Mutter durften wir nicht nach Geld fragen, und ohne Geld konnten wir nichts kaufen. Da Vicky aber erst so wenige Geburtstage hinter sich hatte, war sie an Geschenke nicht gewöhnt und vermisste sie daher auch nicht. Wir tranken auf ihre Gesundheit, schnitten die Torte an und gingen, nachdem wir gegessen und getrunken hatten, unserer Wege: Joss, Hester und ich ins Krankenhaus, Willymaus auf seinen täglichen Spaziergang und Vicky in die Küche, um sich den Resten der Torte zu widmen.

Als Willymaus nach Hause kam, fragte er: »Wer hat euch gesagt, dass Eliot in Paris ist?«

»Er *ist* in Paris.«

»Ist er nicht. Er ist hier.«

»Woher weißt du das?«

»Ich habe ihn gesehen«, sagte Willymaus, aber er schien irgendwie verstört zu sein.

»Was ist denn los mit dir?«, fragte ich.

»Es war Eliot, aber nicht in seinen eigenen Kleidern.«

»Du musst dich geirrt haben.«

»Ich irre mich nicht, wenn es um Kleider geht«, sagte Willymaus.

Er war entlang des Ufers nach Hause gegangen – »Ihr kennt das Stück des Wegs, wo die Bucht hinter dem Schilf versteckt ist?« –, als Eliot plötzlich aufgetaucht und vor ihm hergegangen war. »Er trug eine blaue Hose aus dem Stoff, aus dem sie hier die Overalls machen, und dazu ein gestreiftes Baumwollhemd.«

»Solche Kleider trägt Eliot nicht«, sagte Hester.

»Ich weiß«, sagte Willymaus gereizt. »Ebendarum.«

»Darum?«

»Darum kommt es einem komisch vor, wenn er sie trägt.«

»Irrst du dich auch nicht?«, fragte Hester.

»Kenne ich mich etwa nicht mit Kleidern aus?«, fragte Willymaus mit einer so schrecklichen Stimme, dass Hester nicht mehr zu widersprechen wagte.

»Kurz hinter dem Schilf, dort, wo der Seitenpfad in den Wald führt, bog er vom Weg ab«, fuhr Willymaus fort und runzelte wieder die Stirn. »Wisst ihr, es sah ganz so aus – ich dachte – aber er konnte unmöglich ...«

»Was konnte er unmöglich?«

»Aus dem neuen Schleppkahn gekommen sein.« Seinem Tonfall nach schien Willymaus sich sonderbar sicher zu sein, aber was sollte Eliot auf der Marie France zu tun gehabt haben?

Wir hatten für diese schwarzen Kähne mit den blitzblank gescheuerten Decks viel übrig und waren deshalb alle flussaufwärts gegangen, um die Marie France zu besichtigen. Oft versuchten wir, einen Blick in die Kajüten, auf ihre glänzend polierten Messingbeschläge, die Vorhänge und die Blumentöpfe zu erhaschen. Meistens war auch eine Katze an Bord oder ein Vogel in einem Käfig und eine Frau mit vielen Kindern. Aber an Bord der Marie France schien kein weibliches Wesen zu sein. Ihre Messingbeschläge waren nicht blank poliert, und von Vorhängen oder Blumen war nichts zu sehen. Sie war eher eine schmutzige Schute, auf der wir nur zwei Männer entdeckten, die mit blauen Baumwollhosen, wie Willymaus sie uns beschrieben hatte, bekleidet waren, aber keine Hemden, ja nicht einmal solche aus Baumwolle anhatten. Sie waren bis zum Gürtel nackt und hatten schwarze Matrosenmützen auf den Köpfen.

»Es war nicht Eliot«, sagte ich, und das schien sich zu bestätigen, als Eliot um neun Uhr abends nach Hause kam.

»Wie war dein Tag in Paris?«, fragte Mademoiselle Zizi besorgt.

»Verdammt heiß«, sagte Eliot. Er sah erschöpft aus.

Er hatte Vicky eine Schachtel Bonbons mitgebracht, wie wir sie nie zuvor gesehen oder uns auch nur erträumt hatten. Es war eine mit rosafarbenem Satin bezogene Schachtel, auf die Rosen gemalt waren und die mit einem breiten Samtband zusammengebunden war. An der Stelle, wo sonst die üblichen Papierspitzen waren, war sie mit echten Spitzen ausgestattet. Der Firmenaufdruck war *Dorat*. »Eine der teuersten Confiserien in Paris«, rief Madame Corbet aus.

»Siehst du, er war *doch* in Paris«, sagte ich zu Willymaus.

»Ja«, gab Willymaus zu, aber es klang nicht überzeugt.

Am nächsten Tag blieb Eliot in Les Œillets, setzte sich aber, entgegen seiner sonstigen Gewohnheit, nicht in den Garten, um zu lesen, sondern nahm zuerst die Kleinen mit ins Krankenhaus, um Mutter zu besuchen, und fragte nach seiner Rückkehr Hester und mich, ob wir nicht Lust hätten, mit ihm in die Stadt zu gehen. Am Flussufer kamen wir an Joss vorbei, die aber nicht von ihrer Arbeit aufsah, und auch Eliot sagte nichts. In der Stadt kaufte er Postkarten, die er uns gab, und Trauben für Mutter, die wir ihr brachten. Bevor wir das Krankenhaus verließen, besuchten wir Monsieur le Directeur, der uns beim Abschied nachrief: »*À ce soir!*«

»Wieso *à ce soir*?«, fragte ich.

»Weil er heute Abend nach Les Œillets kommt«, sagte Eliot. »Wisst ihr denn nichts von dem großen *diner*, das heute bei uns stattfindet?«

»Uns sagt man nichts«, sagte ich.

Kaum waren wir zu Hause angelangt, als Eliot Mademoiselle Zizi überredete, mit ihm in die Giraffe zu gehen. »Das ist das dritte Mal«, sagte Hester.

»Dass Eliot heute in die Stadt geht?«

»Ja. Findest du nicht, dass er sehr unruhig ist?«

Das Mittagessen dürfte ihn nicht viel Zeit gekostet haben, denn gleich nach zwölf erschien er in der Bucht, wo Hester und ich eben unsere Proviantpakete auspacken wollten, und schickte uns weg. »Macht, dass ihr weiterkommt. Ich will schlafen.«

»Aber wir haben unser Picknick noch nicht gegessen.«

»Dann esst es anderswo.«

Weit und breit war niemand zu sehen. Monsieur Joubert, der um zwölf Uhr zu Mittag aß, war ins Haus gegangen. Da Joss ihn nicht begleiten konnte, verzehrte sie ihre Butterbrote bescheiden im Obstgarten. Nachher gingen beide in ihre Zimmer, um zu schlafen. Auch Willymaus war gewohnt, nach dem Picknick unter dem Kirschbaum sein Mittagsschläfchen zu halten – ganz der kleine alte Gentleman, der er war, das Gesicht mit seinem Taschentuch bedeckt. Joss nahm auf ihrem Weg nach oben Vicky mit, die, ihrem Alter entsprechend, nach dem Essen noch schlafen gelegt wurde. Monsieur Armand setzte sich, sobald das letzte Mittagessen serviert war, an den Küchentisch und las die Zeitung, Mauricette faulenzte in der Küche oder im Garten, Mademoiselle Zizi lag in einem Longchair auf der Terrasse, und selbst Madame Corbet stand im Verdacht, im Büro ein Nickerchen zu machen. Hester und ich hatten die Absicht gehabt, uns ins Wasser zu legen, ab und zu herauszukriechen, an der Sonne zu trocknen, nur um wieder in die Kühle des Wassers zurückzugehen. Aber nun konnten wir nicht baden.

Eliot schien erraten zu haben, was unsere Absicht gewesen war, denn er fragte: »Wolltet ihr baden?«, und schlug dann vor: »Geht doch ausnahmsweise einmal an die *Plage*.«

»Dort müssen wir bezahlen«, sagte Hester.

Eliot lachte. »Ihr kleinen Geizhälse.«

Das tat weh. »Seit wir hier sind«, sagte ich mit erstickter Stimme, »haben wir kein Geld.«

»Warum nicht?«, fragte Eliot.

»Weil uns niemand etwas gegeben hat.« Hesters Stimme war ebenfalls dumpf, denn auch in ihr lebte noch die Erinnerung an die ungezählten sehnsuchtsvollen Gedanken, mit denen wir zur *Plage* hinübergeschaut und die Liste der verschiedenen Eissorten studiert, in der Stadt vor den Bonbongeschäften gestanden und die wundervollen farbigen *sucettes* angestarrt hatten oder vor der Églantine, wo wir so gern Gladiolen für Mutter gekauft hätten, in Bewunderung versunken waren. Es war die Erinnerung an die Enttäuschung, dass wir keine Geburtstagsgeschenke für Vicky, nicht einmal die zwei Tassen *Moi et Toi* für Vater und Mutter, nichts für Onkel William kaufen konnten, die uns die Kehlen zuschnürte.

»Gewöhnlich bekommen wir jede Woche unser Taschengeld«, erklärte ich.

»Guter Gott! Das tut mir leid«, rief Eliot aus. »Warum habt ihr mir das nicht längst gesagt? Da habt ihr euer Taschengeld für drei Wochen.« Er zog seine Brieftasche, die mit französischen Banknoten vollgestopft war, und nahm sieben Scheine heraus. »Einen für Hester, einen für Vicky und Willymaus zusammen, zwei für Cecil und drei für Joss.«

Wir schauten verdutzt auf die Scheine, rührten sie jedoch nicht an. »Nehmt sie«, sagte Eliot. Er schien nervös und ungeduldig zu sein, aber wir schüttelten die Köpfe.

»Was ist denn jetzt wieder los?«

»Es ist zu viel«, sagte Hester, und ich fügte hinzu: »Jede ist doch mehr als ein Pfund wert.«

»Wenn ich euch sage, ihr sollt sie nehmen, dann könnt ihr sie nehmen.«

»Nein, wir können nicht«, erklärte Hester entrüstet. »Vicky bekommt sechs Pence wöchentlich, Willymaus neun Pence, ich einen Shilling, Cecil zwei, und Joss hat eine andere Abmachung.« Ich hätte ihm all das nicht erzählt, aber Hester hatte niemals Bedenken, die Familie bloßzustellen. »Sie bekommt zehn Schilling, aber davon muss sie ihr Fahrgeld für den Bus und ihren Bedarf an Briefmarken, Seife, Zahnpasta, Taschentüchern und Strümpfen bezahlen.«

»Hör auf. Mir wird schwindlig«, sagte Eliot. »Los, nehmt es.« Wir schüttelten wieder die Köpfe.

»Müsst ihr unbedingt so schrecklich anständig sein?«, sagte er so gereizt, dass wir ihn anstarrten.

»Ich glaube«, sagte Hester zaghaft. »Mutter hätte nichts dagegen, unser Bad an der *Plage* zu bezahlen.«

»Hört mir zu«, sagte Eliot. »Ich bin müde.« Auf mich machte er durchaus keinen müden Eindruck, sondern erschien mir ... was denn? ... eher aufgeregt. Warum aufgeregt?, wunderte ich mich im Stillen. Warum sollte er an diesem heißen, schläfrigen Nachmittag aufgeregt sein? »Nehmt das!« Er hielt uns eine Banknote hin. »Geht jetzt baden, und über den Rest sprechen wir am Abend.« Da wir noch immer zögerten, schrie er: »Geht! Und wenn mir jemand vor fünf Uhr zu nahe kommt, ziehe ich ihm bei lebendigem Leib die Haut ab.«

Fairerweise hätten wir die anderen holen müssen, nachdem wir zu Mittag gegessen hatten, aber ... »Wahrscheinlich schlafen sie«, sagte Hester. »Sie können auch später baden. Wir haben ja eine Menge Geld.« Also machten wir uns auf den Weg zur *Plage*, zu der wir so oft sehnsüchtig hinübergeschaut hatten. Wir gingen über die weiße Brücke, an dem Geländer mit den Rettungsgürteln entlang, traten durch die weiße Gittertür und nahmen von einem verschlafenen Aufseher unsere Eintrittskarten in Empfang. Wir mieteten eine der rot und weiß gestreiften Kabinen, tummelten uns in allen drei Schwimmbassins, machten auch, zwar nicht von dem ganz hohen, aber immerhin von dem mittleren und dem niedrigsten Sprungbrett Gebrauch. Mir gelang ein Kopfsprung im Allgemeinen ganz gut, obwohl ich ab und zu noch mit einem Bauchklatscher auf dem Wasser landete, Hester hielt sich einfach die Nase zu und hüpfte kerzengerade hinein. Das Wasser war wundervoll kühl, und ein oder zwei Stunden lang trieben wir uns darin herum wie zwei spielende Delfine. Schließlich kletterten wir heraus, zogen uns an und kauften im Kiosk Erdbeereis, das wir an einem der weißen Tische verzehrten. »Eliot *ist* ein guter Mensch!«, sagte Hester ehrfürchtig und schleckte ihr Papplöffelchen ab.

Der Genuss des Eises wurde so lange als möglich hinausgezogen. »Ich fürchte, ein zweites werden wir uns verkneifen müssen«, sagte Hester, aber schließlich aßen wir gemeinsam doch noch eines. Auch dieses wurde mit der größtmöglichen Muße verzehrt. Die Uhr schlug vier, aber ... »Ich brauche keinen *goûter*«, sagte Hester, und ich auch nicht.

Wir verließen die *Plage* und gingen am Ufer zum Hotel zurück. Plötzlich sagte Hester: »Komm, wir wollen uns an Eliot heranschleichen!«

»Wozu?«

»Nur um ihn lieb zu haben«, sagte Hester. Eine andere Idee aus der östlichen Welt, von der uns Vater erzählt hatte. Es ist die Vorstellung, dass ›darshan‹, der bloße Anblick von etwas Gutem oder Großartigem, genügt, der Seele neue Nahrung zuzuführen.

»Er hat uns ausdrücklich verboten, in seine Nähe zu kommen.«

»Er wird gar nicht wissen, dass wir in seiner Nähe gewesen sind«, sagte Hester.

Les Œillets hatte uns die Kunst gelehrt, uns wie Indianer an etwas, das wir sehen wollten, heranzuschleichen, und tatsächlich näherten wir uns der Bucht, ohne einen Laut von uns zu geben. Eliot lag, wie immer mit dem Gesicht nach unten, ausgestreckt im Sand, den Kopf auf die Arme gebettet und den alten Hut über die Augen gezogen. Hinter dem Schilf verborgen, schlichen wir an ihn heran. Er lag so, dass sein Gesicht uns zugekehrt war. »Fest eingeschlafen«, hauchte Hester.

Dennoch musste er ein Geräusch gehört haben, denn er regte sich, streckte sich, hob den Kopf, und … es war nicht Eliot.

Was wir sahen, war das Gesicht eines dunkelhäutigen fremden Mannes in Eliots Kleidern, mit Eliots Hut auf dem Kopf. Warum der Anblick gar so erschreckend war, weiß ich nicht, aber in der endlos scheinenden Sekunde, während der er zu uns herüberschaute, erstarrten wir wie geängstigte Kaninchen, und der Fluss schien durch meine Ohren zu rauschen. Sowie der Mann den Kopf wieder sinken ließ, zogen wir uns durch das Schilf mit solcher Hast zurück, dass wir über und über mit seinen Pollen bedeckt waren. Und dann fingen wir an zu laufen. Als wir zu Joss' umgestürzter Holzkiste kamen, sank ich auf sie nieder, und Hester ließ sich ins Gras fallen. Mein Nacken und meine Kniekehlen waren kalt und klebrig feucht, Hesters Kinn zitterte.

Eine ganze Weile sprach keine von uns, und die Sonne vermochte nicht, uns zu erwärmen.

Endlich fragte Hester: »Glaubst du, dass wir … weil wir das Eis gegessen haben?«

»Nein.«

»Es war wirklich ein anderer M...?«

»Ja.«

»Dann ...?« Die Frage ging uns nicht mehr aus dem Kopf.

Es war einige Zeit später, dass Hester plötzlich ausrief: »Oh, Monsieur Jouberts Sachen sind nicht mehr da.« Sonnenschirm, Staffelei und Klappstuhl waren verschwunden, nur die Holzkiste, auf der Joss beim Malen saß, stand einsam und verlassen am Flussufer.

Das Licht war bereits satter geworden, und die Schwalben hatten begonnen, mit ihren Flügeln die Wasseroberfläche zu streifen wie immer, wenn die Insekten niedriger flogen. Vom Hôtel de Ville hörten wir fünf Uhr schlagen und rafften uns auf, um ins Haus zu gehen. Als wir die blaue Pforte erreichten, öffnete sie sich, und Mademoiselle Zizi kam heraus.

Sie war ganz in Weiß gekleidet und trug einen dunkellila Sonnenschirm. Sie war frisch gepudert, mit besonderer Sorgfalt geschminkt, und ihr Parfüm schlug uns in üppigen Wellen entgegen. »Gehen Sie aus?«, fragten wir stumpfsinnig.

»Nur zur Bucht, um Eliot zu treffen.«

Hester und ich schauten einander an, unsere Lippen öffneten sich und schlossen sich wieder.

»Warum hast du es ihr nicht gesagt?«, fragte Hester, als sie bereits weitergegangen war.

»Warum hast *du* es ihr nicht gesagt?«

Wir gingen nicht ins Haus, sondern blieben im Obstgarten, plauderten mit Willymaus, bewunderten Miss Dawns neuen Hut und spielten mit den Hunden. Ohne darüber gesprochen zu haben, warteten wir ab, was passieren würde, und tatsächlich öffnete sich nach einiger Zeit, die uns ziemlich lang erschien, die blaue Pforte. Heraus trat Mademoiselle Zizi, und auf dem Fuß folgte ihr Eliot.

XIII

Als wir das Haus betraten, wussten wir sogleich, dass Madame Corbet Mademoiselle Zizi geschickt hatte, Eliot entgegenzugehen, um sie sich vom Hals zu schaffen.

Madame Corbet war fleißig. Wenn in Les Œillets Vorbereitungen für außergewöhnliche Veranstaltungen – ein *diner*, ein Mittagessen für zwei oder drei Reisegruppen oder ein zeitiges Frühstück – zu treffen waren, wurden sie in aller Ruhe und rasch durchgeführt. »Aber nur, wenn Mademoiselle Zizi nicht dabei ist«, sagte Hester. Mademoiselle Zizi gab Mauricette fortwährend einander widersprechende Anweisungen, brachte Monsieur Armand aus der Fassung, weil sie im letzten Augenblick das Menü änderte, hielt Paul von seiner Arbeit ab und stritt mit Madame Corbet. Es war klüger, Mademoiselle Zizi wegzuschicken, und so war es auch jetzt möglich gewesen, das Haus rasch umzugestalten. Wir erkannten sofort, dass der Anlass viel bedeutender war als irgendein anderer, seit wir hier waren.

»Wird es ein *banquet* sein?«, fragte Willymaus.

Die Tische im Speisesaal wurden zu einem großen T

zusammengeschoben und mit weißen Tischtüchern, Silber und Kristallgläsern gedeckt. »Vierundneunzig Gedecke«, flüsterte Hester, nachdem sie fertig gezählt hatte. Der Blumenschmuck war nicht wie gewöhnlich Mauricette anvertraut worden, Madame von der Églantine und ihre zwei Mademoiselles in grünen Overalls schmückten die Tische mit Nelken, Asparagus und weißen Blüten, die wie kleine Lilien aus einem langen Stängel herauswuchsen und einen starken süßen Duft verbreiteten. »Mauricette sagt, es seien Tuberosen«, sagte ich.

»Ich habe schon von ihnen gehört«, sagte Willymaus würdevoll.

In der Bar war ein Podium errichtet worden. Es bestand zwar, wie wir wussten, nur aus Kisten, sah aber, da es mit Teppichen belegt und mit Palmen geschmückt war, sehr dekorativ aus. Überall in der Halle und der Bar standen Vasen mit Blumen, und von der Eingangstür bis hinunter zum Fuß der Gartentreppe war ein Teppich verlegt worden. »Weil der Sous-Préfet und Monsieur le Maire erwartet werden«, sagte Vicky, die sich, aus der Küche kommend, uns angeschlossen hatte.

Wir hatten den Bürgermeister von Southstone gelegentlich bei der Armistice-Parade gesehen, bei der er in einem Mantel mit einem roten Cape, einem Dreispitz und einer großen Kette erschienen war. »Aber ich habe nicht gewusst, dass man einen Bürgermeister zum *diner* einladen kann«, sagte ich ehrfürchtig.

»Es ist also wirklich ein *banquet*«, erklärte Willymaus abschließend.

»Es ist der Ball der Blasinstrumente«, sagte Vicky, die den größten Teil des Tages in der Küche verbracht hatte und alles wusste.

Aber doch nicht alles ganz genau. Es war nicht ein Ball der Blasinstrumente, sondern ein *diner* zur Hundertjahrfeier der Blasinstrumentenfabrik, aber in unserer Erinnerung blieb es für alle Zeiten der Ball der Blasinstrumente.

Wenn wir die Gegend jenseits des Flusses erforschten, waren wir oft an der Fabrik vorbeigekommen und hatten die Aufschrift auf der langen Firmentafel an der Außenmauer buchstabiert. *Émile Perrichaut, fabricant d'instruments de fanfare. Trompettes. Clairons. Médaille de l'Exposition de 1895. Fournisseur de l'Armée.* Und heute Abend sollten sie alle kommen: die dreißig Arbeiter mit ihren Frauen – oder Männern, denn es gab auch weibliche Arbeiter – und ihren erwachsenen Söhnen und Töchtern, der Sous-Préfet und der Bürgermeister, der Stadtschreiber, der Polizeikommissar, der Gendarmerieleutnant, der Leiter des Städtischen Orchesters. *»Et le Capitaine des Pompiers«*, sagte Mauricette, womit sie den Feuerwehrhauptmann meinte. Mauricette sagte auch, dass der Arzt, Monsieur le Directeur, kommen werde, weil er der Schwager von Monsieur Perrichaut sei, und dass auch Mademoiselle Zizi und Eliot zu den geladenen Gästen zählten. Für die üblichen Hotelgäste war in dieser Nacht in Les Œillets kein Platz – das ganze Haus war für die Blasinstrumente reserviert.

»Was werden sie tun?«, fragte Vicky, und ich konnte

223

sehen, dass sie versuchte, sich die aufregendsten Dinge, von denen sie gehört hatte, auszumalen. »Werden sie Apfelwein trinken und Karten spielen?«

»Sie werden eine Menge essen, eine ganze Menge trinken und lange Reden halten«, sagte Eliot, der hinter unseren Rücken zu uns getreten war. Hester und ich schreckten ein wenig vor ihm zurück, aber er bemerkte es nicht. »Und später werden sie vielleicht tanzen.«

»Zu der Musik des Blasinstrumentenorchesters?«, fragte Hester.

Die Blasinstrumente hatten ihr eigenes Orchester, das wir an Sonn- und Feiertagen in der Stadt gehört hatten. Wir nahmen an, dass das Podium für sie bestimmt war.

»Schaut, was sie zu essen bekommen«, sagte Vicky und zeigte uns das Menü, das sie uns aus der Küche mitgebracht hatte.

Horsd'œuvres variés
Homard à la mayonnaise

»Das ist Hummer«, erklärte ich Vicky.

»Ich weiß, ich habe ihn schon probiert«, sagte Vicky.

Poulet chasseur
Filet de bœuf rôti jardinière
Salade de saison
Fromages variés
Pièce montée
Fruits

»Und oben auf der Pièce montée ist ein ganzes Orchester«, sagte Vicky. »Monsieur Armand hat vier Tage daran gearbeitet. Er hat gesagt, ich soll es euch nicht verraten.«

Wir mussten mit ihr gehen, um das Prachtstück zu bewundern. Auf einer Silberplatte lag eine große Torte mit Gitterwerk und Schnörkeln aus Zuckerguss, und obenauf war ein ganzes Orchester. Die Musikanten waren aus Baiser und die winzigen Blasinstrumente aus gelbem Zucker modelliert. Wir konnten nicht glauben, dass das alles hier in der Küche hergestellt worden war. »Ich bin der Marc Joubert des Zuckergusses«, sagte Monsieur Armand. Er strahlte und schien sehr stolz zu sein, als er uns aus der Küche hinausjagte, aber in diesem Augenblick sah ich plötzlich Paul, der, mit dem Rücken zu uns, beim Spülbecken stand und damit beschäftigt war, einen riesigen Berg Pfannen zu säubern. Als er nach einem Lappen langte, fiel seine Haarsträhne zurück, und ich sah, dass sein Gesicht noch hagerer geworden und so schmutzig weiß war wie seine Schürze. Oh, wie sehr ich jetzt wünschte, dass ich damals zu ihm gegangen wäre und mit ihm gesprochen hätte. Aber ich hatte Angst gehabt, er würde mich beschimpfen.

Da uns niemand gesagt hatte, was am Abend mit uns passieren sollte, blieben wir im Speisesaal und sahen Madame Églantine und ihren Mademoiselles zu, wie sie die letzten Blumen in die Vasen steckten. Dann gingen wir in unsere Zimmer. Wir zogen unsere besten Kleider an, die wir noch nie getragen hatten. Sie waren nicht sehr großartig, denn Mutter hatte sie aus einem Stück weißen gekreppten Seersucker mit kleinen rosa Tupfen genäht, das aus einem Ausverkauf stammte. Da Joss aus ihrem herausgewachsen war, waren sie der Reihe nach auf die Nächstjüngere von uns übergegangen, sodass ich das von Joss abgelegte, Hester das meine und Vicky Hesters Kleid geerbt hatte. Weil noch zwei weitere zu erwarten waren, schien Vicky auf Jahre hinaus zum Tragen rosa getupften Seersuckers verurteilt zu sein. Willymaus zog ein frisch gewaschenes Hemd an, band seine seidene Krawatte um und schlüpfte in saubere Shorts.

»Was wird Joss anziehen?«, fragte Hester.

»Das wird sie entscheiden, wenn sie nach Hause kommt.«

»Ist sie denn nicht zu Hause?«, fragte Hester, aber aus Joss' Zimmer kam nicht ein Laut.

Wir reinigten unsere Nägel und bürsteten unsere Haare. Vicky und Hester zogen saubere weiße Söckchen an – Joss hatte veranlasst, dass unsere Wäsche gewaschen wurde, sodass wir endlich saubere Kleider hatten –, ich entrollte mein einziges Paar feiner Strümpfe, und wir putzten unsere Sandalen. Aber selbst als wir fertig waren, regte sich noch immer nichts in Joss' Zimmer. »Wenn sie zu Mutter gegangen wäre, hätte sie längst zurück sein müssen. Vielleicht ist sie mit Monsieur Joubert ausgegangen«, sagte Hester.

»Das hätte man uns gesagt.«

Ich klopfte an ihre Tür. Keine Antwort. Ich trat ein, und da lag Joss auf ihrem Bett, das Gesicht in die Kissen vergraben.

»Joss! Hattest du wieder einen Anfall?«

Keine Antwort.

Besorgt trat ich näher. Hester und die Kleinen blieben an der Tür stehen.

»Joss! Ich bin es – Cecil. Rede doch mit mir, Joss.«

Sie hob den Kopf, aber sie redete nicht mit mir, sondern so, als ob sie es in die ganze Welt hinausschreien wollte: »Ich hasse sie! Ich hasse sie!«

»Wen hasst du?«, fragte ich, obwohl ich ganz genau wusste, wen sie meinte. »Was ist passiert?«, fragte ich angsterfüllt.

»Sie hat die Malstunden beendet«, sagte Joss.

»Die Malstunden?«

»Ja.« Joss setzte sich auf und hieb mit den Fäusten in die Kissen. »Ja! Ja! Ja!«

»Aber … warum?«

»Er hat mich zum Mittagessen eingeladen.«

Ich zögerte. Wer »sie« war, wussten wir, aber »er« konnte möglicherweise auch … »Eliot?«, wagte ich zu fragen.

»Dumme Gans! Monsieur Joubert natürlich. Draußen war es so heiß – ich glaube, er hat es deshalb getan –, und ich habe Ja gesagt. Im Speisesaal war niemand außer uns und … ihnen.«

»Mademoiselle Zizi und Eliot?«

»Ja. Madame Corbet war zu beschäftigt. Vielleicht haben wir, Monsieur Joubert und ich, zu viel gelacht.« Trotzig hob sie das Kinn. »Ich wollte lachen … Eliot …« Sie stockte.

Ich musste sie nötigen weiterzusprechen. »Eliot?«

»Sah immerfort zu uns herüber«, sagte Joss. »Kaum

hatte er den Saal verlassen – er ging so bald, dass ich das Gefühl hatte, er war verärgert –, als Mademoiselle Zizi an unseren Tisch kam und sagte …« Sie stockte wieder.

»Was hat sie gesagt?«

»Sie sprach französisch, aber ich verstand jedes Wort. Leider«, sagte Joss. Sie blickte auf und sah Hester und die Kleinen. »Mach die Tür zu, Cecil.«

Langsam ging ich durch das kleine Zimmer und schloss die Tür. Ich weiß nicht, ob unser langes Verweilen im Wasser an diesem Nachmittag oder der Schock, den ich in der Bucht erlitten hatte, daran schuld war, jedenfalls schien mein ganzer Körper plötzlich von Schmerzen erfüllt zu sein, von so heftigen Schmerzen in den Beinen, im Rücken, im Kopf, dass ich nur den einen Wunsch hatte, von alldem nichts mehr hören zu müssen … von dem Hässlichen, das ich nach Joss' Benehmen erwarten musste … und ich sehnte mich danach, auf der anderen Seite der Tür bei Hester und den Kleinen zu sein.

Aber ich kam zum Bett zurück, und Joss flüsterte: »Sie hat ihm gesagt, sie könne das in ihrem Hotel nicht dulden – ein alter Mann und ein junges Mädchen! Und ich hätte …«

»Du hättest – was?«

»Eliot nachgestellt!«, sagte Joss kaum hörbar. Zwei Tränen fielen auf ihr Kissen – nicht mehr als zwei. Es war, als ob ihre Augen bluteten und nicht weinten.

»Und was ist dann passiert?«

»Monsieur Joubert stand auf und verbeugte sich – nicht vor ihr, sondern vor mir.«

»Vor dir?«

»Ja«, sagte Joss ungeduldig. »Er sagte: ›Wenn Sie etwas älter geworden sind, werde ich Sie an anderer Stelle und in Gesellschaft Ihrer Mutter wiedersehen. Ich werde ihr schreiben.‹ Und dann ist er gegangen ...«

»Meinst du ... abgereist?«

»Ja. Ich habe gesehen, dass Paul sein Gepäck und seine Malsachen in den Hof getragen hat und dass ein Taxi vorgefahren ist. Mademoiselle Zizi hat sicher nicht die Absicht gehabt, Monsieur Joubert zu verjagen – ich habe gehört, wie ärgerlich Madame Corbet war –, aber wenn Mademoiselle Zizi mich sieht, weiß sie nicht, was sie tut. Sie gönnt mir nichts. Gar nichts.«

»Warum hasst sie Joss nur so sehr?«, fragte ich Hester später. »Nur weil Eliot sie gernhat?«

»Es ist nicht wegen Eliot«, sagte Hester, »oder nicht *nur* wegen Eliot.« Und nachdenklich fügte sie hinzu: »Du weißt, wie man Menschen hassen kann, die man schlecht behandelt hat.«

Ich war jetzt todmüde, viel zu müde, um mit dieser Brutstätte von Gefühlen, von denen das ganze Haus erfüllt schien, fertigzuwerden. Liebe und Hass – eine Leidenschaft war anscheinend nicht besser als die andere. Ich hatte das Gefühl, dass etwas Schreckliches passieren würde, und wieder überlief mich vor Angst eine Gänsehaut.

»Joss ...«

Ich wollte ihr von dem Mann in der Bucht erzählen, aber sie hörte mir nicht zu, horchte offensichtlich auf etwas anderes. »Was geht dort unten vor?«, fragte sie.

Ich berichtete ihr über die Vorbereitungen zu dem Blasinstrumentenball, der für mich allen Reiz verloren hatte, aber Joss schlüpfte aus ihrem Bett und sah so entschlossen aus, dass ich sie fragte: »Was wirst du tun?«

»Ich werde an dem *diner* teilnehmen.«

»Aber wir sind nicht eingeladen.«

Sie antwortete nicht. Über meinen Kopf hinweg schaute sie ins Leere und sagte: »Ich habe versucht, nett zu ihr zu sein. Ich habe einen Platz für mich gefunden und bin ihr aus dem Weg gegangen. Das werde ich jetzt nicht mehr tun.«

»Und wenn sie dich nicht einladen?«

»Oh, dazu werde ich sie zwingen. Ich kann die Menschen zwingen zu tun, was ich will.« Mit »Menschen«, das wusste ich, meinte sie »Männer«.

»Aber, Joss«, wagte ich zögernd einzuwerfen, »wenn du die Einladung erzwingst, wirst du möglicherweise den Anschein erwecken, das zu sein ... was Mademoiselle Zizi von dir behauptet?«

Joss schob ihr Kinn noch trotziger in die Höhe. »Sie hält mich für ihresgleichen«, sagte sie verächtlich. »Na schön. Ich werde so sein wie sie, nur noch viel schlimmer.« Wahrscheinlich verriet mein Gesicht meine Bedenken, denn sie fragte: »Was soll ich denn sonst tun?«

Das klang schon eher nach der Joss, die ich kannte, und nicht nach der mir fremden, in ihrem Stolz verletzten, kalten Joss, und darum wagte ich zu sagen: »Weitermalen.«

»Ohne Monsieur Joubert?«

»Er täte es an deiner Stelle.«

Ich glaubte schon, das Spiel gewonnen zu haben, wusste aber, als ich zu ihr aufsah, dass es keinen Sinn hatte, auch nur noch ein einziges weiteres Wort zu verlieren. Ihre Gesichtszüge, die eingesunkenen Nasenflügel und die zusammengekniffenen Lippen waren wieder zu einer Maske erstarrt, aus der die Augen wie zwei schmale Schlitze abschätzig heraussahen. »Ich werde an diesem *diner* teilnehmen«, sagte Joss, »und mich dazu in die ›Sünde‹ werfen.«

Die »Sünde« war ein Kleid, das sie nicht hätte kaufen dürfen. Vor ungefähr einem Jahr hatte Onkel William ihr Geld für einen neuen Regenmantel gegeben, da ihr alter nicht einmal mehr bis zu ihren Knien reichte und die Ärmel zwei Zoll ihrer Unterarme sehen ließen, aber Joss war in ein Geschäft gegangen und hatte statt des Mantels das Kleid gekauft. »Es war im Ausverkauf und hat ursprünglich zehn Guineen gekostet.«

»Zehn Guineen für ein Kleid!« Uns erschien ein solcher Preis sagenhaft – uns allen außer Willymaus.

»Ein Kleid kann auch hundert Pfund kosten«, sagte er.

»Aber ... wann wirst du es tragen?«, hatte Mutter bestürzt gefragt.

»Vielleicht nie«, hatte Joss gesagt, »aber ich musste es haben.« Es war aus einem elfenbeinfarbenen, mit Rosen bedruckten Seidenstoff. »Nicht viele Rosen«, hatte Hester abfällig bemerkt, »und nicht viel Seide.« Für das viele Geld schien wirklich von nichts viel vorhanden zu sein, denn das Kleid ließ Joss' Nacken und Arme frei, und der Rock war eng. »Das liegt an dem Schnitt«, hatte uns Willymaus erklärt, der es mit Kennerblicken gemustert hatte. »Chinesische Einflüsse, darum auch so durchaus kleidsam für Joss.«

Ein Jahr lang hatte es in Joss' Schrank gehangen. Nachdem sie jetzt ihr Gesicht gewaschen und ihr Haar gebürstet hatte, holte sie es heraus. Ich hatte die Tür zu meinem Zimmer geöffnet, um Hester und die Kleinen einzulassen, und wir alle standen um sie herum und sahen ihr dabei zu, wie sie es anzog.

Neben der »Sünde« sahen unsere Seersucker-Kleider recht gewöhnlich und hausbacken aus, und trotz des Wunders der Schwarzen Madonna überwältigte mich wieder der alte Neid. »Es ist zu knapp«, sagte ich gehässig, »man sieht zu viel.«

Joss betrachtete sich im Spiegel und lächelte. »Umso besser«, sagte sie und lachte, als sie sah, wie schockiert ich war. Als sie sich wusch, hatte ich bemerkt, dass die dunklen Haarbüschel unter ihren Armen verschwunden waren. »Ich habe einen kleinen Rasierapparat«, sagte sie. Sie hatte auch einen Lippenstift und Puder. Wann sie diese Dinge gekauft hatte, wusste ich nicht, aber aus einem Gefühl, das zwischen Bewunderung und Besorgnis schwankte, konnte ich den Blick nicht von ihr abwenden, während sie sich zurechtmachte. »Nur nicht zu viel!«, sagte Willymaus.

»Ich bin nicht Mademoiselle Zizi«, wies Joss ihn zurecht.

Als sie fertig war, fiel ihr Blick wieder auf mich.

»Was ist denn mit dir los, Cecil?«, fragte sie.

»Ich habe Schmerzen.«

»Wo?«

»In den Armen und Beinen – überall!«

»Wachstumsschmerzen«, sagte Joss.

Heute weiß ich natürlich, dass es eine ganz gewöhnliche, kleinbürgerliche Veranstaltung war, wie sie überall in Frankreich tagtäglich abgehalten werden, uns aber erschien sie damals als eine glanzvolle und aufregende Angelegenheit, obwohl wir uns eingestehen mussten, dass die Gäste viel weniger elegant waren als die Blumen und das Menü. »Ich glaube, ich werde meinen Abendspaziergang machen«, sagte Willymaus, nachdem die ersten Gäste angekommen waren. Er war offensichtlich enttäuscht. Wir hatten nicht bedacht, dass der größte Teil der Gäste dem Arbeiterstand angehörte und sich in seinen Sonntagskleidern nicht ganz heimisch fühlte. Die Männer waren in dunklen Anzügen gekommen, die für den warmen Abend, ebenso wie die dick besohlten Schuhe, viel zu schwer waren, und alle schienen übermäßig viel Gold in Form von Uhrketten und Manschettenknöpfen zu tragen. Ihre Frauen hatten durchweg saubere Blusen, Röcke und Jacken an und trippelten in Schuhen mit hohen Absätzen anstatt in den gewohnten Pantoffeln.

Wir beobachteten alles von der Treppe aus, da wir erst hinunterzugehen wagten, wenn sich so viele Menschen angesammelt hatten, dass Mademoiselle Zizi und Madame Corbet uns nicht bemerken konnten.

»Ist das Monsieur le Maire?«, fragte Hester, als sich alle Leute vor einem Herrn, der eben angekommen war, ehrerbietig verbeugten. Aber obwohl sein Bart imponierend genug war, fehlten der scharlachrote Mantel, der Dreispitz und die goldene Kette. Nur ein winziges Bändchen im Knopfloch des bescheidenen schwarzen Anzugs verriet, dass er eine Persönlichkeit von einiger Bedeutung war. Der Sous-Préfet, der noch viel bedeutender war, hatte nicht einmal ein Ordensband im Knopfloch, aber es war nicht zu leugnen, dass Monsieur Perrichaut sehr eindrucksvoll aussah. Wir erkannten ihn, weil er mit seiner Frau die Gäste empfing. Er überragte alle anderen – »Ausgenommen Eliot«, sagte Hester –, hatte weiße Haare und ein würdevolles Bäuchlein. »Lass mich vor! Ich muss den Mann sehen«, sagte Joss und hielt Ausschau, als ob sie etwas Wichtiges auskundschaften müsste. Monsieur Perrichaut schien durchaus geeignet, Besitzer einer Blasinstrumentenfabrik zu sein. Er hatte die Stimme eines Saxophons, und wenn er sich schnäuzte, klang es wie eine Fanfare. An seiner Seite war ein junger Mann, der ihm die Gäste mit einer piepsenden Stimme vorstellte. »Wie eine Piccoloflöte«, sagte ich, aber Joss lachte nicht. Sie war sehr ernst. »Sagt mir, wenn der Arzt kommt«, sagte sie.

»Monsieur le Directeur?«

»Ja.«

»Da ist er«, sagte Vicky nach einer Weile.

»Ihr geht jetzt hinunter«, bestimmte Joss. »Einer nach dem anderen mischt sich unauffällig unter die Menge und schüttelt jedem, der ihm begegnet, die Hand. Dann können sie euch nicht mehr wegschicken. Und lauft mir nicht auf Schritt und Tritt nach«, sagte sie streng.

Hester und Vicky zogen ab, aber ich zögerte noch.

Joss summte eine kleine Melodie – woran ich erkannte, dass sie nervös war –, zupfte ihren Rock glatt, betrachtete ihn mit gerunzelter Stirn, schüttelte ihr Haar zurück, damit es lockerer auf ihre Schultern fiel, und ging hinunter. Ich sah, wie sie mit ausgestreckter Hand schnurstracks auf den Arzt zuging, folgte ihr dann und blieb außerhalb des Gedränges stehen.

Der Arzt behielt Joss' Hand in der seinen. *»Mais ... c'est la petite Anglaise!«* Ich schlängelte mich näher an die Gruppe heran, um sie besser beobachten zu können.

Joss machte ein komisches Gesicht – *une moue*, dachte ich und war sehr stolz auf meine Kenntnisse. »Nicht gar so klein«, sagte sie und appellierte dann an Monsieur Perrichaut: »Ich bin doch nicht gar so klein, *pas si petite*, nicht wahr, Monsieur?« Hester hatte sich an mich herangeschlichen. »Wie affektiert sie redet ... sie spielt sich als junge Dame auf«, sagte Hester missbilligend.

Affektiert oder nicht, jedenfalls schien ihr Geplapper Monsieur Perrichaut zu gefallen, denn nach einer kleinen Weile sagte er: *»Vous dinez avec nous, Mademoiselle?«*

»Er bittet sie zu Tisch«, erklärte ich Hester.

»Ich – ich bin nicht eingeladen«, sagte Joss im Tonfall eines schüchternen kleinen Mädchens, was Hester und mir ein Stirnrunzeln abnötigte.

»Je vous invite«, sagte Monsieur Perrichaut, und die Piccoloflöte wurde mit dem Auftrag, noch ein Gedeck auflegen zu lassen, zu Madame Corbet geschickt. *»A côté de moi«*, sagte der Arzt galant.

»Monsieur le Directeur s'y connaît«, bemerkte Mon-

sieur Perrichaut. Die angesehensten Gäste hatten eine Gruppe um ihn gebildet, in deren Mittelpunkt jetzt Joss der Gegenstand allgemein geflüsterter Anerkennung war. Mademoiselle Zizi hatte ihre Anwesenheit bereits bemerkt, konnte sie aber nicht aus dem Saal weisen.

»*Permettez-moi de vous faire mes compliments, Mademoiselle*«, brachte sich der Sous-Préfet ein.

»*Ah! La jeunesse! La jeunesse!*«, sagte Monsieur Perrichaut, und alle starrten Joss an.

»*Absolument ravissante*«, sagte Monsieur le Maire, der gerade vor mir stand und sich eben mit dem Herrn neben ihm auf ein Gespräch über Joss und ihre Reize eingelassen hatte. Ich verstand nicht alles, was sie sagten, aber ich fing die Worte »*Ce teint lumineux!*« auf.

»Was sagen sie?«, zischte Hester.

»Lauter Komplimente«, zischte ich zurück.

Eliot stand an der Bar und unterhielt sich mit dem jungen Stadtschreiber, auf den mich Mauricette aufmerksam gemacht hatte, weil sie ihn so bewunderte. Der Stadtschreiber hatte braune Haare und sah sehr gut aus, aber Eliot konnte leicht über den Kopf des jungen Mannes – wie übrigens über die Köpfe der meisten Anwesenden – hinwegsehen. Joss musste ihn sofort bemerkt haben, tat aber, als würde sie ihn nicht sehen, und auch er würdigte sie keines Blickes. Das gefiel mir ebenso wenig, wie wenn Joss die Schüchterne spielte. Ich hatte das Gefühl, dass die ganze Welt unaufrichtig geworden war. Anfangs waren wir hier unglücklich, aber alles an uns war aufrichtig gewesen, während wir jetzt ein Spiel zu spielen schienen, dem ich zu entrinnen suchte, indem ich auf die Terrasse hinaustrat, wo es still und kühl war. In Kürze musste der Mond aufgehen, und die duftende Sommernacht würde das Spiel nur noch unterstützen, es noch offensichtlicher machen. Ich stützte meine Ellbogen auf das warme Eisengeländer und verbarg das Gesicht in den Händen, aber ich wurde nicht lange in Frieden gelassen. Lichterketten, die von einem Baum zum anderen geschlungen waren, flammten blau, rot und gelb auf. »*Ah! C'est joli!*«, rief eine Frauenstimme, und Leute kamen auf die Terrasse heraus, um die Pracht zu sehen. Unter ihnen war auch Eliot, und es war in diesem Augenblick, dass sich der nächste seltsame Zwischenfall ereignete.

Ich hörte, dass jemand meinen Namen rief, und schon kam Willymaus durch den Garten gelaufen. Für gewöhnlich lief er nicht, nun aber stoben die Kiesel nur so hinter ihm hoch, und seine Söckchen – Willymaus' Söckchen! – waren hinuntergerutscht. Ich rannte ihm über die Treppe entgegen. »Cecil, ich muss dir etwas erzählen! Etwas Un-er-hörtes!«

Obwohl er außer Atem war, platzte er, kaum dass er mich erreicht hatte, sofort heraus: »Ich bin wie gewöhnlich am Flussufer spazieren gegangen, als ich plötzlich einen Mann sah ...«

Ich horchte auf. »Einen Mann mit dunklem Gesicht?«

»Wie Madame Corbet«, sagte Willymaus, und ich wusste, dass er Schwarz meinte. Wie unser Mann, dachte ich. »Er ist direkt aus dem Gebüsch gekommen«, sagte Willymaus, »mit einem großen, neuen – oder neu aussehenden – roten Motorrad. Er hat es am Ufer entlanggeschoben und dann über die Schiffsplanke auf den Schleppkahn …«

Seine vor Erregung schrille Stimme und die englischen Wörter mussten bis zur Terrasse vorgedrungen sein, denn ich sah, dass Eliot an das Geländer trat und zu uns herunterschaute.

»Auf die Marie France?«, fragte ich Willymaus.

»Ja. Der Mann hat den Fluss hinauf- und hinuntergespäht, als ob er sehen wollte, ob er beobachtet wird. Mich hat er nicht sehen können …«

»Wieso nicht?«

»Weil das Schilf so hoch ist. Und weißt du, was er dann getan hat?« Willymaus machte eine Pause. Er liebte es, dramatisch zu wirken. »Er-hat-das-Rad-quer-über-das-Deck-geschoben-und-es-auf-der-anderen-Seite-ins-Wasser-geworfen.«

»In den Fluss?«

»Ja.«

»Red kein dummes Zeug!«

»Wirklich, Cecil! Es war ein neues …«

»Was habt ihr so spät hier draußen zu suchen?«

Eliots Stimme ging mir durch Mark und Bein, denn es war dieselbe Stimme, die ich noch vom ersten Morgen, als er aus Mademoiselle Zizis Zimmer gekommen war, und vom Hof von Dormans im Ohr hatte. Er kam die Treppe herunter.

»Wo warst du?«, fragte er Willymaus.

»I-ch habe m-meinen Sp-Spaziergang gemacht.« Willymaus war so erschrocken, dass er die Worte kaum hervorbrachte.

238

»Willymaus geht abends immer spazieren«, sagte ich zu seiner Verteidigung.

»Du sei still!«, fauchte Eliot mich an und wandte sich dann Willymaus zu: »Du weißt ganz genau, dass du so spätabends nicht ausgehen darfst.« Willymaus öffnete die Lippen, aber ... »Kein Wort mehr«, sagte Eliot. »Ungehorsam dulde ich nicht. Du gehst sofort ins Bett.« Und mit einer Hand auf Willys Schulter führte er ihn zur Treppe.

»Aber, Eliot! Sie haben ihm nie ...« Der Ton meiner Stimme muss jammervoll gewesen sein. Es war aber auch herzzerreißend zu sehen, wie Eliot Willymaus über die Stufen hinaufschob und ihn wie einen Gefangenen abführte. Willymaus stand unter Schock und war leichenblass.

»*Mais, Monsieur Eliot*«, mischte sich einer der Herren aus der Gruppe auf der Terrasse ein, »*vous êtes trop dur.*«

»In England müssen Jungen Gehorsam lernen«, entgegnete Eliot brüsk, und zu Willymaus sagte er laut: »Wie oft habe ich dir gesagt, dass du ...«

Ich wusste, dass Eliot schauspielerte. Mit Willymaus in der Hauptrolle!

Ich drängte mich durch die Menge zum Fuß der Treppe. »Sie haben ihm nie verboten, spät rauszugehen!«, schrie ich leidenschaftlich.

»Cecil, du bleibst, wo du bist«, sagte Eliot mit einer Stimme, die mich zurückweichen ließ, aber ich blieb am Fuß der Treppe stehen, nur um ihm, sobald er wieder herunterkam, einen Blick zuzuwerfen, der, wie ich hoffte, tiefen Hass ausdrückte. Dann ging ich schnurstracks hinauf, fand aber die Tür unseres Zimmers versperrt. Ich versuchte, von Joss' Zimmer aus zu Willymaus zu gelangen, aber auch die Verbindungstür war verschlossen. Ich rüttelte an der Klinke. »Willymaus! Ich bin es – Cecil! Willymaus!« Keine Antwort. Das überraschte mich nicht, denn Willymaus verstummte immer und zog sich in sich selbst zurück, wenn er beleidigt war.

Ich ging zum Treppenabsatz, wo ich einen neuerlichen Anfall von Schmerzen erlitt, mit dem gleichzeitig ein so furchtbares Gefühl der Verlassenheit über mich kam, dass ich glaubte, es nicht ertragen zu können. Wenn es wirklich Wachstumsschmerzen waren – wie Joss gesagt hatte –, dann wollte ich lieber nicht wachsen. Unten im Erdgeschoss musste sich die Gesellschaft inzwischen zu Tisch begeben haben. Ich hörte das Scharren von Stühlen, gelegentlich Lachsalven und Stimmengewirr. Zu gern hätte ich gewusst, ob Joss neben dem Arzt saß, ob Hester und Vicky auch im Speisesaal waren.

Ich kann mir kaum etwas Melancholischeres vorstellen, als den Geräuschen einer Veranstaltung zu lauschen, von der man ausgeschlossen ist. Ich vernahm das Geklapper von Messern und Gabeln, das Geplauder und Lachen, während es auf dem Treppenabsatz immer dunkler wurde, da der Aufgang sein Licht nur aus der Halle empfing. Essensgerüche mischten sich mit dem Duft der Blumen, und mit einem kleinen Schluchzen musste ich an Willymaus denken und an die Neugierde, mit der besonders er dem Bankett entgegengesehen hatte. Nun war er von dem undurchdringlich geheimnisvollen Eliot eingesperrt worden, und niemand außer mir, dem verweinten und von Schmerzen geschüttelten Wachposten vor seiner Tür, kümmerte sich um ihn. »Willymaus! Willymaus!«, rief ich, erhielt aber noch immer keine Antwort und konnte mir ganz gut vorstellen, dass ihm der Schock die Sprache verschlagen hatte. »Ich hasse Eliot!«, sagte ich vor mich hin, fuhr aber im selben Augenblick erschrocken auf. Mit leisen Schritten wie eine Katze war er unhörbar die Treppe heraufgekommen und stand nun lachend vor mir.

Als er meine Tränen sah, hörte er auf zu lachen. »Es tut mir leid, ich habe so handeln müssen.«

»Willymaus ist ein kleiner Junge. Er hätte so gerne ein Bankett gesehen.«

»Ich weiß«, sagte Eliot und nach einer kleinen Pause: »Ich bin nicht so ein Bösewicht, wie du glaubst.« In den Händen hielt er ein Tablett mit allerhand Leckerbissen: Poulet chasseur unter einer kleinen Glasglosche, um es warm zu halten, Pommes gaufrettes, Toast Melba, ein Baiser und ein Glas Grenadine. Es war beinahe ein kleines Bankett, aber ich war nicht bereit, mich umstimmen zu lassen.

»Er wird es nicht essen«, sagte ich abweisend.

»Wir werden ja sehen«, sagte Eliot und sperrte die Tür auf, ließ mich aber nicht eintreten. »Überlass ihn nur mir«, sagte er.

Ich ging ins »Loch«, denn irgendetwas war mit meinen Schmerzen vorgegangen, und dort entdeckte ich, was es war.

Selbst in diesem übel riechenden kleinen Verschlag fühlte ich mich von dem Wunder ergriffen, von Staunen und Angst überwältigt. Mir schauderte ... »Zögernd mit erschrockenen Füßen, wo Bach und Fluss zusammenfließen«, hatte Mr Stillbotham gesagt. Sosehr man auch zögern mochte, schließlich wurde man in die Flut hineingestoßen. Wie betäubt verließ ich das »Loch« und ging in Joss' Zimmer, wo ich in einer Schublade fand, was ich brauchte. Es war zwecklos, sie erreichen zu wollen, sie war beim *diner* ... und dasselbe galt für Mademoiselle Zizi. Madame Corbet und Mauricette hatten alle Hände voll zu tun – wohl oder übel musste ich mit den ersten, sonderbaren Notwendigkeiten, die meine eben erwachte Weiblichkeit erforderte, allein fertigwerden und fühlte mich schrecklich einsam. Als ich mich schließlich versorgt fühlte, brach ich vor Aufregung und Selbstmitleid neuerlich in Tränen aus und weinte noch immer, als ich wieder meinen Posten auf dem Treppenabsatz bezog.

Aus unserem Zimmer konnte ich deutlich Eliots Stimme hören, glaubte aber auch ein winziges Lachen zu hören, das wie das Zwitschern eines Vogels klang und nur von Willymaus kommen konnte. Eliot war also ein noch größerer Zauberer, als ich gedacht hatte. Wenn Willymaus sonst bestraft wurde, sprach er zumindest zwei Tage lang kein Wort. Ich horchte auf, und – wahrhaftig, er lachte wieder. Dann trat Eliot aus der Tür. »Noch immer hier?«

»Ja«, sagte ich mit erstickter Stimme.

»Ich glaube, er wird alles aufessen«, sagte er. »Die Grenadine hat ihm besonders geschmeckt.«

»Sie brauchen die Tür nicht abzuschließen«, stieß ich hervor, und es klang wie ein Schrei.

»Ich habe gesagt, dass ich sie abschließen werde, und ich muss es tun«, erklärte Eliot. »Später werde ich noch einmal heraufkommen.« Dann sah er mir ins Gesicht. »Du bist ja ganz aufgeregt, Cecil! Was ist denn los?«

Das hätte er nicht fragen dürfen, denn die Folge war, dass mir die Tränen in Strömen über die Wangen liefen.

»Noch immer wegen Willymaus?«

Ich schüttelte den Kopf.

»Weshalb denn?« Er beugte sich zu mir nieder und legte den Arm um mich. »Erzählst du es mir?«

Wer hätte Eliot widerstehen können, wenn er Eliot war? Der richtige Eliot und nicht dieser andere, harte, fremde Mann? »Sprecht nie und mit niemandem über diese Tage«, hatte Mutter gemahnt, als sie uns über gewisse Dinge aufklärte. »Am wenigsten aber mit einem Mann. Frauen müssen über ihren Zustand schweigen können.« Ich bin überzeugt, dass ich in Southstone gebührend davor zurückgeschreckt wäre, Eliot etwas zu erzählen, aber in Les Œillets war alles ganz anders, und so sprudelte es aus mir heraus: »Ich … bin eine Frau geworden.«

Ich wusste nicht, wie ich es sonst hätte ausdrücken sollen, da Mutter uns die entsprechenden Wörter nicht gelehrt hatte, aber Eliot lachte nicht, sondern fragte ganz ernsthaft: »Jetzt gerade?«

»Jetzt gerade.« Und die Tränen flossen weiter.

»Das ist doch nichts, worüber man weinen muss«, sagte Eliot sanft.

»Es ... tut weh.«

»Nicht, wenn du daran denkst, wie aufregend es ist.«

»Aufregend?« Das war unerwartet.

»Selbstverständlich!«

»Aber ... wieso?«

»Weil du jetzt reif bist für die Liebe.«

Für die Liebe! Nichts, was Eliot in diesem Augenblick hätte sagen können, hätte mir mehr geholfen, meine Schmerzen zu vergessen. Liebe! Wie Mademoiselle Zizi, wie Julia, Kleopatra, Eva, wie ... Joss! Jetzt war ich Joss ebenbürtig ... »Ich, Cecil!«, flüsterte ich wie betäubt.

»Ja, du.«

»Aber ...« Meine Augen füllten sich wieder mit Tränen. »Aber ich bin nicht so hübsch wie Joss.«

»Nicht so hübsch wie Joss, aber so hübsch wie die kleine Cecil!«

Mit meiner Bullock-Derbheit, den roten Wangen und dem mausfarbenen Haar?

»Bin ich hübsch?«

»Sehr«, sagte Eliot und küsste mich auf den Mund.

»Dieser Schuft!«, rief Onkel William später empört, aber mir erschien Eliot an diesem Abend wie ein Engel.

Er musste zum Abendessen gehen, führte mich aber die Treppe hinunter, setzte mich in das verlassene Büro und bat dann in dem allgemeinen Wirbel die mütterliche Toinette, mir eine Tasse Tee zu bringen. Woher wusste er, dass es von allem Essbaren, das die Welt zu bieten hat, nur zwei Dinge gab, die ich im Moment hinunterkriegen würde, zwei vertraute englische Dinge: Tee und Weißbrot mit Butter? Bis dahin hatte ich nicht mal gewusst, dass man in Frankreich überhaupt Tee bekommen konnte. Allerdings war der, den Toinette mir brachte, von einer Art, die uns unbekannt war. Er wurde in einem Glas serviert, in dem in einem kleinen, mit Bindfaden verschnürten Papiersäckchen die Teeblätter in heißem Wasser zogen. Er war schwach, aber wenigstens heiß. Ich tat viel Zucker hinein und aß dazu vier Scheiben Butterbrot. Die ärgsten Schmerzen hatten inzwischen nachgelassen, und als Toinette mich streichelte und *»pauvre gosse«* nannte, fühlte ich mich viel wohler.

Im Büro war es still und friedlich, aber ich musste lange warten, ehe die ersten Gäste aus dem Speisesaal zum Tanz kamen oder sich an den Bartischen niederließen. Um sie besser beobachten zu können, schlich ich auf die Treppe hinaus. Niemand nahm Notiz von mir, worüber ich sehr froh war. Nach einer Weile kam Hester und setzte sich zu mir. Sie hatte getanzt und war verschwitzt und aufgeregt. »Hast du nicht den Eindruck, dass Joss die Ballkönigin ist?«

Alle wollten mit Joss tanzen. Von dem Moment an, da die Herren begonnen hatten, sich gegenseitig auf die Schultern zu klopfen, um einander ihre Tänzerinnen abspenstig zu machen, wechselte sie ununterbrochen ihre Partner. Ihre Wangen glühten, und sie war noch viel freudiger erregt als Hester, aber das Spiel ging weiter. Eliot tanzte mit Mademoiselle Zizi, mit einigen Frauen und Töchtern der Arbeiter, mit Vicky und Mauricette, aber Joss schien er ebenso wenig zu bemerken wie sie ihn. Sie schaute krampfhaft weg, wenn sie aneinander vorbeitanzten, und lächelte ihrem Tanzpartner zu, warf ihr Haar zurück und klapperte mit den Augenlidern. »Ist das ›Flirten‹?«, fragte Hester, aber in mir dämmerte das Bewusstsein auf, dass hier eine andere Art von Wachstumsschmerzen im Spiel war. Ich wusste, dass Joss unglücklich war, und litt mit ihr.

»*Qui a laissé ces trucs-là dans mon bureau?*« Madame Corbet hatte das Tablett mit meinem Teller und Teeglas entdeckt. »Muss denn das ganze Haus zur Kinderstube gemacht werden?«, keifte sie und befahl mir, das Tablett in die Küche zu tragen. Auf dem Rückweg war ich gezwungen, vor der Küchentür zu warten. Es wurde gerade der Teppichtanz, *la danse du tapis*, getanzt, bei dem die Herren einen Kreis bilden, in dessen Mittelpunkt eine Dame mit einem Stückchen Teppich steht. Wenn die Musik plötzlich stoppt, kniet sie vor dem Tänzer ihrer Wahl auf dem Teppich nieder, der Erwählte küsst sie, führt sie in die Mitte des Kreises, tanzt mit ihr, begleitet von allgemeinem Händeklatschen, und lässt sie dann innerhalb des Kreises stehen. Der Vorgang wiederholt sich so lange, bis alle Damen innerhalb des Kreises sind. Da sich die Zuschauer bis an die Wände zurückgezogen hatten, konnte ich nicht an ihnen vorbeigelangen und hörte, während ich wartend dort stand, jemanden sehr geräuschvoll kauen. Gleichzeitig stieg mir der Geruch von Schweiß und Knoblauch in die Nase. Es war Paul, und in diesem Augenblick verstand ich, was es hieß, Paul zu sein. Sein Gesicht war ebenso wie sein Hals in Schweiß gebadet, sein Haar hing ihm in feuchten Strähnen in die Stirn, Schürze und Hemd waren durchnässt

und mit Schmutzflecken übersät. Er musste stunden-
lang Geschirr gewaschen und sich nur für einen Augenblick Zeit genommen haben, ein Stück Wurst zu essen,
das er, nach Art unseres *goûter*, in ein aufgeschnittenes
Stück Brot geklemmt hatte.

Wir hätten ihn nicht fallen lassen dürfen, dachte ich,
und wollte mich eben zwingen, mit ihm zu sprechen,
als ich sah, dass er so sehr in den Anblick von Joss vertieft war, dass er meine Anwesenheit gar nicht bemerkte.
Wenn ein Mensch einen anderen mit solcher Intensität
beobachtet, vergisst er, sich zu verstellen, und der Ausdruck in Pauls Gesicht erschreckte mich. Es war der
eines wilden Tieres, das nicht an sich oder ein anderes
Tier, sondern nur an das denkt, was es erbeuten will.
Eine Erklärung für sein Aussehen erhielt ich sogleich:
Monsieur Armand rief ungeduldig nach ihm, und da
Paul, als er sich zum Gehen wandte, die Tür offen ließ,
konnte ich sehen, dass er von dem Brett hinter der Tür
eine Flasche herunterholte, die, nach der Art, wie er den
Kopf zurücklegte, bevor er trank, fast leer sein musste.
Als er sie auf ihren Platz zurückstellen wollte, verfehlte
er das Brett um Haaresbreite, und einen Moment später
hörte ich das Krachen zerbrechender Teller.

Paul kam zurück. Drei- oder viermal sah ich ihn im
Türrahmen stehen und bemerkte jedes Mal, dass Joss
ihm zulächelte. Sie lächelte nur, weil sie eben allen
Leuten zulächelte, aber … »Sie flirtet wirklich«, sagte
Hester missbilligend, als ich mich wieder zu ihr auf die
Treppe setzte.

Es war spät geworden. Einige Gäste machten sich bereits auf den Heimweg. Vicky war auf dem Sofa eingeschlafen, Madame Corbet hatte sich mehrere Male nach ihr umgeschaut, sie schließlich aufgehoben und in ihr Bett getragen. Das Orchester hatte Schluss gemacht, aber ein Geiger und ein Klavierspieler waren an seine Stelle getreten. Nach dem Lärm, den die Blasinstrumente verursacht hatten, wirkte ihre Musik sehr leise. Die Töne, die der Geiger seinem Instrument entlockte, fluteten so weich über den Tanzboden, dass sie, versüßt durch ein gelegentliches leises Schluchzen der Saiten, geradezu zärtlich klangen.

Joss stand gerade unter unserem Beobachtungsposten. Im Augenblick war sie ohne Partner, und ich hatte den Eindruck, dass sie hoffte, allein gelassen zu werden, denn ihre Blicke irrten nach allen Seiten und suchten offensichtlich Eliot. Endlich erblickte sie ihn, und zum ersten Mal an diesem Abend sahen sie einander an. Sie rührte sich nicht vom Fleck, und ich wusste, dass ihre Augen um nichts betteln würden, sondern nur schauten, allerdings so, dass über die Gedanken hinter ihren Blicken kein Zweifel auftauchen konnte. Sie musste sich sehr gedemütigt haben, um sich diesen Blick abzuringen, aber Eliot machte kehrt und ging zur Bar. Ich ballte die Fäuste. War Eliot so unempfindlich, dass ihn weder die schluchzende Musik, die wir so schön fanden, noch Joss' Blicke rührten? Derselbe Eliot, der mich oben auf der Treppe geküsst hatte? Das Ganze dauerte nur einen Augenblick, im nächsten lächelte Joss die Piccoloflöte, im übernächsten den Stadtschreiber an. Und schließlich lächelte sie jemand anderen an und winkte. Ich wandte mich um und sah, dass es Paul war, dem ihre Ermunterung galt. Das Winken war zu viel für ihn. Mit einem Ruck zerrte er so wild an seiner Schürze, dass die Bänder rissen, streifte sie ungestüm über seinen Kopf und warf sie weg, mit den Fingern fuhr er durch sein Haar, um es zu glätten, und erreichte Joss knapp vor dem Piccolo, der sich durch die tanzenden Paare schlängelte. »*Mademoiselle Joss*«, sagte Paul und verbeugte sich vor ihr.

Vielleicht wäre alles anders gekommen, wenn er nicht so schmutzig gewesen wäre. Auch Mauricette und Monsieur Armand hatten an dem Tanz teilgenommen … »Toinette und Nicole allerdings nicht«, sagte Hester. Auf einen strengen Zuruf von Monsieur Perrichaut eilte ein Herr herbei, den uns Mauricette als Monsieur Dufour vom Kommissariat vorgestellt hatte, und befahl Paul, der gerade unter uns stand: »*Et toi, mon gaillard, rentre chez toi et restez-y.*« Paul war vermutlich der Obhut Monsieur Dufours unterstellt, aber Paul hatte die ganze Flasche geleert und brüllte Monsieur Dufour so laut an, dass die Worte trotz der Musik in allen Räumen des Erdgeschosses gehört werden konnten: »*Galeux! Gros dégueulasse!*«

Andere Männer kamen zu Hilfe, die älteren versuchten zu beschwichtigen, aber der Stadtschreiber fasste Paul beim Kragen. Paul schüttelte ihn ab.

»*Paul! Fais-pas l'imbécile*«, schrie Mauricette und rannte davon, um Madame Corbet zu holen.

»*Rentre*«, befahl Monsieur Dufour. »*C'est que tu as de mieux à faire!*« Aber Paul ließ Joss' Hand nicht los.

Joss wusste nicht, was sie tun sollte. So zart wie möglich versuchte sie, ihm ihre Hand zu entziehen. »Tanz mich!«, sagte Paul in seinem erbärmlichen Englisch.

»Sie erlauben es mir nicht«, sagte Joss.

»*Foutez-nous la paix!*«, brüllte Paul. »*Elle n'est pas une sacrée snob!*«

Ohne seine Schürze sah Paul größer aus, und neben all diesen Männern in ihren Sonntagskleidern wirkte er – schmutzig und unordentlich, wie er war – fast wie ein Wilder. Joss schreckte vor ihm zurück, obwohl sie sich Mühe gab, es nicht zu zeigen. »*Attendez, Paul*«, sagte sie, »warten Sie.« Als er aber seinen Arm um sie legte, stand plötzlich Eliot zwischen ihnen.

So unerwartet war er vor Paul aufgetaucht, dass niemand sein Kommen bemerkt hatte. Geradewegs aus Pauls Armen nahm er Joss in Empfang und tanzte mit ihr durch den ganzen Saal. Im selben Moment packte Monsieur Dufour Paul bei einer, der Stadtschreiber bei der anderen Schulter, und so eskortierten sie ihn zur Tür, wo Madame Corbet und Monsieur Armand ihn erwarteten. »*Tordu!*«, schrie Paul, als sie ihn abführten. »*Pelé! Galeux! Fumier!*« Die Worte verhallten im Flur. Hester weinte. »Armer Paul! Armer Paul!« Mir war so elend zumute, dass ich nicht ein Wort hätte hervorbringen können.

Auch Joss und Eliot sprachen kein Wort, während sie tanzten. Joss hatte die Augenlider gesenkt, wodurch ihr Gesicht einen verschlossenen Ausdruck bekam, und Eliots Züge waren undurchdringlich.

Als sie an Mademoiselle Zizi, die sie vom Fuß der Treppe aus beobachtete, vorbeitanzten, brach die Musik plötzlich ab. Eliot nahm seinen Arm von Joss' Hüfte, behielt ihre Hand aber in der seinen. Joss' Kinn begann zu zittern. Einen Augenblick lang glaubte ich, dass sie sich versöhnt hätten, dass er sie jetzt in den mondhellen Garten zu den Lichterketten führen würde, aber wieder einmal tat Eliot etwas Unbegreifliches – »Er wollte für sie sorgen«, sagte Hester, »er hat immer für uns gesorgt.« – Er streckte Mademoiselle Zizi seine freie Hand entgegen, die sie verwundert ergriff, dann legte er Joss' und Mademoiselle Zizis Hände ineinander. »Bring sie ins Bett, Zizi«, sagte er.

»Nein!« Beide riefen es wie aus einem Mund. Von Joss' Seite war es nichts als eine barsche Ablehnung, während Mademoiselle Zizis Stimme wie ein ersticktes Röcheln klang. »Nein!«

»Ja«, sagte Eliot sanft und unerbittlich. »Das Fest ist zu Ende.« Er wandte sich unvermittelt ab und sagte: »Gute Nacht.«

»Wohin gehst du, Eliot?« Wie ein Schmerzensschrei kam es aus Mademoiselle Zizis Mund.

»In den Garten, um zu rauchen«, sagte er noch immer sanft und ging hinaus.

XIV

»Cecil, Cecil.«
Ich hatte geschlafen ... nicht länger als eine Minute, glaubte ich, als Joss an meinem Bett stand. Sie hatte ihre eiskalte Hand unter die Decke geschoben und meinen Arm umklammert. »Cecil.«

Meine Lider schienen so schwer zu sein, dass ich die Augen nicht öffnen konnte.

»Cecil.«

»W-was ist denn los?«

»Leise! Weck Willymaus nicht auf.«

»Was ist los?«, fragte ich noch einmal, aber mit gedämpfter Stimme, denn ihre kalte, zitternde Stimme hatte mich aus dem Schlaf gerissen.

»Paul ...«

»Paul?«

»Er steht draußen auf einer Leiter und schaut durchs Fenster.«

»Paul steht ...«

»Ja. Er will hereinkommen.«

»Wozu?«, fragte ich stumpfsinnig, aber Joss erschauerte und sagte nur: »Ach Gott, Cecil!«

Dieser Stoßseufzer machte mir den Ernst der Lage bewusst, und lähmende Angst fuhr mir in die Glieder, als ich mir Pauls Gesichtsausdruck im Tanzsaal vergegenwärtigte. Immerhin war ich klug genug, Joss meine Angst nicht zu zeigen. »Er hat zu viel getrunken«, war alles, was ich sagte.

»Was sollen wir tun?«, fragte sie mit klappernden Zähnen.

Meiner Meinung nach gab es für uns nur eine Möglichkeit. »Ich hole Eliot!«, sagte ich und setzte mich auf.

»Nein!« Sie war entrüstet.

»Aber …«

»Wag es nicht!«

»Also was dann?«

Widerwillig sagte Joss: »Ich werde Madame Corbet rufen.«

»Das kannst du nicht tun.«

»Warum nicht?«

»Weil sie Paul entlassen wird.« Wir flüsterten wie Verschwörer. »Dann verliert er seine Sommerprämie und wird sich nie einen Lastwagen leisten können.«

»Sein Lastwagen interessiert mich nicht. Ich muss Madame Corbet holen, sonst kommt er in mein Zimmer.« Ich sah, dass sie vor Aufregung zitterte, und kam plötzlich zu einem Entschluss. Ich weiß jetzt, dass es einer jener Augenblicke war, in denen man sich edelmütiger gibt, als man ist. Ich schlug die Decke zurück. »Leg dich in mein Bett«, sagte ich. »Ich werde mit Paul sprechen.«

»Aber …«

»Ich fürchte mich nicht vor Paul.« Aber das war schon in dem Augenblick, als ich es sagte, nicht wahr. Ich fürchtete mich vor diesem Blick, vor den Schimpfwörtern, die er gebrüllt hatte, als er abgeführt wurde, aber Joss war so furchtbar leicht zu überzeugen – jetzt finde ich, dass es unglaublich egoistisch von ihr war, sich mit meinem Vorschlag sofort einverstanden zu erklären. »Macht es dir auch wirklich nichts aus? Aber da er ja nicht deinetwegen gekommen ist«, sagte sie, »wird dir nichts passieren.«

Langsam und angsterfüllt öffnete ich die Tür, aber Paul war nicht in Joss' Zimmer. Keine Spur von ihm war zu sehen, und mit einem Gefühl der Erleichterung, in die sich allerdings auch eine Spur von Enttäuschung mischte, drückte ich mich an der Wand entlang zu Joss' Bett und schlüpfte hinein. Kaum lag ich, als ich mit Schrecken bemerkte, dass die beiden Enden der Leiter, obwohl niemand zu sehen war, noch immer am Fensterbrett lehnten.

In diesem Augenblick begriff ich plötzlich, wie einer griechischen Jungfrau – Polyxena zum Beispiel – zumute gewesen sein musste, wenn ihr, die gefesselt auf dem Opferaltar lag, die Flammen entgegenzüngelten, oder, um einen prosaischeren Vergleich zu wählen, was ein Zicklein empfindet, das – wie uns Vater erzählt hatte – in Indien als Köder für einen Tiger ausgesetzt wird. Paul hatte etwas von einem Tiger, und Tiger haben kein Mitleid. Was wird er tun, wenn er erkennt, dass er es nur mit mir und nicht mit Joss zu tun hat? Wird er mir dasselbe antun, was er ihr anzutun beabsichtigte?

Abgesehen von meiner großen Angst erfüllte mich auch eine schreckliche Neugierde. Evas Fluch lag auf mir, was bedeutete, dass ich auch ein Baby bekommen konnte, obwohl meine Brüste nicht größer als kleine Zitronen waren. Sie kribbelten, und als ich mich erinnerte, wie Paul seine Hand auf sie gelegt hatte, kribbelten auch meine Schenkel.

Leise und von weit her hörte ich die drei Schläge der Rathausuhr. Daran erinnerte ich mich freilich erst später, dass es nämlich drei Uhr schlug, als mir das Knarren der Leiter verriet, dass jemand an ihr heraufkletterte. Ich wickelte mich in die Bettdecke ein und lag da, so flach ich konnte, und mein Herz schlug so heftig, dass ich kaum zu atmen vermochte. Sonderbarerweise schlug es in meinem Kopf. Meine Wangen glühten, und meine Augen öffneten sich weit, um zu sehen, was sie sehen mussten. Es war nicht Paul, der über die Leiter heraufkam, es war ein tierisches Wesen – der Tiger. Ein Kopf und ein Paar Schultern tauchten außerhalb des Fensters auf – schwarz mit einem weißen Fleck, dem Gesicht, das ich fast erwartet hatte gestreift zu sehen. Eine Hand rüttelte an dem Riegel, er gab nach, und langsam öffnete sich das Fenster.

Ich schrie, aber kein Laut kam aus meiner Kehle. Nichts ist qualvoller als ein stummer Angstschrei. Eliot! Eliot! Eliot! Es war ein Schrei, ein wildes Gebet, und schon hörte ich eilige Schritte, die über den Kies rannten.

Die Leiter mitsamt der Gestalt, die auf ihr stand, schwang rückwärts durch die Luft. Im Sturz stieß Paul einen halb unterdrückten Schrei aus, einen tierischen

Schrei, und das Nächste, was ich hörte, war ein dumpfer Knall. Die Leiter war rücklings auf das Gras im Hof aufgeschlagen.

Ich glitt aus dem Bett und kroch zum Fenster. Ich weiß noch heute, dass mir der Angstschweiß aus allen Poren brach und die Nachtluft mir so eisig kalt entgegenschlug, dass ich, als ich jetzt aus dem Fenster schaute, ebenso schlotterte, wie Joss vorher geschlottert hatte.

Die Leiter lag auf dem Gras. Sie musste sich im Fallen um ihre eigene Achse gedreht haben und hart aufgeprallt sein, denn sie zitterte noch, aber Paul musste wie durch ein Wunder abgesprungen oder besonders glücklich gestürzt sein. Zwar rieb er seine Knie und Ellbogen, aber er stand schon wieder auf seinen Füßen, und ihm gegenüber stand Eliot.

Eliot war also wirklich gekommen! Aber wie? Wie hatte er mich hören können? Sein Zimmer befand sich nicht auf dieser Seite des Hauses, wo tatsächlich nur das von Joss bewohnte Kämmerchen und die momentan leer stehenden Gästezimmer im ersten Stock lagen. Plötzlich erwachte wieder mein gesunder Menschenverstand. Wie konnte Eliot meinen Hilfeschrei gehört haben, wo ich doch keinen Laut herausgebracht hatte? Und was hatte er mitten in der Nacht – nein, nicht mitten in der Nacht, sondern um drei Uhr morgens – im Garten zu tun?

Paul hatte auch jetzt nicht seine Schürze an, und wieder fiel mir auf, dass er ohne das lange, schlappe weiße Kleidungsstück wie ein Mann aussah. Auf einmal schien es mir möglich, ja sogar richtig, dass er einen Lastkraftwagen lenken sollte. Seine Gedankenspielerei erschien mir nicht mehr wie ein halb kindischer Traum wie Willys Atelier. Auch Eliot erschien mir anders als sonst. Er trug … und dann hielt ich inne.

War das wirklich Eliot? Was machte mich so sicher, dass er es war? Dieser Mann hatte einen Anzug an, den Willymaus einmal als »nicht Eliots Kleider« bezeichnet hatte. Er bestand aus einer Baumwollhose, einem gestreiften Hemd und dem Hut. Der Anblick dieses Huts erweckte in mir wieder das gleiche Angstgefühl, das uns damals befallen hatte, als uns jene Augen, die Augen des dunkelhäutigen Mannes, zum ersten Mal entgegengeblitzt hatten. Im fahlen Licht des Mondes bemühte ich mich zu erkennen, wer dieser Mann hier war, und wirklich, es war Eliot. Aber gerade diese Erkenntnis erschreckte mich noch mehr. Als er den Kopf hob, sah ich das Glitzern in seinen Augen und … was hatte er vor? Während ich mir diese Frage stellte, entdeckte ich im Gras einen kleinen Koffer, den ich vorher nicht bemerkt hatte. Er musste ihn fallen gelassen haben, als er zu der Leiter lief. Wollte er denn verreisen? Der Koffer war zu klein, um als Reisegepäck zu dienen, und plötzlich wusste ich, dass Eliot im Begriff war, Les Œillets zu verlassen.

Auch Paul musste das gewusst haben. Ich glaubte zu hören, dass er fragte: »*Vous partez, hein?*«, woran er eine Flut wüster Schimpfwörter knüpfte, aber ich war zu weit entfernt, um jedes Wort seines rasenden Französisch zu verstehen.

»Psst!«, machte Eliot. Wie ein Peitschenhieb, wie eine

Warnung, aber Paul war betrunken, betrunken und zornig … »Scheu« schien mir die richtige Bezeichnung für seinen tierischen Zustand zu sein, so wie er »scheu« geworden war, als er mit Joss tanzen wollte. Dennoch fand er jetzt den Mut, gegen Eliot aufzubegehren. *» Vous partez, hein?«*

Er machte einen Schritt auf ihn zu. So gering meine Erfahrung auch war, hätte ich ihn warnen können, Eliot zu nahe zu kommen, wenn er der kalte, fremde Mann war, aber Paul machte plötzlich einen seitlichen Schritt in der Richtung des Koffers.

Was dann geschah, welcher von den beiden auf den andern losging, konnte ich nicht sehen. Pauls Arme flogen wie damals, als er mich verprügelt hatte, aber Eliots Kampfweise war – wie ich mir entsetzt eingestehen musste – unfair nach allen Regeln der Kunst. »Lasst euch nie hinreißen, eurem Gegner einen Fußtritt oder einen Stoß in den Magen zu versetzen«, hatte Onkel William uns eingetrichtert, aber ich sah, wie sich Eliots Knie hob und mit Wucht in Pauls Unterleib bohrte, und hörte, dass Paul einen Laut ausstieß, als wäre er mitten entzweigerissen. Dann klappte er zusammen, torkelte gebeugt zwei oder drei Schritte über das Gras, fiel mit einem gurgelnden Geräusch auf die Knie, schlug sich mit den Fäusten auf die Brust, sein Kopf fiel vornüber, und er erbrach sich fürchterlich.

Eliot stand abwartend daneben. Ich sehe ihn noch heute lauernd dort stehen – und nichts Grausameres kann ich mir vorstellen als dieses Abwarten –, aber was er dann tat, war wieder unfair … nein, es war schlimmer als unfair, es war feige und, wie wir bei unseren Sportspielen in der Schule zu sagen pflegten, gemein. »Schlagt niemals auf einen Gegner ein, der bereits am Boden liegt«, war ebenfalls einer von Onkel Williams Ratschlägen. Als aber Pauls Kopf wieder einmal vornüberfiel, sauste Eliots Hand wie der Blitz auf seinen Rücken nieder. Das spielte sich so rasch ab, dass ich kaum glaubte, den Hieb gesehen zu haben. Und was ihn wirklich wie ein Blitz erscheinen ließ, war meine momentane Einbildung, in Eliots Hand einen langen, dünnen Gegenstand im Mondlicht glitzern gesehen zu haben. Sonderbarerweise dachte ich einen Augenblick lang an sein Papiermesser ... aber wer wird schon ein Papiermesser nachts mit in den Garten nehmen?

Paul fiel langsam, mit dem Gesicht nach unten, auf das Gras. Seine Beine zuckten noch ein- oder zweimal, dann zitterten sie nur mehr so, wie die Leiter gezittert hatte.

Eliot wandte sich um, dem Haus zu, und ließ seine Blicke an den Fenstern entlanggleiten. Ich zog mich hinter den Vorhang zurück, denn ich brachte es nicht über mich, in dieses Gesicht unter dem Hut zu schauen. Ich glaube, ich erwartete, dass es sich in das Gesicht jenes anderen Mannes ... des dritten Eliot verwandeln müsse. Denn nun gab es unseren Eliot und den kalten, unfreundlichen anderen und ... ihn. Als ich wieder hinunterschaute, hatte er Paul aufgehoben. Einen Moment lang stand er still, dann ließ er Paul ins Gras gleiten und versteckte den Koffer im Gebüsch. Als er zurückkam, hob er Paul wieder auf und verschwand mit ihm um die Ecke des Hauses.

Was hatte ich gesehen? Ich wusste es nicht. Ich erinnere mich nur, dass mein Herz wieder in meinen Schläfen pochte und dass ich das Gefühl hatte, beim Fenster so zu Eis erstarrt zu sein, dass ich nicht einmal zittern konnte. Ich schaute hinunter, wo nichts zu sehen war als der Garten und der Mondschein, ein paar Spuren im Gras und die Leiter. Ich konnte nicht glauben, dass dort unten etwas anderes vorgefallen war als ... Aber was war wirklich passiert? Was hatte Eliot Paul angetan? Während ich noch grübelte, war mir, als hörte ich Eliots Stimme: »Es tut mir leid, ich habe so handeln müssen.« Ja, dann ... dann ...?

Ich weiß nicht, wie lange ich dort hinter dem Vorhang stand, die Hände auf das Fensterbrett gestützt. Es mochten nur ein paar Minuten, es konnte aber auch eine halbe Stunde gewesen sein. Als ich wieder hinunterschaute, sah ich, dass Eliot zurückgekommen war.

Er war allein. Ich weiß nicht, warum es mich so erschreckte, aber der Gedanke, dass er allein war, erschien mir unerträglich.

Er ging zur Leiter und betrachtete sie nachdenklich. Sie hatte Spuren im Gras hinterlassen, zwei lange, tiefe Furchen. Er schien noch zu überlegen, ob er die Leiter wegtragen solle oder nicht, als die Stille der Nacht durch ein Geräusch unterbrochen wurde, das ebenso gut das Hupen eines Schiffes vom Fluss her wie der Schrei einer Eule sein konnte. Eliot wandte sich um und hob den kleinen Koffer auf.

Noch einmal suchten seine Blicke das Haus ab, und wieder wich ich hinter den Vorhang zurück. Dann war er gegangen.

Als ich meine Hände vom Fensterbrett nahm, blieben zwei tropfnasse Abdrücke zurück.

XV

Der nächste Morgen war geprägt von Abwesenheiten. Das klingt widersinnig, aber es waren wirklich gerade die Abwesenheiten, die spürbar waren. Die Tatsache, dass zum Frühstück zwei Reisegruppen – Amerikaner, die von Deutschland nach Paris reisten – angekündigt waren, ließ uns wieder einmal erkennen, wie hart Hotelangestellte arbeiteten. Mauricette hatte uns erzählt, dass der Blasinstrumentenball zwar kurz nach ein Uhr zu Ende gewesen war, dass aber sie, Madame Corbet und Paul sich sofort an die Arbeit gemacht hatten, um den Speisesaal und die Halle in Ordnung zu bringen und sechzig Frühstücksgedecke aufzulegen. »Und sie werden nicht etwa nur Kaffee und Brötchen bekommen«, hatte Vicky berichtet. »Man wird ihnen Grapefruit, gebratenen Speck und Eier, Marmelade, Kaffee, Tee und Milch servieren.« Monsieur Armand, Madame Corbet und Mauricette hatten um halb sieben aufstehen müssen; das wussten wir, weil ihre Rufe nach Paul uns geweckt hatten.

Eine lange Zeit war in der letzten Nacht verstrichen, ehe ich mich hatte überwinden können, Joss' Zimmer zu verlassen und zu ihr und Willymaus in mein eigenes Bett zu kriechen. Ich konnte keinen anderen Gedanken fassen, als wie himmlisch warm es war.

»Nun?« Joss war hellwach gewesen.

Warum erzählte ich ihr nicht, was ich gesehen hatte? »Ich habe nichts, gar nichts gesehen«, sagte ich mir in Gedanken immer wieder vor, und laut sagte ich nur: »Er ist weggegangen.«

»Bist du ganz sicher?«

»Ganz sicher.«

Entgegen meiner Erwartung, wach in meinem Bett zu liegen und alles immer wieder vor mir zu sehen, war ich sofort eingeschlafen.

»Paul! Pa-ul! *Paul!*« Das war Mauricettes Stimme, und gleich darauf hörten wir Madame Corbets Schritte näher kommen. Sie riss unsere Tür auf … »Ohne zu klopfen«, wie Joss bemerkte. Madame Corbet war viel zu sehr in Eile, um zu sehen, dass wir zu dritt in einem Bett lagen, und schimpfte daher nicht mit uns. »Hat eines von euch Kindern Paul gesehen … Paul Brendel?« Sie tat immer so, als kennten wir ihn nicht.

Madame Corbets Erscheinen wirkte wie eine Erlösung auf mich. Wenn sie Paul benötigte, war es undenkbar, anzunehmen, dass er nicht kommen würde. »Wann habt ihr ihn zuletzt gesehen?«

»Gestern Abend auf dem Ball«, sagte Joss.

»Tja!«, sagte Madame Corbet und schloss die Tür.

Hester und Vicky waren von dem Lärm aufgewacht und kamen in unser Zimmer. Obwohl wir so spät schlafen gegangen waren, waren wir jetzt alle wach – alle mit

Ausnahme von Willymaus, der noch immer am äußersten Bettrand fest schlief und keine Anstalten machte, aufzuwachen.

»Madame Corbet, Willymaus, unser kleiner Bruder, will nicht aufwachen.«

»Weckt ihn doch.«

»Wir ... wir schaffen es nicht.«

Madame Corbet war, wie alle anderen an diesem Morgen, gereizt und fuhr auf: »Was ist denn los mit ihm?«

Nichts war los mit ihm, außer dass er schlief, tief schlief und blass war, aber blass war er oft. Wenn wir ihn wach rütteln wollten, rollte sein Kopf hin und her. Wenn wir seine Lider zu öffnen versuchten, bekamen wir nur das Weiße in seinen Augen zu sehen. »Mir gefällt das nicht«, sagte Hester. Sie sah besorgt aus. Wir setzten ihn auf, aber er fiel sogleich wieder in die Kissen zurück. Sein Körper fühlte sich kalt an, und sein Atem ging ein wenig sonderbar. »Ist er krank, oder schläft er nur?«, fragte ich.

»Ich glaube nicht, dass man schlafen kann, wenn man krank ist«, sagte Joss. »Er schläft nur ... aber zu fest.«

Wir teilten unsere Bedenken Madame Corbet mit. »*Grands Dieux!*«, rief sie aus. »Was geht das *mich* an? Lasst ihn schlafen.«

Als es zehn Uhr wurde und er sich noch immer nicht rührte, wurden wir noch besorgter. Das Haus wimmelte von Amerikanern. Sie machten Schnappschüsse vom Treppenhaus, von der Stelle unter der Urne, wo Rita und Rex den Schädel ausgegraben hatten – da es noch früh am Tag war und man Paul noch nicht gefunden hatte, war die Besichtigung des Blutflecks ausgefallen –, und somit bestand keine Hoffnung, jemanden aufzutreiben, der sich um Willymaus hätte kümmern können. Schließlich traf Joss eine Entscheidung. »Ich gehe ins Krankenhaus«, sagte sie.

»Um es Mutter zu sagen?« Dies entsprach meinen geheimsten Wünschen und der unaussprechlichen Sehnsucht nach Mutter, die ich empfand.

»Sei nicht so dumm«, sagte Joss. »Ich will Monsieur le Directeur fragen, ob mit Willymaus alles in Ordnung ist.«

»Das kannst du auch telefonisch tun.«

»Nicht auf Französisch. Ich wüsste nicht einmal, wie man anruft.«

Und Hester sagte: »Ich wünschte, Eliot wäre hier.«

Eliot war der Dritte, der durch Abwesenheit glänzte. Er sei nach Paris gefahren, hatte Mademoiselle Zizi dem Herrn von der Polizei, Monsieur Dufour, erklärt, der gekommen war, um ein paar Fragen zu stellen.

Auf dem Weg nach oben war ich durch die Halle gegangen. Die Reisegruppen waren abgefahren, in Les Œillets herrschte wieder Ruhe, aber auf einem Sessel in der Halle neben einem der Konsolentische, auf den er seinen Hut gelegt hatte, saß Monsieur Dufour und rieb sein Kinn mit dem Knauf seines Spazierstocks. Ich beobachtete ihn mit einem scheuen Seitenblick, als Mademoiselle Zizi aus ihrem Zimmer kam. Sie hatte einen blassgrünen Morgenrock an, ihr Haar war zu einem Knoten aufgesteckt und ihr Gesicht so, wie es von Natur aus war. Ohne Rouge erschien sie mir plötzlich ungewöhnlich schön.

»Ich bedaure, Monsieur, dass Sie warten mussten.«

»*Une demi-heure*«, sagte Monsieur Dufour, aber er klang nicht verärgert. Seine braunen, außerordentlich gütigen Augen verwandten keinen Blick von Mademoiselle Zizi.

Obwohl sie Französisch sprachen, verstand ich jedes Wort. »Ich bin eigentlich hergekommen, um mit Monsieur Eliot zu sprechen«, sagte Monsieur Dufour, »aber Irène sagt, er sei nicht hier.«

»Er ist nach Paris gefahren, Monsieur.«

›Um drei Uhr morgens.‹ Es wäre interessant gewesen, die Reaktion der beiden zu beobachten, wenn ich mit dieser Erklärung herausgeplatzt wäre.

»Er hat dort geschäftlich zu tun?«

»So habe ich es verstanden.«

Ich hatte das Gefühl, dass zwischen den beiden eine engere Bindung bestand. Monsieur war viel herzlicher zu Mademoiselle Zizi als sie zu ihm, sie blieb bei dem zurückhaltenden »Monsieur«.

»Wie ist er denn nach Paris gefahren? Sein Wagen ist doch hier?«

Jetzt erst fiel mir auf, dass der Rolls-Royce draußen auf der Auffahrt stand. Gestern Abend hatte er nicht dort gestanden, aber Mademoiselle Zizi konnte das erklären. »Seit gestern ist er in der Werkstatt Fouret zur Überholung gewesen. Heute haben Freunde Monsieur Eliot mitgenommen. Wenn Sie wollen, Monsieur, können Sie sich überzeugen, dass Fourets Etikett noch immer an der Windschutzscheibe klebt.«

Es war offensichtlich, dass ihr seine Fragen nach Eliot

unangenehm waren und er sich nicht nur scheute, sie zu stellen, sondern darüber geradezu in Verlegenheit geriet. »Es handelt sich ja nur um eine routinemäßige Kontrolle aller Fremden, die sich in der Stadt aufhalten, Zizi«, sagte er. »Wir haben nichts gegen Monsieur Eliot.«

»Was sollten Sie auch gegen ihn haben?«, fragte Mademoiselle Zizi noch kühler als bisher, was ihn jedoch nicht davon abhielt, weiter seine Fragen in aller Ruhe zu stellen.

»Er wohnt hier?«

»Ist das ein Vergehen?«

»Zizi, ich *muss* diese Fragen stellen. Bitte, verstehen Sie mich doch.«

»Sie wissen so gut wie ich, dass er hier wohnt. Die ganze Stadt weiß es.«

»Ja«, sagte Monsieur Dufour. Seine Stimme klang bekümmert, dennoch fuhr er fort. »Er war gestern Abend hier beim *diner*?«

»Sie haben ihn doch gesehen«, sagte Mademoiselle Zizi.

»Aber tagsüber war er in Paris?«

»Nein.«

»Nein?«, fragte Monsieur Dufour.

»Er war den ganzen Tag hier.« Sie errötete. »Er hat hier in der Bar Briefe geschrieben, hat zeitig zu Mittag gegessen und ist dann in die Bucht gegangen, wo er den ganzen Nachmittag verbracht hat.« Ihr Blick fiel auf mich, obwohl ich versuchte, mich so klein wie möglich zu machen. »Fragen Sie doch dieses Kind, wenn Sie mir nicht glauben!«

267

Mein Magen hob sich mit einem unerwarteten Ruck, und ich glaubte, mich übergeben zu müssen. Monsieur Dufour wandte mir seine gütigen braunen Augen zu. »Hast du Monsieur Eliot in der Bucht gesehen?«

»Ja, Monsieur!«

Einen Moment verweilten seine Augen auf mir. Erriet er, dass damit nicht alles gesagt war? Dann fühlte ich einen sanften Druck an meinem Ellbogen, und wie gewöhnlich war Hester an meiner Seite. Monsieur Dufour wandte sich sogleich an sie: »Hast auch du Monsieur Eliot in der Bucht gesehen?«

Klipp und klar kam das »Ja, Monsieur!« aus Hesters Mund. Ich weiß nicht, wieso wir stillschweigend übereingekommen waren, nicht zu sagen, was wir sonst noch gesehen hatten. »Er hat uns Geld gegeben, um baden zu gehen«, fügte Hester hinzu.

»Sehen Sie!«, rief Mademoiselle Zizi vorwurfsvoll. »Ich verstehe überhaupt nicht, warum Sie so viel fragen. Sie kennen Eliot doch.«

»Ich kenne ihn«, sagte Monsieur Dufour wieder mit bekümmerter Stimme, »aber ich muss trotzdem meinen Bericht schreiben.«

Er hatte eben nach seinem Hut gegriffen, als Madame Corbet aus dem Büro kam. »Hast du über Paul gesprochen?«, fragte sie Mademoiselle Zizi.

»Ach, richtig! Paul.« Mademoiselle Zizi wandte sich wieder Monsieur Dufour zu. »Ich nehme an, dass Sie es sind, dem wir es sagen müssen. Es handelt sich um Paul ... Paul Brendel, den Burschen, den Sie mir geschickt haben.«

»Gestern Abend hat er schon Scherereien gemacht. Was ist jetzt mit ihm los?«

»Nur dass er, so hat es den Anschein, abgehauen ist«, sagte Madame Corbet.

Der denkwürdige Morgen nahm seinen Lauf. Ich erinnere mich, dass ich fror, obwohl die anhaltende sommerliche Hitze so arg war, dass selbst in dem kühlen Büro auf Madame Corbets Schnurrbart Schweißperlen standen und ihre Bluse nasse Flecken aufwies. Je weiter der Tag vorrückte, desto unerbittlicher schien sich die Kälte in meine Glieder einzufressen, als würde sich alle Hoffnung in mir langsam in Eis verwandeln.

Der Arzt kam, um nach Willymaus zu sehen. Madame Corbet führte ihn in unser Zimmer. »Sechzig Personen hatte ich zum Frühstück, gestern Abend das *diner* und jetzt diese eingebildete Krankheit«, klagte sie. »Diese Kinder scheinen zu glauben, dass das ganze Hotel ihnen gehört.«

Sie blieb an der Tür stehen, während der Arzt sich über Willymaus beugte, seine Atemzüge beobachtete, seinen Puls fühlte, eines seiner Augenlider hob und ihm ins Auge schaute, in dem erschreckenderweise noch immer nur das Weiße zu sehen war. »Die Aufregung hat ihn so müde gemacht«, sagte Madame Corbet, »dass er immerfort schlafen muss.«

»*Il a été drogué*«, sagte Monsieur le Directeur.

»*Drogué?* Was heißt ›*drogué*‹?«, fragte Joss.

Es war Madame Corbet, die bestürzt erklärte: »Betäubt.«

»Willymaus ... betäubt?«

Monsieur le Directeur fragte, ob Willymaus irgendwo im Haus Schlaftabletten gefunden haben könnte. »Kleine bunte Pastillen, die wie Bonbons aussehen?«, fragte er auf Französisch. »Haben Sie welche?«, fragte er Madame Corbet. »Nein, Sie würden sie nicht herumliegen lassen. Mademoiselle Zizi vielleicht?«

»Zizis Schlafmittel bewahre ich auf«, sagte Madame Corbet und fügte hinzu, dass Willymaus sie unmöglich genommen haben könnte.

Es mochte ihr unmöglich erscheinen, und doch war es geschehen. Als ich jetzt neben Joss am Fußende des Bettes stand, wusste ich nicht nur, dass es nicht unmöglich war, sondern noch viel mehr. Während der Arzt und Madame Corbet miteinander sprachen, sah ich das Tablett mit den Leckerbissen wieder vor mir und hörte Eliots sanfte Stimme sagen: »Die Grenadine hat ihm besonders gut geschmeckt.« Aber warum, fragte ich mich, und mir wurde schwindelig, warum? Dann erinnerte ich mich, dass Eliot Willymaus plötzlich und ohne jeden Grund ins Bett geschickt hatte. Aber ... und jetzt fiel mir ein, was ich mir gestern Abend nicht hatte erklären können: dass es Willys Bericht über das Motorrad gewesen war, der die ganze Szene ausgelöst hatte. Die Erkenntnis war so überwältigend, dass ich mir unwillkürlich den Mund zuhielt, um nicht damit herauszuplatzen. Die Bewegung musste zu auffallend gewesen sein, denn sie war von allen bemerkt worden.

»Was gibt's nun schon wieder?«, stöhnte Madame Corbet. »Nein, wirklich, diese Kinder!«

Ich tat, als ob ich Zahnschmerzen hätte. »Sie ist blass«, sagte Monsieur le Directeur ein wenig übellaunig. »Mach den Mund auf.« Er prüfte meine Zähne der Reihe nach. »Es wird besser sein, sie zu Dupont zu schicken«, sagte er zu Madame Corbet. »Die zwei«, er klopfte auf zwei meiner Zähne, »schauen mir ganz danach aus, als ob sie raussollten.«

Je weiter der Tag vorrückte, desto schwerer lastete es auf mir – wobei ich unter »es« das verstand, was ich wusste, aber nicht wahrhaben wollte. Ich benahm mich wie der Vogel Strauß, der den Kopf in den Sand steckt. Aber jeden Augenblick wurde mein Kopf herausgezogen, und immer wieder vergrub ich ihn schleunigst im Sand.

Willymaus erwachte am Nachmittag, war aber schlaftrunken, stumpfsinnig und hatte eine schwere Zunge. Joss rief im Krankenhaus an – Madame Corbet hatte die telefonische Verbindung hergestellt –, und Willymaus bekam eine Tasse heißen Tee. Er schlief sofort wieder ein, aber sein Körper fühlte sich wärmer an.

Joss blieb bei ihm, während Hester und ich am Fluss spazieren gingen. Wir waren stillschweigend übereingekommen, Mutter an diesem Abend nicht zu besuchen, da ich mich nicht hätte darauf verlassen können, ihr nichts zu erzählen. Wir mieden die Bucht, und das Schweigen lastete schwer auf unseren Gemütern. Nicht einmal mit Hester konnte ich über das sprechen, was in mir vorging, und da auch sie die Mauer zwischen uns zu fühlen schien, war sie verstummt, was für Hester erstaunlich war. Erst als wir auf den Treidelpfad hinaustraten, rief sie aus: »Schau, die Marie France ist nicht mehr da.«

»Irgendwann musste sie ja wegfahren«, sagte ich. Ihre Abwesenheit schien nicht von Bedeutung zu sein, aber die leere Stelle, wo der kleine Kahn verankert gewesen war, machte einen merkwürdig öden Eindruck.

Wir gingen ins Haus zurück, um unseren *goûter* zu essen, den wir allerdings selbst aus der Küche holen mussten. Mauricette schmiegte sich an Monsieur Armand und las, über seine Schulter gelehnt, die Zeitung. »Deshalb war Monsieur Dufour hier und hat sich so genau nach Monsieur Eliot erkundigt!«, sagte sie auf Französisch, aber ich schien inzwischen kaum mehr zu bemerken, ob die Leute französisch oder englisch sprachen. Ich war eben im Begriff, ein Stück von einem Baguette abzuschneiden, als ich mit dem Messer in der Hand bewegungslos stehen blieb. »Weshalb?«, fragte ich.

»*Vol de diamants à Paris*«, las Monsieur Armand vor. »*Coup de main audacieux dans le quartier de l'Étoile. Le malfaiteur s'enfuit avec cent millions de francs de diamants.*«

»Diamanten?«, fragte ich.

»Was heißt das?«, fragte Hester.

»Nur dass ein Diebstahl verübt worden ist«, sagte ich.

»Lies es vor«, sagte Monsieur Armand und reichte mir die Zeitung. »Los, übersetz es für deine Schwester!«

Mühsam begann ich: »Ein bewaffneter … *Qu'est-ce que c'est ›mal-faiteur‹*?«, fragte ich Monsieur Armand.

»Gangster«, sagte Monsieur Armand, der gern ins Kino ging.

»Bewaffneter Gangster raubt einhundert ... Millionen ... heißt es wirklich ›Millionen‹?«, fragte ich.

»Millionen«, bestätigte Monsieur Armand.

»Raubt Juwelen im Wert von einhundert Millionen Franc und entkommt. Mademoiselle Yvonne Lebègue, die Sekretärin Monsieur Roger Dixonnes, eines Diamanten...händlers«, ich stolperte über die mir unbekannten Wörter, »dessen Büro sich in der Rue La Fayette, neuntes Ar... was heißt das?«

»*Neuvième arrondissement*«, erklärte Monsieur Armand, was mich um nichts gescheiter machte.

»... sich in der Rue La Fayette befindet, holt einmal im Monat *pierres précieuses* ... Edelsteine, hauptsächlich Diamanten, von einem Geschäftsfreund an der Place du Trocadéro ab. Freitag gegen drei Uhr fünfzehn fuhr Mademoiselle Lebègue in Monsieur Dixonnes Auto, das sein Chauffeur Jean Sagan lenkte, auf dem Weg in die Rue La Fayette durch die Rue Dumont d'Urville. In ihrer Obhut befand sich ... *un lot spécial* ... ein besonders kostbarer Posten ... *Qu' est-ce que c'est* ›*pierres taillées*‹?« Mauricette tat, als würde sie ein Messer schleifen. »Ach so ... geschliffene Edelsteine, die auf einhundert Millionen Franc bewertet werden, in einem kleinen ... *Qu'est-ce que c'est* ›*une mallette d'aluminium*‹?«

Zur Erklärung klopfte Mauricette auf eine Kasserolle. »Ach so, in einem kleinen Aluminiumköfferchen.« Ich hatte nicht gewusst, dass es Koffer aus Aluminium gab. »... das sie im Auto, einem großen Mercedes, unter ihre Füße gestellt hatte. Als der Wagen beinahe ... *à l'hau-*

teur de la rue … angekommen war, fuhr ein kleines hellblaues Auto, das am rechten Straßenrand geparkt hatte, plötzlich los und hielt … kreuzweise? … ach so, quer gestellt, mitten auf der Straße, sodass der Mercedes gezwungen war, stehen zu bleiben. Im selben Augenblick trat ein Mann an den Wagen heran, riss die Tür neben Mademoiselle Lebègue auf, ergriff das Köfferchen, warf die Tür wieder zu und war verschwunden. Das alles ging so schnell und so ruhig vor sich, dass der Chauffeur den Mann überhaupt nicht sah und dass keiner der zahlreichen Fußgänger den Vorfall bemerkt hatte. Sie begriffen erst, was geschehen war, als Mademoiselle Lebègue zu schreien anfing und Monsieur Sagan mit dem Ruf ›Haltet den Mann! Aufhalten!‹ aus dem Wagen sprang. Der kleine blaue Wagen war inzwischen davongefahren. Monsieur Sagan stürzte sich in die Menschenmenge, aber der Dieb war spurlos verschwunden. Er musste Monsieur Dixonnes Gewohnheiten sehr genau gekannt haben, um …«, ich übersetzte wörtlich, »diesen Überfall in weniger als zwei Minuten durchführen zu können.«

»*Ah ça! Par exemple!*«, rief Monsieur Armand bewundernd aus. »*C'est un peu fort!*« Und weise fügte er hinzu: »*La femme était dans l'coup.*«

»Welche Frau war im Komplott?«

»*La secrétaire*«, sagte Monsieur Armand und nickte.

Mauricette war überzeugt, dass sie den Dieb sicher erwischen würden, da der Polizei das Nummernschild des kleinen Wagens bekannt war. Monsieur Armand vermutete, dass der Fahrer nur ein Komplize und der Wagen sicher gestohlen war, sie würden ihn bald irgendwo finden. »*On verra bien*, ihr werdet schon sehen«, sagte er, und ich las weiter: »Es ist das dritte Mal, dass sich in diesem Viertel ein ...« Ich stockte.

»Überfall«, sagte Monsieur Armand auf Englisch.

»... ein Überfall dieser Art ereignet hat. Die Polizei sucht einen Mann, ungefähr fünfunddreißig Jahre alt, hochgewachsen, schlank, bekleidet mit einer schmalen Hose und einem grünen Sakko. Die Schnelligkeit und ... Drei... Dreistigkeit, mit der die Tat ausgeführt wurde, lässt den Schluss zu, dass es sich um die Taten eines routinierten Diebes, vielleicht des internationalen Banditen Allen, handelt, der im vergangenen Jahr an den großen Juwelendiebstählen in Cannes beteiligt war und dessen die Polizei trotz aller Bemühungen nicht habhaft werden konnte.« Ich las weiter. »Was ist *une grande enquête?*«, fragte ich.

»*Cherchant partout*«, sagte Mauricette.

»Oh! Überall suchen«, und Mauricette fügte hinzu: »*Même Monsieur Eliot.*« Sie sagte es lachend, aber ich lachte nicht. Überall suchen – sogar in Les Œillets nach Eliot! Mir war, als ob es in meinem Kopf klick machte.

Mauricette hatte in den Zeitungen gelesen, dass die Polizei alle Fremden, die in einem gewissen Umkreis von Paris wohnten, kontrollierte, und neckte uns: »*Vous deux, Mademoiselle Cecil et Mademoiselle Hester et ma p'tite Vicky, ma p'tite reine*«, rief sie, hob Vicky auf und tanzte mit ihr in der Küche herum. Dann blieb sie stehen und zeigte mir ein Bild in der Zeitung.

Alles in der Küche war uns vertraut – Monsieur

275

Armand, Mauricette, die Pfannen und Töpfe, sogar die Fliegen, die auf Monsieur Armands Stirn umherkrochen, heimelten uns an, als wären sie gute Freunde. Jetzt aber schien alles hinter dem Bildnis eines Mannes im Nebel zu verschwimmen. Mühselig buchstabierte ich die Schlagzeile, die darüberstand: »›Ich habe ihn gesehen und werde ihn wiedererkennen‹, sagt Inspektor Jules Cailleux von der Sûreté Générale, der in dem Fall ermittelte. ›Dieses Mal werden wir ihn erwischen.‹«

Ich nahm die Zeitung zu Joss hinauf. »Inspektor Cailleux? War das nicht der Mann in Dormans?«, fragte Joss.

»Ja, an dem Tag …« Ich brach ab, denn es fiel mir noch immer schwer, den Tag vor Joss zu erwähnen, aber Hester sagte: »An dem Eliot sich so komisch benommen hat.«

Eine Weile herrschte Schweigen, dann stammelte ich ein wenig heiser: »Vielleicht hat er sich so komisch benommen, weil er von Inspektor Cailleux nicht gesehen werden wollte.«

»Spinn nicht rum«, sagte Joss, aber gerade die Schärfe in ihrer Stimme verriet mir, dass auch sie sich Gedanken machte.

»Willymaus, wach auf. Wach auf! *Willymaus!*«

Es war am nächsten Morgen. Spät am Abend des vorigen Tages hatte Willymaus sich gestreckt und war mit einem Lächeln auf den Lippen aufgewacht. Madame Corbet musste besorgt gewesen sein, denn sie war sofort zu ihm heraufgekommen und hatte veranlasst, dass er etwas heiße Suppe, Brot und Butter bekam. Er hatte uns angelächelt und war wieder eingeschlafen. Als ich in der Nacht seine Decken rascheln hörte, wusste ich, dass er ins »Loch« gehen wollte, und führte ihn hin. Jetzt, am Morgen, musste er sicherlich wach genug sein, um zu sprechen ... oder, wie ich verzweiflungsvoll hoffte, *nicht* zu sprechen.

Die ganze Nacht hindurch hatte ich gegrübelt, die Stücke und Bruchstücke meiner Beobachtungen immer wieder zu ordnen versucht. Warum gerade ich?, dachte ich. Warum muss gerade ich es sein? Gott schickt einem nicht mehr, als man ertragen kann, hatte Mutter auf der Fahrt gesagt, aber das hatte sie auf Schmerzen bezogen. Jeden körperlichen Schmerz hätte ich ertragen können, aber dieses furchtbare Wissen, das in mir war, schien mir unerträglich. Es ist nichts als Einbildung, sagte ich mir immer wieder und versuchte die Bilder, die sich mir aufdrängten, zu ignorieren. Ja, das ist es, sagte ich mir, was du um jeden Preis tun musst: ablehnen, etwas zu wissen, bei dir behalten, was du weißt, schweigen, nicht selbst darüber sprechen, aber auch weder Hester noch sonst jemandem erlauben, darüber zu sprechen. »Willymaus, wach auf!«

Er schlug die Augen auf. »Habe ich geschlafen?«, fragte Willymaus.

»Kannst du mich verstehen?«

»Warum sollte ich nicht?«, fragte er erstaunt.

»Ich möchte, dass du mir etwas versprichst.« Der Tonfall meiner Stimme musste sehr feierlich geklungen haben, denn seine Augen waren so groß wie die einer Eule, als er zu mir aufschaute.

»Ist es etwas Wichtiges?«

»Etwas sehr Wichtiges. Willymaus, wenn sie – wenn irgendjemand – dich fragen sollte, ob du etwas gesehen hast, leugne alles. Versprich mir das.«

»Habe ich denn etwas gesehen?«, fragte er.

Zwei Reisegruppen wurden zum Mittagessen erwartet. »Ihr müsst eure Zimmer selbst aufräumen«, sagte Madame Corbet zu mir.

»Kann ich Ihnen vielleicht die Arbeit, den Blutfleck aufzumalen, abnehmen, da Paul nicht da ist?« Ich hatte es sarkastisch gemeint, wollte ihr zu verstehen geben, dass wir genau wussten, was für eine Schwindelbande sie waren, aber Madame Corbet nickte nur. In ihren Augen gehörten solche Dinge zum normalen Hotelbetrieb, und so sagte sie: »Du könntest auch den Schädel vergraben, aber du musst Rita und Rex zuerst in ihren Zwinger sperren, sonst graben sie ihn gleich wieder aus.«

»Wo sind Rita und Rex?«

Sie waren weder an ihrem gewohnten Platz auf den Stufen vor dem Haus noch im Haus selbst oder im Garten, aber ich hörte ihr Bellen aus dem Obstgarten, Gebell und Winseln. Ich erinnere mich, dass ich, als ich dem Lärm nachging, um zu sehen, was die Hunde so sehr in Aufregung versetzte, von der Buchsbaumhecke ein Blättchen abgepflückt und zwischen den Fingern zerrieben habe, um mich an dem warmen Duft zu erfreuen. Ich lungerte dann noch ein Weilchen im Obstgarten herum, um die Bäume nach ein paar vergessenen Mirabellen abzusuchen. Tatsächlich entdeckte ich noch einige, überreif, wo sie von der Sonne beschienen wurden, aber fest und geschlossen, wo sie unter den Blättern verborgen waren. Ich aß sowohl die einen als auch die anderen, aber sie steigerten noch das chaotische Gefühl in meinem Magen. Schließlich ging ich mit den Hundeleinen in der Hand die erste lange Allee hinunter.

Am Ende dieser Allee, knapp an der Mauer, befand sich eine Grube, die mit lockerer Erde, faulenden Blättern, gemähtem Gras und Unkraut gefüllt war. Was immer geeignet war, sich in einen Komposthaufen für Roberts geliebte Beetpflanzen im Ziergarten zu verwandeln, wurde in diese Grube geworfen.

In diesem Haufen scharrte Rita. Ihr aufgeregtes Winseln und Bellen jagte Schauer von Nervosität durch Rex, der mit gespitzten Ohren aufrecht vor ihr im Gras saß. Er hielt etwas im Maul und schlug stolz mit dem Schweif auf den Boden, als er mich sah. Während es immer Rita war, die den Schädel ausgrub, war es Rex, der ihn apportierte, und so stellte er sich auch jetzt auf die Beine, kam auf mich zu und legte seine Beute in meine Hand.

Es war *une espadrille*, ein grau-weißer aufgeweichter Schuh, dessen Riemen noch verknotet waren. Ich zuckte zusammen und ließ ihn fallen, Rex wedelte mit dem Schweif und ließ mich nicht aus den Augen.

»Wart, mein Junge«, sagte ich. Es kam nur ein Krächzen aus meiner Kehle, und mit drei Schritten war ich bei Rita, um zu sehen, was sie ausgrub.

Von dem Braun-Gelb der Blätter hob sich etwas Blasses ab. Ich machte noch einen Schritt nach vorne, und der ganze Obstgarten schien sich zu neigen und in einem Nebel zu verschwimmen, wie es mit der Küche der Fall gewesen war, als ich Inspektor Cailleux' Bild in der Zeitung gesehen hatte, nur dass sich der Obstgarten jetzt mit dem Himmel zu vereinen schien. Das blasse Ding war ein Fuß, ein nach unten gekehrter Fuß mit einem Knöchel. Alles Übrige war unter den Blättern verborgen, nur der Saum einer blauen Leinenhose war noch zu sehen, aber der Knöchel war nackt. Seine Haut war so weiß und zart wie Vickys Hals. Es war eine junge Haut, an der ein kleines, hellgelbes Blatt klebte. Ohne zu wissen, was ich tat, beugte ich mich nieder, um es wegzunehmen.

Es klebte fest. Fast geistesabwesend kratzte ich es ab, meine Hand berührte die Haut, die Haut war kalt.

Seit zwei Tagen war mir immer kalt gewesen, aber dies war eine andere Kälte – ein ganz besonderer Frost. Schauer liefen mir über den Rücken, und meine Lippen begannen zu beben. Der Fuß war kalt und steif, und seine Starrheit war grauenhaft. Der Verwesungsgeruch, der von den Blättern und dem faulenden Unkraut aufstieg, drang mir in den Mund und in die Nase und schien mir der Atem des Todes zu sein. Jetzt gab es kein Entrinnen mehr. Mein Kopf war aus dem Sand gerissen worden, und ich musste mich zu meinem Wissen bekennen. Der Fuß war mit der Espadrille bekleidet gewesen, mit Pauls Espadrille ... und was hier lag, war Paul.

XVI

»Magenverstimmung«, sagte Madame Corbet.
Sie war in dem Augenblick zu mir gestoßen, als ich mich auf dem Gartenpfad erbrach.

»Zu viele Mirabellen«, sagte sie, und ihr Haarknoten wackelte, nicht mitleidig, sondern in heller Entrüstung.

Ich widersprach nicht. Ich hätte auch gar nicht widersprechen können, ich konnte nur nach Luft ringen und stöhnen. Überdies hatte sie recht: Es war, als könnte ich Paul, Eliot, Les Œillets – alles, was hier war – nicht schnell genug aus meinem System befördern. Mein Magen hatte sich plötzlich genauso meinem Mund genähert, wie sich der Obstgarten dem Himmel genähert hatte.

»So ein großes Mädchen und überisst sich an Mirabellen«, schimpfte Madame Corbet.

»Ich bin nicht groß. Ich bin klein, viel zu klein«, wollte ich schreien, aber kein Ton kam aus meiner Kehle. So ungern sie es auch tat, blieb ihr doch nichts übrig, als mir auf die Beine zu helfen, bis ich mich schließlich auf sie stützen und Atem holen konnte.

»Sind … Rita und Rex eingesperrt?«

»Ich habe sie in den Zwinger gesperrt«, sagte Madame Corbet wütend. »Sogar das musste ich selbst machen. Ich muss mich um alles kümmern. Um alles! Bist du so weit?«, fragte sie barsch.

»Ich – ich glaube … ja!«

»Dann geh in dein Zimmer und leg dich hin. Du bekommst heute kein Mittagessen.«

Froh, entkommen zu sein, schlich ich davon und die Treppe hinauf. In unserem Zimmer angelangt, ging ich zum Waschbecken, das zum Glück noch nicht geleert und gereinigt worden war, da ich es sonst nicht hätte benutzen dürfen, ehe die Gäste abgereist waren. Immer wieder wusch ich meine Hände. Ich glaube, ich versuchte, das Gefühl jener furchtbaren Kälte und den Geruch der toten Blätter abzuwaschen. Ich erinnere mich, dass ich zitterte und dass das Pochen in meinem Kopf wiedergekehrt war. »Du weißt, was du gesehen hast«, sagte das Pochen. »Du weißt es. Kein Schatten eines Zweifels kann mehr bestehen. Etwas wirst du tun müssen! Was wirst du tun?« Ich wäre am liebsten in mein ungemachtes Bett zurückgekrochen, um die Decke über meinen Kopf zu ziehen, aber Toinette stand an der Tür. Ich floh vor ihr in das Zimmer von Vicky und Hester.

Hier hatte Toinette schon aufgeräumt, und das Zimmer war ordentlich und sauber. Nebukadnezar, jetzt allerdings schon ein wenig vertrocknet, war in seinem Körbchen auf einem Sessel neben Vickys Bett. Der Anblick von Hesters Likörglas, das mit frischen Blumen – Pimpernellen, Gänseblümchen und wilden Geranien –

282

gefüllt war, ließ in mir den überwältigenden Wunsch aufkommen, Eliot zu sehen – Eliot ... der das getan hatte. Ich öffnete die Schublade, in der Hester seine Fotografie vor Toinette versteckte. Da lag der kleine Rahmen mit der Bildseite nach unten. Ich hob ihn auf, und er war leer.

Ich starrte noch immer den leeren Rahmen an, als Joss eintrat. »Madame Corbet sagt ...« Sie stockte und sagte dann: »Ich habe sie genommen.«

»Die Fotografie?« Sie nickte.

»Damit sie nicht ...« Ich weiß nicht, warum ich sie das fragte. Sie konnte nicht wissen, wen ich mit »sie« meinte, aber sie schüttelte den Kopf.

»Ich habe Hester gesagt, dass ich ... ein Porträt von ihm malen will.« Ihr Gesicht war so starr und gefühllos, als wäre es aus Stein gemeißelt.

»Aber du hast es nicht gemalt«, sagte ich. »Was hast du damit gemacht?«

Sie antwortete nicht.

»Du hast es Monsieur Dufour gegeben.«

»Nein.«

»Also was denn?«

»Ich habe es Inspektor Cailleux geschickt.«

»Joss!«

»Eliot hätte nicht Schindluder mit uns treiben dürfen!« Ihr Gesicht war nicht mehr so steinern. »So nennt man ja wohl das, was er getan hat: Er zieht dich an und stößt dich weg, nimmt dich und lässt dich wieder fallen. Es ist grausam, und es geht nicht nur um mich – genauso hat er es mit Mademoiselle Zizi gemacht und, wie Monsieur Armand sagt, auch mit der Sekretärin des Juwelen-händlers. Wie … wie mit Schachfiguren hat er mit uns gespielt, mit ihr, mit Mademoiselle Zizi und mit mir!«

»Mit dir hat er nicht gespielt.«

»Halt deinen Mund«, brauste Joss auf. »Halt deinen Mund!«

Aber ich blieb standhaft. »Er hat mit keinem von uns gespielt«, sagte ich. »Wir waren die Einzigen, mit denen er nicht gespielt hat.«

Joss trat ans Fenster, den Rücken mir zugewandt.

»Wann hast du es getan?«, fragte ich.

»Gestern. Nachdem du mir die Zeitung gebracht hast, wusste ich es, schrieb den Brief, ging ins Büro hinunter und verlangte eine Briefmarke. Madame Corbet gab sie mir. Dann trug ich den Brief zum Briefkasten an der Ecke und warf ihn ein – gerade noch rechtzeitig vor der Entleerung.«

»Du weißt doch gar nicht, ob es Eliot war.«

»Wenn er es nicht war, werden sie nicht kommen«, sagte Joss, aber wir warteten beide nur auf ihr Kommen. »Ich wusste es in dem Moment, als ich die Zeitung sah.«

»Nur wegen Inspektor Cailleux?«, staunte ich.

»Nein. Wegen Eliot«, und dann schrie sie auf. »Deshalb war er so unglücklich.«

»Sie werden den Brief heute Vormittag bekommen haben«, sagte ich stockend.

»Und Paris ist nicht sehr weit«, murmelte Joss.

Eine Weile waren wir beide ganz still und lauschten.

Dann sagte Joss: »Was werden sie ihm tun, Cecil? Werden sie ihn einsperren?«

»Zuerst müssen sie ihn erwischen.« Da war eine vage Hoffnung in mir, aber ich wusste sofort, dass ich mich keinen Hoffnungen hingeben durfte. »Joss ...«, begann ich.

Sie hatte sich aufs Bett gesetzt und lauschte noch immer den fremden Geräuschen, die von der Straße kamen. Fast geistesabwesend blickten ihre Augen zu mir auf. »Sie werden ihn nicht ins Gefängnis bringen«, sagte ich.

Ihre Augen wurden wieder lebendig, als sie hervorstieß: »Warum nicht?«

»Weil sie ihn hängen müssen, wenn sie ihn erwischen.« Ich hielt mich am Bettpfosten fest und erzählte ihr von meinem Fund. Als ich begann, umklammerte sie mein Handgelenk – als ob sie mich hindern wollte weiterzusprechen – mit einem so eisernen Griff, dass meine Hand schlaff und weiß wurde. Erst als ich geendet hatte und sie meine Hand losließ, wallte das Blut so schmerzhaft in meine Adern zurück, dass ich hätte aufschreien können.

Wieder herrschte ein kurzes Schweigen, dann sagte Joss: »In Frankreich hängt man Mörder nicht ... man guillotiniert sie.«

»Das sind die Gäste, die zum Mittagessen erwartet werden«, sagte ich rasch, als wir den Wagen hörten, der vor den Toren des Hotels sein Tempo verlangsamte.

»Dazu ist es zu früh«, sagte Joss.

Wir waren noch in ihrem Zimmer und hätten nur ans Fenster treten müssen, um festzustellen, was für ein

Auto es war, aber wir blieben eng aneinandergeschmiegt auf dem Bett sitzen. Der Wagen bog in die Auffahrt ein und kam zum Stillstand. Joss legte ihre eiskalte Hand auf meine, die ebenso kalt war. »Cecil, schau du!«

»Ich kann nicht.«

»Du kannst. Du hast sie nicht herzitiert.«

Ich ging nicht zum Fenster, sondern die Treppe hinunter, als Monsieur Dufour gerade hereinkam.

»Was? Schon wieder?«, rief Madame Corbet aus, die eben durch die Halle ging.

»Ja, schon wieder!«, sagte Monsieur Dufour, aber in einem Tonfall, der nicht mehr freundlich, sondern eher kurz angebunden und ärgerlich klang. Hinter ihm kamen zwei Männer: der eine, in einem Tweedsakko, war groß und trug eine Aktenmappe; der andere war klein und … ich musste mich am Treppengeländer festhalten, als ich ihn erkannte. Kein Zweifel, dass es der Mann mit dem sandfarbenen Haar und Schnurrbart, sogar in demselben sand- und olivenfarbigen Anzug war, den wir in Dormans angetroffen hatten. Sein Bild war in der Zeitung gewesen, und nun war er selbst hier. Inspektor Cailleux war gekommen. Ein undefinierbarer kleiner Schrei entfuhr mir und schien in die Halle hinauszuschweben.

Während Monsieur Dufour rasch und schroff auf Madame Corbet einredete, fiel ihr Blick auf mich. »Geh in den Garten und bitte Mademoiselle Zizi hereinzukommen!«, befahl sie mir auf Französisch.

Mademoiselle Zizi, die offenbar auf dem Longchair auf der Terrasse gelegen hatte, musste ebenso wie wir den Wagen gehört haben, denn als ich auf sie zukam, stand sie aufrecht und genauso regungslos da, wie Joss vor mir gestanden hatte. Hatte ein sechster Sinn sie gewarnt? Kaum hatte ich sie erreicht, als sie angstvoll meinen Arm umklammerte. »Wer ist gekommen?«

»Die Polizei.«

»Die Polizei!« Ihr Gesicht schien plötzlich gealtert zu sein, aber ihre Kinderaugen sahen, von Schrecken erfüllt, weit über meinen Kopf hinweg.

»Wo ist Irène?«

»Sie hat sie empfangen, aber sie wollen mit Ihnen sprechen.« Ich holte tief Atem. »Mademoiselle Zizi ...«

Kein Laut kam über ihre Lippen, nur ihre Finger umklammerten meinen Arm noch fester, gruben sich in das Fleisch ein.

»Mademoiselle Zizi«, sagte ich mit erhobener Stimme. Ihr Blick war wieder auf mich gerichtet, aber sie war völlig verwirrt. Mit meiner freien Hand gab ich ihr einen scharfen Klaps auf die Finger, den sie allerdings nicht zu fühlen schien.

»Zizi!« Madame Corbet kam über die Terrasse auf uns zu: »*Zizi, vas-y!*«

Endlich ließ Mademoiselle Zizi meinen Arm los. Sie sah Madame Corbet an und wich vor ihr zurück. »*Du* warst es!«, sagte sie, und ihre Stimme hatte einen hässlichen Unterton. »*Du* hast die Polizei gerufen!«

»Ich? Warum hätte ich sie holen sollen?« Madame Corbet streckte ihre Hände aus, aber Mademoiselle Zizi zog sich noch weiter vor ihr zurück.

»Du warst es!«

»Zizi! Qu'est-ce que tu nous racontes?«

»Du warst es!«

»Psst!«, gebot ich Ruhe, wie ich es von den Erwachsenen gelernt hatte. »Hören Sie mir zu! So hören Sie doch!« Ich stampfte mit dem Fuß auf. Sie starrten mich an. »Im Garten ist etwas, das Sie sehen sollten, bevor Sie hineingehen. Es ... er ...« Ich fürchtete, mich wieder übergeben zu müssen, und sprudelte rasch die Worte hervor: »Es ist im Obstgarten.«

»Was ist ›es‹?«

Aber ich war nicht imstande, es ihnen zu sagen. »Schauen Sie in die Grube, in die die Blätter geworfen werden ... schnell!«

»Et maintenant qu'est-ce que tu nous racontes?«

»Schnell.«

»Was ist es denn?« Jetzt flüchtete ich mich wieder in die Tatsache, ein Kind zu sein, und weinte bitterlich. »Etwas ... ich glaube ... ich habe etwas gefunden. O bitte, schauen Sie nach! Schnell! Ich werde hineingehen und sagen, dass Sie gleich kommen. Aber gehen Sie! Gehen Sie!«

Die Herren von der Polizei waren in der Bar, wo ihnen Mauricette auf einem Tablett Drinks servierte. Monsieur Dufour, der aussah, als wäre ihm elend zumute, ging aufgeregt auf und ab. Die anderen zwei saßen unbeweglich an einem Tisch. Inspektor Cailleux sah sich um und schien sich jedes Detail einzuprägen, wie ich es mir bei einem Detektiv immer vorgestellt hatte. Ich sah, dass Joss auf der Treppe stand und sich an das Geländer klammerte.

»*Et Mademoiselle de Presle? Elle vient?*«, kläffte Monsieur Dufour mich an.

Da ich mich von Joss beobachtet wusste, bemühte ich mich, trotz meiner roten Augen Haltung zu bewahren. »*Dans un petit moment*«, sagte ich und schloss die Gartentür hinter mir, aber Monsieur Dufour stürzte vor und riss sie wieder auf, denn gerade in diesem Augenblick begann Mademoiselle Zizi unten im Obstgarten zu schreien.

XVII

Wenn sich in einem Haus etwas Ungewöhnliches ereignet, werden die Kinder wie das liebe Vieh behandelt. Wir wurden zusammengetrieben, die Treppe hinaufgejagt und in unsere Zimmer abgeschoben. Unseren Weg nach oben begleiteten Mademoiselle Zizis hysterisches Geschrei und die Beschwichtigungsversuche Monsieur Dufours. Madame Corbet hatte sie ihm überlassen müssen, da sie selbst wie gewöhnlich alle Hände voll zu tun hatte. Sie musste Mauricette, Toinette und Nicole, die auf dem besten Weg waren, ebenfalls hysterisch zu werden, zur Vernunft bringen, musste sich der Hilfe Monsieur Armands versichern, den Arzt anrufen, Inspektor Cailleux im kleinen Salon versorgen und seinem Assistenten gestatten, das Telefon in ihrem Büro zu benutzen. Bis heute weiß ich nicht, was aus der angekündigten Mittagsgesellschaft geworden ist.

Nachdem Mademoiselle Zizis Geschrei schließlich verstummt war, lag eine erschreckende Stille über dem Haus – über dem Haus, aber nicht über dem Garten, der voller Polizisten war. Rita und Rex heulten in ihrem Zwinger wie wahnsinnig, und jedes Anschwellen ihres

Gekläffs zeigte die Ankunft eines neuen Polizeitrupps an. Monsieur Armand, der sah, dass wir an den Fenstern standen, kam herauf, um die hölzernen Läden zu schließen.

»Schaut lieber nicht hinunter!«, ermahnte er uns voller Mitgefühl, aber wir alle – mit Ausnahme von Joss, die wie erstarrt auf dem Bett saß – konnten der Versuchung nicht widerstehen, durch die Spalten zu gucken.

Ein dunkelblauer Lastwagen fuhr vor.

»Was für ein Wagen ist das?«, fragte Willymaus angsterfüllt.

»Der Lieferwagen irgendeines Kaufmanns«, sagte ich, um ihn zu beruhigen. »Wahrscheinlich bringt er Vorräte für die Küche.«

»Nein, es ist der Leichenwagen«, platzte Vicky heraus, von der wir geglaubt hatten, dass sie von nichts wisse. »Er holt Paul ab.«

Diese ohne die geringsten Umschweife ausgesprochene Wahrheit versetzte uns einen Schock, und vollkommen bewegungslos horchten wir auf das Geräusch trampelnder Füße. »Er liegt auf einer Bahre«, berichtete Vicky, »bis oben zugedeckt.«

Ein Schluckauf schüttelte mich vom Kopf bis zu den Fersen. Hester fing an zu weinen. »Paul hat für seinen Lastkraftwagen so gespart«, klagte sie. »Warum hat Gott das getan? Warum?«

»Gott hat es nicht getan«, sagte Vicky. »Eliot war es. Monsieur Armand hat es mir gesagt.«

Joss saß auf dem Bett und rang die Hände. »Es ist einzig und allein meine Schuld. Wenn ich auf Cecil gehört und nicht aufgehört hätte zu malen, wäre ich nicht zu dem Fest gegangen.«

»Wir sind alle zu dem Fest gegangen«, sagte Hester, loyal wie immer.

»Wenn ich ihm nicht zugelächelt hätte …«

»Ja, wenn wir nie mit ihm gesprochen hätten …«, konnte ich einwerfen.

»… dann wäre ihm nie eingefallen, die Leiter hinauf-zuklettern«, sagte Joss, die nicht zugehört hatte.

»Ist er denn die Leiter hinaufgeklettert?«, fragten Hester und die Kleinen wie aus einem Mund. »Warum?«, wollten sie mit weit aufgerissenen Augen wissen.

»Um … Joss anzuschauen.«

»Wozu?«

»Männer pflegen Frauen anzuschauen«, sagte Willy-maus.

Ich erzählte ihnen, wie Eliot plötzlich aufgetaucht war. »Er hätte nicht kommen müssen, und er kam nur, weil er geglaubt hat, dass wir in Schwierigkeiten sind. Er hätte einfach weggehen können«, sagte ich, »aber er hat die Leiter geschüttelt, und Paul ist hinunterge-fallen.«

»Niemand hat es gewollt«, sagte Hester, »es ist ein-fach so passiert.« Und traurig setzte sie hinzu: »Und jetzt ist Eliot gegangen.«

»Ich habe ihn weggehen sehen.« Alle schauten mich an und hörten mir aufmerksam zu, als ich ihnen den Hergang schilderte.

»Ja, so war er angezogen«, sagte Willymaus und nickte, als ich ihm Eliots Kleidung beschrieb. »Aber …

292

ich kann es nicht glauben.« Er sah aus, als hätte man ihn auf den Kopf geschlagen.

»Ich schon«, sagte Hester, und da sie sah, wie überrascht wir waren, fuhr sie erklärend fort: »Eliot hat immer gesagt: ›Es tut mir leid, ich habe so handeln müssen.‹ Wenn man wirklich anständig ist, durch und durch anständig, macht man nichts, was einem nachher leidtut.«

In diesem Augenblick erschien Madame Corbet in der Tür. »Ihr sollt zu ihm kommen.«

»Zu wem?«

»Zu Inspektor Cailleux.«

»In unseren Vogelscheuchen?«

»Das spielt jetzt keine Rolle«, sagte Madame Corbet wie jemand, der sagen will: »Jetzt ist nichts mehr wichtig.«

Sie trieb uns über die Treppe hinunter, alle mit Ausnahme von Joss, die sich nicht kommandieren ließ. »Ich werde kommen, wenn ich so weit bin«, sagte sie.

Inspektor Cailleux war in dem kleinen Salon, den wir nie hatten betreten dürfen. Jetzt sollten wir, noch dazu in unseren Vogelscheuchen, hineingelassen werden und auf den mit gelbem Satin bespannten Sesseln sitzen. Vorerst mussten wir allerdings warten, konnten aber durch die offene Tür Monsieur Dufour und den Mann im Tweedanzug sehen. Unseren verstohlenen Blicken entging nicht, dass Inspektor Cailleux in seinem farbenfrohen Anzug an einem hübschen, mit gemalten Amoretten und Schleifen verzierten Tisch saß, und mit Grauen dachten wir an den Zweck, dem der Tisch jetzt dienen musste. An einem Tisch, den man aus der Bar hineingetragen und in eine Fensternische gestellt hatte, saß ein anderer Mann und schrieb, während seine drei Kollegen in einer lebhaften Unterhaltung begriffen waren, der ich mit Aufbietung aller meiner Verstandeskräfte gerade noch zu folgen vermochte.

»Ich kann es nicht glauben!«, sagte Monsieur Dufour eben und ging mit langen Schritten auf und ab. »Jeder Mensch hat hier Monsieur Eliot gekannt. Mein Gott, hat er nicht noch gestern Abend mit uns allen an dem Fest teilgenommen? Er muss Nerven aus Stahl haben!«

»Die hat er«, sagte Inspektor Cailleux in seiner knappen, sanften Art.

»Was hat er gesagt?«, flüsterte Willymaus.

Obwohl er so leise sprach, mussten sie ihn doch gehört haben, denn Inspektor Cailleux fragte: »Verstehen diese Kinder Französisch?«

»Sehr wenig«, sagte Monsieur Dufour, »außer vielleicht der Ältesten.« Er kam zur Tür und musterte uns der Reihe nach. »Sie ist noch nicht hier«, sagte er und fragte dann: »Soll ich die Tür schließen?«

»Nein, lassen Sie sie offen. Es ist zu heiß«, sagte Inspektor Cailleux.

Sie setzten ihre Unterhaltung fort. »Aber wie?«, rief Monsieur Dufour aus. »Wie? Sie haben doch gehört, dass Monsieur Eliot den ganzen Nachmittag hier war.«

»Ich habe es gehört, aber das besagt nicht, dass er wirklich hier war.«

»Aber er *war* hier. Wir haben Zeugenaussagen, dass er den ganzen Nachmittag hier verbracht hat. Wie kann er dann um drei Uhr in Paris in der Rue Dumont d'Urville gewesen sein. Wenn dies sein Werk sein soll, muss er einen Komplizen gehabt haben.«

»Er hat keinen Komplizen.« Inspektor Cailleux' Stimme war die eines müden Mannes. »Er arbeitet allein, oder so gut wie allein. Vielleicht heuert er gelegentlich jemanden an, um einen Wagen zu fahren oder zu telefonieren, aber die Person wird dann sofort entlassen. Wir haben alle seine Helfer gefasst und festgestellt, dass sie nichts wissen. Oft wissen sie nicht einmal, wer er ist. Er ist viel zu gerissen, um Komplizen zu haben, die ihn ja doch früher oder später verraten würden. Nein, keine Komplizen, sondern nur Werkzeuge! Einfache Leute – besonders Frauen.«

»Besonders Frauen«, sagte Monsieur Dufour, und ich wusste, dass er an Mademoiselle Zizi dachte. *Ich* dachte an die einfachen Leute – an uns Kinder.

»Aber wie hat er es geschafft? Wie?«, fragte Monsieur Dufour wieder. »Ich verstehe es nicht!«

»Wenn wir es verstünden, wäre es nicht Allens Werk.«

»Worüber sprechen sie?«, fragte Willymaus und hinderte mich so daran, ihrem Gespräch weiter zu folgen, bis Inspektor Cailleux bedächtig sagte: »Ich kenne die Arbeit dieses Mannes so genau, als wäre es meine eigene.«

»Sag uns, worüber sie sprechen«, drängte Willymaus, und ich übersetzte Satz für Satz, aber es war schwierig, gleichzeitig zu übersetzen und zuzuhören.

»Aber ... sozusagen vor unseren Nasen«, rief Monsieur Dufour aus.

»Vor euren Nasen«, bestätigte Inspektor Cailleux und warf den Stift auf den Tisch. »Aber was nützt das alles? Er hat einen Vorsprung von sechsunddreißig Stunden. Jetzt ist er Hunderte von Meilen weg.«

»Das glaube ich nicht«, sagte Willymaus, als ich ihm die letzten Sätze übersetzt hatte.

»Was soll das heißen?«

»Ich weiß, wo Eliot ist.«

»Wo?«

»Auf dem Schleppkahn. Auf der Marie France.« Die Marie France war verschwunden, und ich erinnerte mich an das seltsame leise Hupen mitten in der Nacht.

Ich starrte meinen kleinen Bruder an. »Woher weißt du das?«

»Er war entsprechend angezogen«, sagte Willymaus einfach und fügte hinzu: »Schleppkähne fahren sehr langsam, aber wahrscheinlich werden sie nicht auf die Idee kommen, ihn dort zu suchen.«

»Cecil!«, mahnte Hester dringend.

Ich schaute auf. Mademoiselle Zizi war in der Bar erschienen. Ich hatte sie schon vorher einmal ohne Make-up gesehen, aber erst jetzt schien mir ihr wahres Gesicht sichtbar geworden zu sein. Es war seltsam gräulich weiß und so verrunzelt, als wären Schnüre durchgezogen, das Haar war aufgelöst und hing ihr in wirren Strähnen fast bis auf die Schultern. Sie schaute erst uns an, warf dann einen Blick in den kleinen Salon, deutete mit dem Finger fragend hinein und sah wieder uns an.

Wir schüttelten die Köpfe.

Ihre Augen, die eine Frage zu enthalten schienen,

wanderten von einem von uns zum anderen, dann legte sie den Finger an die Lippen. Langsam, feierlich nickten wir.

Wir hörten Madame Corbets Redeschwall von der Halle her, und fast panikartig wandte sich Mademoiselle Zizi zum Gehen. In der Tür stieß sie mit Joss zusammen.

Joss blieb sofort stehen, als sie Mademoiselle Zizi erblickte. Einen Moment lang musterten sich die beiden schweigend, bis Mademoiselle Zizi die Stille brach.

»Ich bin im Bilde. Man hat mich informiert, dass Sie es waren, die die Fotografie geschickt hat.«

»Selbstverständlich.« Joss schritt an Mademoiselle vorbei und sagte: »Mach mir neben dir Platz, Hester!«

Die Stimmen im kleinen Salon wurden lauter. Wir horchten auf. »Sie sprechen über uns«, sagte ich.

»Wir haben schon alle vernommen«, hatte Monsieur Dufour eben gesagt.

»Mit Ausnahme der Kinder«, sagte Inspektor Cailleux.

»Sie können nichts Wichtiges auszusagen haben – höchstens vielleicht das große Mädchen.«

»Sie können sehr Wichtiges auszusagen haben. Rufen Sie sie herein! Ich werde mir die Kleinsten zuerst vornehmen – und sprechen Sie ja nicht mit der Ältesten!«, befahl Inspektor Cailleux. »Ignorieren Sie sie!«

»Das wird sie nervös machen.«

»Das ist gerade, wie ich sie haben will«, sagte Inspektor Cailleux.

Monsieur Dufour erschien im Rahmen der Salontür

und winkte uns einzutreten. Er erschrak sichtlich, als er Mademoiselle Zizi sah. »Zizi«, sagte er, »Sie sollten sich ein wenig Ruhe gönnen.«

»Ruhe gönnen!«

»Jedenfalls sollten Sie sich etwas Gutes tun. Bitte, bleiben Sie nicht hier«, drängte er. »Irène, bringen Sie sie in ihr Zimmer!« Madame Corbet legte den Arm um ihre Hüfte und führte sie weg, gerade als wir im Gänsemarsch in den kleinen Salon gingen.

»Setzt euch, Kinder!«

Im Bewusstsein unserer außerordentlich schmutzigen Vogelscheuchen wagten wir nur, uns auf die äußersten Kanten der gelben Satinsessel zu setzen. Als Letzte kam Joss mit hocherhobenem Kopf und roten Flecken auf den Wangen, um auf einem Stuhl bei der Tür Platz zu nehmen.

»Müssen die Kleinen mit hineingezogen werden?«, fragte Monsieur Dufour auf Französisch.

Ohne den Kopf zu heben, sagte Inspektor Cailleux: »Sie sind von Anfang an drin gewesen.«

Ein paar Minuten lang schrieb er, ohne aufzublicken, dann lehnte er sich plötzlich zurück und sah uns der Reihe nach an. Mir wurde heiß und dann wieder kalt. Ich glaube, wir waren alle totenbleich. Hesters Gesichtsfarbe erinnerte mich an eine geschälte Nuss, und Joss schien ihre Maske, versehen mit zwei roten Flecken, angelegt zu haben.

»Wer von euch hat dieses Foto gemacht?«, fragte Inspektor Cailleux, und das so beiläufig und noch dazu auf Englisch, dass wir erschrocken zusammenfuhren.

Ich weiß nicht, was wir erwartet hatten – dass man uns anschreien, nach unseren Namen und unserem Alter fragen oder die Daumenschrauben anlegen würde –, aber nichts von alledem geschah. Inspektor Cailleux hielt nur die Fotografie in die Höhe.

»Ich«, sagte Hester mit stolzer Bescheidenheit.

»Und du bist …«, er schaute in sein Schriftstück, »Hester?«

Sie nickte.

»Zehn Jahre alt?«

Hesters Locken tanzten wieder auf und nieder.

»Zehn Jahre alt«, sagte Inspektor Cailleux zu Monsieur Dufour auf Französisch, »und hat fertiggebracht, was keinem Menschen zuvor gelungen ist: Allen zu fotografieren!« Dann fuhr er auf Englisch fort: »Ich muss dir gratulieren, *ma p'tite*! Das Bild ist für uns außerordentlich wertvoll.«

»Wertvoll?« Die stolze Freude auf Hesters Zügen war wie weggewischt. »Wollen Sie damit sagen, dass … meine Aufnahme Ihnen geholfen hat?«

»Und ob sie mir geholfen hat! Sie hat mich geradenwegs hierhergeführt«, und indem er sich an Monsieur Dufour wandte, sagte er: »Ich gehöre zu den wenigen, den ganz wenigen, die Allen gesehen haben. Einmal habe ich ihn schon gehabt, aber nur für eine Stunde.«

»Ist er Ihnen abgehauen?« Monsieur Dufours Stimme klang beinahe erfreut.

»Er ist mir abgehauen«, sagte Inspektor Cailleux in einem Ton, der jede weitere Frage verbot, und ich erinnerte mich, dass in der Zeitung gestanden hatte: »… dessen die Polizei trotz aller Bemühungen nicht habhaft werden konnte.«

»Ich werde dich bitten müssen, mir das Negativ zu überlassen«, Inspektor Cailleux hatte sich wieder an Hester gewandt, »aber wir werden dir als Entschädigung etwas sehr Schönes geben. Wie wär's mit einer Puppe? Du möchtest doch sicher gern eine Puppe haben?«

»Nein«, sagte Hester und sah ihn mit entsetzt aufgerissenen Augen an.

»Eliot hat mir eine Puppe geschenkt«, sagte Vicky. »Wir brauchen Ihre nicht.«

»Hört mir zu«, sagte Inspektor Cailleux. »Ich werde mit euch reden, als ob ihr nicht Kinder, sondern Erwachsene wärt. Ihr kennt diesen Mann Allen?«

Wir schüttelten die Köpfe.

»Ihr kennt Monsieur Eliot?«

Wir nickten. »Er ist unser Freund«, sagte Willymaus.

»Euer Freund ist ein Dieb«, sagte Inspektor Cailleux. Hester und die Kleinen hörten ihm so andächtig zu, dass er sich an seinem Thema erwärmte. »Ein Dieb, der in vielen Ländern gestohlen, Leute betrogen, ihnen ihr Geld weggenommen und sie oft sehr grausam behandelt hat. Ich muss euch sagen, dass er sie mitunter sogar ermordet hat.«

»So wie er es mit Paul gemacht hat?«, fragte Vicky interessiert.

»Du sollst nicht solche Dinge sagen, Vicky«, mischte sich Joss von ihrem Platz neben der Tür ein.

»Mademoiselle, wollen Sie freundlichst …«, sagte Inspektor Cailleux.

»Aber …«, begehrte Joss auf.

»Ich muss Sie bitten, sich ruhig zu verhalten. Ich werde mich auch mit Ihnen befassen … später!« Er hatte es verstanden, diesen Worten einen so erschreckenden Ausdruck zu geben, dass ich mich aufrecht hinsetzte, um nicht allzu auffällig nach Luft zu ringen.

Inspektor Cailleux wandte sich wieder an die Kleinen. »Er hat Paul umgebracht«, sagte er. »Mögt ihr ihn trotzdem noch?«

»Ja«, sagten Hester, Willymaus und Vicky, ohne auch nur eine Sekunde zu überlegen.

Inspektor Cailleux sah verblüfft und auch ein wenig ärgerlich aus. Als er wieder sprach, klang seine Stimme scharf. »Ob ihr ihn liebt oder nicht, ihr habt eine Pflicht zu erfüllen. Wisst ihr, was eure Pflicht ist?«

Wir nickten. Eliot war unser Freund … aber wenn ein Freund einen anderen Freund umbringt? Und noch dazu mit einem Papiermesser! Ich war jetzt ganz sicher, dass er es mit dem Papiermesser getan hatte, oder zumindest mit dem Ding, das wir für ein Papiermesser gehalten hatten. Eine Kluft war zwischen uns und Eliot aufgerissen worden, und jedes Wort, das Inspektor Cailleux sprach, erweiterte sie.

»Wenn ihr über diesen Mann Allen oder Eliot etwas wisst, etwas Außergewöhnliches oder Auffälliges an ihm bemerkt habt«, sagte er, »ist es eure Pflicht, es mir zu berichten.«

Tödliches Schweigen.

»Eure Pflicht«, sagte Inspektor Cailleux, und wieder ließ er seine Blicke von einem von uns zum anderen

schweifen. Ich wagte nicht, mich an meinem Sessel festzuhalten, aus Angst, meine Hände könnten so wie oben
auf dem Fensterbrett feuchte Abdrücke hinterlassen.

Hester war die Ehrlichste, aber auch die am leich-
testen Zugängliche von uns. Ich konnte mir vorstellen,
dass sie sich verpflichtet fühlen würde, etwas zu sagen,
und schon hob sie in dem allgemeinen Schweigen ihre
Hand.

»Nun?«

»Er ...«, sagte Hester, und ihre Stimme klang, als wäre
ihre Kehle ausgetrocknet, »er ...«

»Ja?«, sagte Inspektor Cailleux ermutigend. »Er ...?«

»Er hat in der Bucht im Sand gelegen ...«, sagte Hester.

»Ja?«, fragte Inspektor Cailleux wieder, aber Hester
blieb stumm, denn ich hatte sie verstohlen in den Arm
gezwickt.

Obwohl abermals eine Stille folgte, wusste ich, dass es
so nicht weitergehen konnte – wir standen schließlich
der Polizei gegenüber. Inspektor Cailleux musste gesehen haben, dass ich Hester zwickte. Detektive sehen
alles, sonst wären sie eben nicht Detektive. Er musterte
mich eingehend, ohne den Anschein zu erwecken, mich
auch nur zu sehen, und von Neuem drängte sich mir auf,
dass ich die Einzige war, die alles wusste ... alles, dachte
ich, alles! Wieder musste ich nach Luft schnappen, und
diesmal blieben seine Augen eine Sekunde lang an mir
haften. Nur eine Sekunde lang, aber ich wusste, dass
ich gezeichnet war; und mit Recht, denn nicht einmal
Joss, die so flink im Erraten gewesen war, kannte jedes
einzelne der sich ineinanderfügenden Bruchstücke. Alle

wussten etwas, aber ich allein wusste alles. Was sollte ich tun? Hier, Inspektor Cailleux gegenüber, verflüchtigten sich alle Träume und Wünsche. Das war die Polizei. Bald würde ich alles erzählen müssen.

Und schon begann alles ans Tageslicht zu kommen.

»Du bist der junge Mann, dem das Schlafmittel gegeben wurde?« Inspektor Cailleux hatte sich an Willymaus gewandt und dann Monsieur Dufour gefragt: »Sind Sie der Meinung, dass Allen ihm die Dosis verabreicht hat?«

»Der Küchenchef Monsieur Armand sagt, dass Monsieur … dass Allen ein Tablett in das Zimmer des Jungen hinaufgetragen hat. Wir glauben, dass er ihm das Schlafmittel verabreicht hat, aber wir können es nicht mit Bestimmtheit sagen.«

»Aber wir können es vermuten«, sagte Inspektor Cailleux, dann fragte er Willymaus: »Was war auf dem Tablett, das er dir gebracht hat?«

»Speisen«, sagte Willymaus. »Bankettspeisen: Huhn, Toast und ein Baiser. Ein ausgezeichnetes Baiser!«, sagte Willymaus, noch in der Erinnerung schwelgend.

»Auch ein Getränk?«

»Grenadine.«

»Das Abendbrotgeschirr war abgewaschen«, sagte Monsieur Dufour, »sodass wir natürlich nichts mit Sicherheit feststellen konnten.«

»Wir können mutmaßen«, sagte Inspektor Cailleux abermals, und seine blassen Augen ruhten forschend auf Willymaus. »Dieses Kind muss etwas gewusst haben.«

»Was kann ein Kind in seinem Alter wissen?«

Inspektor Cailleux zuckte mit den Schultern. »Kinder sind überall, wie Insekten. Sie können alles Mögliche wissen.«

»Hm«, sagte Monsieur Dufour nachdenklich. »Ich habe gehört, dass der Junge zwei volle Tage geschlafen hat. Es muss sehr stark gewesen sein.«

»Die Dosis oder der Grund?«

»Sowohl als auch«, sagte Monsieur Dufour. »Aber es ist ungeheuerlich! Einem Kind ein Narkotikum zu geben!«

»Das war Allen«, mahnte Inspektor Cailleux. »Der kleine Junge kann von Glück sagen, dass er noch lebt.«

»Über wen sprechen sie denn?«, flüsterte Willymaus eindringlich in mein Ohr.

»Über dich.«

»Was wollen sie von mir?«

»Sie glauben, dass ... Eliot ... dich betäubt hat.«

»Eliot?«

»Ja.«

»Aber warum? Warum?«, wandte sich Willymaus gebieterisch an Inspektor Cailleux.

»Weil er nicht wollte, dass du, junger Mann, etwas, das du gewusst hast, ausplauderst. Es war nicht sehr nett von ihm, findest du nicht auch?«

»Es war dumm«, sagte Willymaus, tief verletzt. »Warum hat er mich nicht einfach gebeten, dass ich es nicht weitererzählen soll? Es war unnötig, mich zu betäuben. Er hätte sich auf mich verlassen können.«

»War der Mensch für diese Kinder wie ein Gott?«, wunderte sich Inspektor Cailleux. Er begann sauer zu werden, und seine Fragen folgten einander Schlag auf Schlag.

»Warum hat er dich ins Bett geschickt?«

»Weil ich spät nach Hause gekommen bin.«

»Warum bist du spät nach Hause gekommen?«

»Ich habe meinen Spaziergang gemacht.«

»Wo bist du spazieren gegangen?«

»Am Fluss.«

»Hast du etwas gesehen?«

Sie kamen der Sache näher ... wie Bluthunde, dachte ich, und meine Haut prickelte vor Angst. »Hast du etwas gesehen?«, fragte Inspektor Cailleux herrisch.

»Ich habe den Schleppkahn gesehen«, sagte Willymaus.

»Welchen Schleppkahn?«

»Die Marie France.«

»Was hat der Schleppkahn getan?«

»Nichts«, sagte Willymaus wahrheitsgemäß, aber Inspektor Cailleux drang weiter in ihn.

»Hast du eine besondere Vorliebe für Schleppkähne?«

»Nein.«

»Dann hat dich also an diesem etwas besonders interessiert«, sagte Inspektor Cailleux. »Vielleicht etwas, das du gesehen hast? Vielleicht erinnerst du dich?«, schnauzte er Willymaus an.

»Ich möchte lieber nicht mit Ihnen sprechen«, sagte Willymaus.

»Das hier ist kein Spiel!«, brüllte Inspektor Cailleux und schlug mit der Faust so heftig auf den Tisch, dass dieser ins Schwanken geriet. Vicky brach in Tränen aus.

»Ich will nicht hier bleiben!«, wimmerte sie. »Ich will zu Mutter!«

Als hätte das Wort »Mutter« verborgene Saiten in uns angeschlagen, fingen wir an zu weinen, alle mit Ausnahme von Joss, die von uns anderen noch immer irgendwie losgelöst war. Ich schämte mich, aber die Tränen quollen mir unerträglich heiß aus den Augen. Mutter. Wenn nur Mutter in dieser schrecklichen Situation bei uns wäre! Aber niemand war hier, niemand stand für uns ein! Wir zitterten wie gejagte, in die Enge getriebene Häschen, die nur darauf warten, in der Schlinge gefangen zu werden. In unserer Hilflosigkeit weinten wir bitterlich. Sicherlich stand uns noch mehr bevor, sicherlich würde diese Tortur weitergehen, aber Monsieur Dufour hatte Mitleid mit uns. »Ich habe Ihnen gleich gesagt, dass das keine Angelegenheit für Kinder ist.«

»Einige von ihnen sind keine Kinder mehr.«

Wir fuhren in die Höhe. Im Türrahmen stand Mademoiselle Zizi. Beim Anblick ihres verzerrten Gesichts versiegte sogar Vickys Tränenflut.

»Was wollen Sie von den Kindern? Sie brauchen nur *sie* zu fragen«, sagte Mademoiselle Zizi und deutete auf Joss. »Fragen Sie sie doch, was es mit der Leiter auf dem Rasen unter ihrem Fenster auf sich hatte – dort, wo die Spuren im Gras noch zu sehen sind.« Madame Corbet war ihr nachgelaufen und wollte sie zurückhalten, aber Mademoiselle Zizi schüttelte sie ab. »Fragen Sie sie doch!«

Inspektor Cailleux sah Joss an, die wie ein kleines

Mädchen in der Schulbank aufgestanden war. Langsam stand auch ich auf, aber von mir nahm niemand Notiz.

»Ist das ein Kind?«, fragte Mademoiselle Zizi und wandte sich dann an Monsieur Dufour. »Sie haben mit eigenen Augen gesehen, wie sie sich bei dem *diner* benommen hat. Sie hat Paul um den Verstand gebracht. Auch das haben Sie gesehen. Los, fragen Sie sie doch, was sich zugetragen hat. Die Leiter lag vor ihrem Fenster. *Elle a couché avec l'un après l'autre.*«

Ich verstand weder, was das Wort »schlafen« in diesem Zusammenhang bedeutete, noch ahnte ich die Tragweite des Satzes »mit einem nach dem anderen geschlafen zu haben«. Ich war nur überzeugt, dass es sich irgendwie um einen abscheulichen und ungerechten Vorwurf handelte, und rückte näher an Joss heran. »Sie hat nicht geschlafen«, sagte ich, »sie war vollkommen wach und hat mich in ihr Zimmer geschickt.«

»*Dich?*« Alle Augen waren auf mich gerichtet.

»*Tiens!* Sie fangen früh an – in England«, sagte Mademoiselle Zizi.

»Sei nicht so dumm«, verwies mich Joss barsch.

»Die Kleinen müssen das Zimmer verlassen«, entschied Monsieur Dufour, der, hochgradig beunruhigt, von seinem Stuhl aufgesprungen war, aber Hester, Willymaus und Vicky waren bereits von ihren gelben Satinsesseln heruntergerutscht und hatten sich um Joss und mich geschart. Wenn sie auch nicht verstanden, wovon die Rede war, wussten sie doch genau, dass wir bedroht wurden, und standen uns loyal zur Seite.

Und wieder einmal schienen wir in diesem französischen Haus winzig klein und verlassen zu sein. Monsieur Dufour war gütig, aber er dachte in erster Linie an Mademoiselle Zizi. Nur *ein* Mensch hätte uns verteidigen können … Eliot … und er … ich konnte nicht weiterdenken. Ich schluckte, und mir war, als müssten die Tränen durch meine Kehle hinunterrinnen.

»So! Also beide«, sagte Mademoiselle Zizi. »Und so etwas habe ich in meinem Haus aufgenommen.«

In ihr geliebtes Haus! In diesem Augenblick tiefsten Elends hätte ich es fast herausgeschrien. Dass Les Œillets, die grün-goldenen Tage, die Liebe – dass alles so enden sollte.

Im selben Moment hörte ich draußen im Hof ein Geräusch, das mich aufhorchen ließ. Dies war der Raum, von dessen Fenstern aus Mademoiselle Zizi so oft nach Eliot Ausschau gehalten, dem Nahen des Rolls-Royce gelauscht hatte. Als ich jetzt selbst hinaussah, bemerkte ich, dass das große Tor geschlossen war, genauso wie am Abend unserer Ankunft. Die Polizei hatte es abgesperrt, und das Geräusch, das ich gehört hatte, war das Gebimmel der Glocke.

Wieso ich es in dem Lärm, der im Zimmer herrschte, überhaupt gehört hatte, weiß ich nicht, aber es schien sich irgendwie an unsere eigene Betätigung der Glocke in jener ersten Nacht anzuschließen. Gilt dieses Geräusch … nicht uns?, dachte ich verwundert.

Ein Gendarm öffnete das Tor, sprach ein paar Worte mit jemandem, der draußen stand, und schloss es dann auf.

Im Salon ging alles drunter und drüber. Die beiden

Polizisten waren aufgesprungen, Madame Corbet versuchte, sich mit ihnen über unsere Köpfe hinweg auseinanderzusetzen, und Monsieur Dufour redete auf Mademoiselle Zizi in einem Ton ein, als würde er sie abkanzeln. Nur Inspektor Cailleux war still beobachtend an seinem Pult sitzen geblieben.

»Zizi«, schimpfte Monsieur Dufour, »Sie haben nicht die Spur eines Beweises!«

»Wirklich nicht?« Wie eine Wilde ging sie auf ihn los. »Warum musste ich denn Monsieur Joubert des Hotels verweisen?« Alle verstummten, um ihr zuzuhören. »Sie sagten, dass sie zusammen gemalt hätten«, keifte Mademoiselle Zizi und spie das Wort noch einmal aus: »Gemalt!«

Ich hatte gesehen, wie Joss zitterte, aber was sich nun ereignete, war so erschreckend, dass es alles andere in den Schatten stellte. Joss, unsere unnahbare, fast erwachsene Joss, die immer Haltung bewahrte, brach zusammen wie ein kleines Mädchen. »Mutter! Mutter soll kommen!«, jammerte sie, genau wie Vicky.

Wir umringten sie, ebenfalls entsetzt. »Helft mir. Helft mir«, schluchzte Joss.

Wir konnten ihr nicht helfen. Wie hätten wir ihr auch helfen sollen? Wir konnten sie nur verstehen. Jetzt war niemand da, der uns helfen konnte, und bald, bald würde auch ich … Hilflos, tränenüberströmt schaute ich aus dem Fenster und sah einen Mann in einem grauen Anzug, mit einem braunen Filzhut auf dem Kopf, der eben durch das Tor eingetreten war, gefolgt von einem Träger, der auf einem Handkarren zwei Koffer geladen hatte. Etwas an dem Mann heimelte mich außerordentlich an. Seine untersetzte Gestalt wirkte in dem typisch französischen Vorhof fast quadratisch und durchaus gediegen, seine rosige Gesichtsfarbe stach wohltuend von der dunklen Blässe des Gendarmen und des Trägers ab, und er strahlte eine wundervolle Ruhe aus. Plötzlich kam auch mein Herz zur Ruhe. Onkel William war da!

»Onkel William!« Mein Schrei erfüllte den kleinen Salon. Wir stürzten hinaus, vorbei an Mademoiselle Zizi, Madame Corbet und Monsieur Dufour. Ich glaube mich zu erinnern, dass Inspektor Cailleux uns befahl, sitzen zu bleiben, aber ich hörte ebenso wenig auf ihn wie die anderen. Wir alle, Joss inbegriffen, stürmten durch die Bar hinaus in die Halle.

Onkel William kam herein. Joss warf sich ihm in die Arme, ich hing an seinem Hals, Vicky und Hester umklammerten seine Knie, und Willymaus tanzte, außer sich vor Freude, vor ihm her. Onkel William! Lieber, lieber Onkel William!

XVIII

Mein Name ist Bullock.«
Wir waren immer zusammengezuckt und hatten gedacht, dass alle Leute lachen müssten, wenn Onkel William seinen Namen nannte, aber jetzt lachte niemand, und wir waren auch nicht zusammengzuckt. Wir hielten uns dicht hinter ihm, Hester klammerte sich sogar an einen Zipfel seines Sakkos. »Bullock«, sagte er und legte seine Visitenkarte auf den Tisch, »von Bullock, Roper und Twiss, Rechtsanwaltskanzlei in Southstone. Das ist in Sussex, England.«

»*À votre service, Monsieur*«, sagte Inspektor Cailleux und stellte seine Mitarbeiter vor: »Monsieur Dufour, Monsieur Lemaître, Monsieur Aubry.« Die Herren verbeugten sich. »Madame Corbet«, sagte Inspektor Cailleux. Mademoiselle Zizi stellte er nicht vor.

»Sie scheinen Scherereien zu haben«, sagte Onkel William, nachdem er allen die Hand gereicht hatte. »Die Polizei …?«

»Sie haben auf dem Bahnhof oder auf Ihrem Weg hierher sicherlich von den Ereignissen gehört, die sich hier abgespielt haben«, sagte Inspektor Cailleux trocken.

»Ich habe gar nichts gehört. Ich spreche kein Französisch«, sagte Onkel William. Seine gleichmäßig ruhige englische Stimme klang in der allgemeinen Aufregung wundervoll besänftigend. »Ich bin gekommen, um meine Schwester – sobald sie transportfähig ist –, meine Nichten und meinen Neffen nach Hause, nach England, zu bringen«, fügte er energisch hinzu und sah uns an.

»Du hast gesagt, du würdest nicht kommen, und du bist doch gekommen!«, sagte Hester und streichelte seinen Ärmel.

»Wieso hast du gewusst, dass du jetzt, gerade jetzt, kommen sollst?«, fragte Joss, die sich dicht an ihn schmiegte.

»Aber ich bin doch herbestellt worden!«, sagte Onkel William.

»Herbestellt?«

Er schüttelte uns ab, entnahm seiner Brieftasche ein Stück Papier, faltete es auseinander und sagte: »Das ist gestern angekommen.« Es war ein Telegramm. Mit lauter Stimme las er vor: »Kommet sofort Hotel Les Œillets Vieux-Moutiers Marne France Schwester im Krankenhaus Kinder brauchen dringend – wiederhole dringend – Hilfe!«

»Aber wer hat es abgeschickt?«, fragte Madame Corbet.

»Es ist nicht unterzeichnet«, sagte Onkel William.

»Jemand muss es doch abgeschickt haben«, stellte Inspektor Cailleux fest und musterte uns der Reihe nach. Ich versuchte, meine Hand heimlich auf Hesters Arm zu legen, aber ich kam zu spät.

»Eliot natürlich!«

»Eliot!«, riefen Joss, Mademoiselle Zizi, Madame Corbet und Inspektor Cailleux gleichzeitig.

»Ja! Er hat uns doch immer beschützt«, sagte Hester strahlend.

»Der Narr!« Der Schrei, mit dem Mademoiselle Zizi auf Onkel William zustürzte und ihm das Telegramm entriss, gellte durch das ganze Haus. Sie zerknüllte es in ihrer Hand und zerriss es mit den Zähnen, bis die anderen sie festhielten. Inspektor Cailleux entwand es ihr, und Monsieur Dufour und Madame Corbet mühten sich, sie festzuhalten, während das kleine Blatt Papier geglättet und die einzelnen Stücke auf dem Tisch zusammengesetzt wurden.

»Châlons. Gestern Vormittag elf Uhr fünfundzwanzig.«

»Er hat Kurs auf die deutsche Grenze genommen«, sagte Monsieur Dufour.

»Offensichtlich«, sagte Inspektor Cailleux und schnaubte: »Verbinden Sie mich mit Lavalle.« Dann hielt er inne. »Nein, warten Sie … Châlons«, sagte er nachdenklich. »Aber Châlons ist doch ganz nahe.«

»*C'est vingt-et-un kilomètres*«, sagte der Mann in der Fensternische.

»Einundzwanzig Kilometer von hier war er gestern um elf Uhr Vormittag!«, sagte Inspektor Cailleux.

»Er war doch noch bei dem *diner*«, erinnerte ihn Monsieur Dufour.

»Aber nur bis Mitternacht. Er hat mindestens neun oder zehn Stunden Vorsprung gehabt«, sagte Inspektor

Cailleux. »Ich verstehe es nicht«, fügte er hinzu, allerdings in einem Ton, der erraten ließ, dass er es gleich oder doch in einigen Minuten verstehen würde. Er begann mit langen Schritten im Zimmer auf und ab zu gehen. Mademoiselle Zizi hing jetzt schlaff und widerstandslos an Madame Corbets Hals und schluchzte.

»Kann er nicht zu Fuß gegangen sein?«, fragte Monsieur Dufour.

»Wo alle Straßen bewacht sind?«

»Querfeldein?«

»Natürlich gibt es allerhand Mittel und Wege, nach Châlons zu gelangen«, sagte Inspektor Cailleux gereizt, während er unaufhörlich auf und ab ging. »Langsame Beförderungsmittel und Wege, auf denen wir ihn nicht suchen würden – selbstverständlich nicht! Wir suchen ihn überall, wo er schnell vom Fleck gekommen wäre … Sehr klug, Monsieur Allen. Langsam. Vieux-Moutiers, Châlons, Deutschland!«

»Châlons? Meinen Sie Châlons-sur-Marne?«, fragte Onkel William mit seiner wohlklingenden Stimme. »An der Marne?«

»Die Marne!« Inspektor Cailleux hatte es den Atem verschlagen. »Die Marne!«

Vom Fluss her zerriss das Tuten eines vorüberziehenden Schleppkahns die Stille, in die wir alle verfallen waren.

Weitere Kampa Bücher stellen wir Ihnen auf den folgenden Seiten vor. Das Gesamtprogramm finden Sie auf:
www.kampaverlag.ch

Wenn Sie zweimal jährlich über unsere Neuerscheinungen informiert werden möchten, schreiben Sie uns bitte an: newsletter@kampaverlag.ch oder Kampa Verlag, Hegibachstrasse 2, 8032 Zürich, Schweiz

KAMPA ⚛ POCKET

Kerstin Campbell
Ruthchen schläft

Roman

Manchmal wohnt das Glück gleich nebenan.

Fast vierzig Jahre und drei Stockwerke liegen zwischen Frau Lemke und Georg, sie ist die einzige Konstante in seinem Leben. Frau Lemke wohnt schon immer in dem Haus, das Georg geerbt hat. Es hat nicht viel geklappt in seinem Leben, und manchmal fragt er sich, wie aus ihm dieser eigenbrötlerische Vermieter geworden ist. Nur eines weiß Georg sicher: Was immer in seinem Leben geschehen mag, an seinem Geburtstag wartet der von Frau Lemke gedeckte Tisch auf ihn, auf Frau Lemke ist Verlass. Doch jetzt soll alles anders werden: Frau Lemke muss zu ihrem Sohn Wolfgang nach New York ziehen. Nur solange ihre Katze Ruthchen lebt, hat Wolfgang verfügt, darf die alte Dame in Berlin bleiben. Als Ruthchen eines Morgens nicht mehr aufwacht, ist es Zeit für Plan B: Was, wenn Ruthchen einfach weiterhin auf dem Sofa schläft, für immer vielleicht? Tierpräparatorin Caro setzt die wahnwitzige Idee in die Tat um – und stellt auch Georgs Leben auf den Kopf.

Ein Roman über Nachbar- und Freundschaft, über Wahlverwandtschaften und Ersatzfamilien, über Verantwortung und (Tier-)Liebe – auch über den Tod hinaus.

KAMPA POCKET

Astrid Rosenfeld
Kinder des Zufalls
Roman

»Ich traf sie auf den Straßen von Myrthel Springs.
Etwas Fremdes färbte ihre Worte.«

Wie viel Unglück verträgt das Glück? Was tun, wenn sich das
Leben immerzu im Kreis dreht? Die halbe Welt liegt zwischen
Maxwell und Elisabeth. Der Zufall führt sie zusammen und an
einen mystischen Ort in der texanischen Wüste. Sie wissen nichts
voneinander und erkennen sich sofort. Der amerikanische Cowboy, der kein Cowboy mehr ist, und die deutsche Tänzerin, die
nicht mehr tanzen kann. In sich tragen sie die Geschichten ihrer
Mütter, Geschichten, die vom Streben nach Liebe, Wahrheit und
Geld erzählen, von kleinen und großen Wundern, von Verlus-
ten in Zeiten des Krieges und des Friedens. Wie ein unsichtbares
Band verbinden all diese Geschichten Maxwell und Elisabeth miteinander.

»Astrid Rosenfelds witzige Volten, ironische Charakter-
beschreibungen sind wahrhaftig, wie aus dem Leben gegriffen.«
Johannes Kaiser / Deutschlandfunk

»Im steten erzählerischen Wechsel zwischen Kontinenten
und Generationen baut Astrid Rosenfeld ein immer dichteres
Netz an mitreißenden Erzählsträngen auf.«
Anna Schneider / Cicero

»Ein Roman voller Lebens- und Liebesgeschichten.«
Christine Westermann / WDR

KAMPA ⧖ POCKET

Tessa Hadley
Zwei und Zwei

Roman
Aus dem Englischen von Gertraude Krüger

Sind drei einer zu wenig – oder doch einer zu viel?

Seit dreißig Jahren sind sie befreundet, die stille Malerin Christine, ihr Mann Alex, der sich zum Dichter berufen fühlte und
nun als Lehrer arbeitet, der erfolgreiche Kunsthändler Zachary
und seine flamboyante Frau Lydia. Die vier führen in London
ein gutbürgerliches Leben, parlieren über Kunst und Literatur,
bekommen Kinder und fahren gemeinsam in die Ferien. Alles ist
gut. Dann stirbt Zachary, vollkommen unerwartet. Lydia zieht
zu Christine und Alex. Aber der Verlust des Freundes und Ehe-
manns schweißt die drei nicht enger zusammen. Die Vergangenheit holt sie ein, alte Wunden brechen auf. Haben sie die richtigen
Entscheidungen getroffen? Trifft man die je? Was ist aus ihren
Sehnsüchten, den Lebensentwürfen ihrer Jugend geworden?
Und was ist eigentlich damals in Venedig geschehen?
  Tessa Hadley hat einen wunderbar elegischen Roman über
die ganz normalen Irrtümer und Missverständnisse des Lebens geschrieben, eine *comedy of manners*, in der die kleinen
Gesten alles erzählen, ein Buch, dessen Lebensklugheit und
feiner Ironie man sich nicht entziehen kann.

»Eines dieser Bücher, von denen man nicht
lassen kann, man liest weiter, geht ein Stück Wegs mit
diesen Fremden, die immer vertrauter werden.«
Rose-Maria Gropp / Frankfurter Allgemeine Zeitung

Wenn Ihnen dieses KAMPA POCKET
gefallen hat, gefällt Ihnen vielleicht auch der
Lesetipp auf der gegenüberliegenden Seite.

Schicken Sie uns bitte Ihren LIEBLINGSSATZ
aus einem Kampa Pocket, bei einer Veröffent-
lichung auf unseren Social-Media-Kanälen
bedanken wir uns mit einem Buchgeschenk:
lieblingssatz@kampaverlag.ch